FROZEN FIRE

프로즌 파이어 1

FROZEN FIRE
Copyright © Tim Bowler 2006
"FROZEN FIRE was originally published in English in 2006.
This translation is published by arrangement with Oxford University Press."
All rights reserved.

이 책의 한국어판 저작권은 EYA(Eric Yang Agency)를 통한
Oxford University Press사와의 독점계약으로 한국어 판권을 '(주)다산북스'가 소유합니다.
저작권법에 의하여 한국 내에서 보호를 받는 저작물이므로 무단전재와 복제를 금합니다.

눈과 불의 소년

FROZEN FIRE

프로즌 파이어 1

팀 보울러 지음 | 서민아 옮김

다산책방

레이첼에게
사랑을 담아

한국어판 저자 서문

용감하게 이별하는 법

새로운 소설 출간을 맞아 한국 독자들에게 다시 인사를 드리게 되어 무척 영광입니다. 제 소설을 향한 한국 독자들의 반응에 저는 깊이 감동을 받았습니다. 이렇게 여러분들에게 인사드릴 기회를 갖게 되어 정말 기쁘고 또 감사하게 생각합니다.

〈프로즌 파이어〉를 작업하는 데 꼬박 2년이 걸렸고, 그동안 참으로 많은 것을 생각했습니다. 〈프로즌 파이어〉의 출처가 무엇이냐고 물으신다면, 사실 딱 부러지게 답을 드릴 수는 없을 것 같군요. 아마도 인도 철학의 하나인 베단타 철학과 양자역학, 신비학, 그리고 제가 읽고 사랑한 많은 시들에서 영향을 받았다고 말씀드릴 수 있을 겁니다. 물론 그동안 제가 인생을 살아오면서 겪은 많은 경험들을 통해서도 영향을 받았고요. 하지만 〈프로즌 파이어〉의 내용은 대부분 허구입니다.

〈프로즌 파이어〉는 더스티와 더스티가 해결하기 위해 애쓰는 신비한 사건들에 관한 이야기입니다. 처음에 더스티는 한 가지 사건만 생각합니다. 바로 오빠의 실종 사건이지요. 하지만 수수께끼는 점점 커지고, 그러는 동안 더스티를 둘러싼 위험도 점점 커집니다. 결국 더스티는 죽음과 맞설 뿐만 아니라 지금까지 자신이 알고 있던 모든 것들과 용감하게 이별합니다.

그럼에도 이 이야기는 희망을 말해요. 하늘의 별을 보며 우리가 어디에서 왔을까 궁금하게 여겨본 사람이라면, 수수께끼를 해결하기 위해 열심히 애쓴 더스티의 마음에 공감할 겁니다. 더스티가 자기를 상실해가는 과정은 자기를 잃어버리는 것이 아니라 보편성의 세계에 발을 들여놓기 위한 발판이 됩니다. 더스티에게 가장 어려운 수수께끼는 바로 우리의 수수께끼이기도 하지요. 그렇기에 우리 역시 더스티와 함께 여행을 즐길 수 있을 겁니다.

팀 보울러

"네가 바로 그것이다 Thou art that"
- 우파니샤드 -

1

"난 죽어가고 있어."

목소리는 이렇게 말했다.

더스티는 수화기를 꽉 붙잡았다. 목소리의 주인공이 누군지 도무지 감이 잡히지 않았다. 음성으로 보아 자신과 비슷한 또래, 그러니까 열다섯이나 열여섯, 어쩌면 그보다 조금 더 나이가 많은 소년으로 짐작됐다.

"거기 누구 없어?"

그가 낮게 중얼거리듯 말했다.

화가 난 듯했고 발음은 분명치 않았다. 더스티는 시계를 흘끔 바라봤다. 20분이 지나면 자정이다. 전화벨이 울렸을 때 더스티는, 집에 돌아오는 길인데 눈 때문에 도로가 꽉 막혀 꼼짝을 못한다는 말을 하려고 아빠가 전화를 걸었을 거라 여기며 벨이 울리자마자 수화기를 들었다. 이런 남자아이의 전화인 줄 알았더라면 받지 않는 게 나을 뻔했다.

"거기 누구 없냐고?"

"누구시지요?"

대답은 없이 기침소리만 들렸다.

"이 번호는 어떻게 안 거예요? 우리 집 전화번호는 전화번호부에 등록되지 않았을 텐데요."

또다시 기침소리가 들렸지만, 이번에는 곧이어 소년의 대답이 이어졌다.

"그냥 아무 번호나 생각해서 전화를 걸었어."

더스티는 눈살을 찌푸렸다. 장난전화가 분명했다. 금요일 밤인데다 새해의 첫 날, 어떤 할 일 없는 남자애가 친구들과 빈둥거리다 장난을 친 게 틀림없다. 잔뜩 귀를 기울여 듣는다면 아마 주위에서 낄낄거리는 친구들 웃음소리를 알아챌 수 있을지도 모른다. 하지만 지금 수화기 저편에서는 괴로운 듯한 소년의 숨소리만 들려올 뿐이었다.

더스티는 지금 아빠가 데이트를 하러 벡데일 외곽에 나가 있다는 사실을 떠올렸다. 아빠를 외출시키려고 갖은 애를 다 쓴 끝에 그야말로 몇 주 만에 처음으로 집에서 혼자 시간을 보내게 됐다며 좋아하고 있었는데, 지금은 아빠가 빨리 돌아오기만을 바라고 있었다.

"내 말 들었어?"

소년이 웅얼거리며 말했다.

"난 죽어가고 있다고."

더스티는 소년의 말이 사실이 아닐 거라고 생각했다. 정말 위험에 처해 있는 거라면 이렇게 번호를 생각해내서 전화를 걸 리가 없다. 전화를 걸려면 999에 걸었어야지.

"그럼 경찰에 전화를 걸었어야지."

"경찰은 부르고 싶지 않아."

"그러면 앰뷸런스를 부르든가."

"앰뷸런스도 부르고 싶지 않아."

"죽어가고 있다면서."

"난 죽어가고 있어."

"그러니까 네가 전화를 걸어야 할 곳은 말이지…."

"누구한테 전화를 걸 필요는 없어. 난 죽어가고 있다고 말했지 살고 싶다고 말하지는 않았으니까."

수화기 이쪽과 저쪽 사이에서 더스티로서는 달갑지 않은 침묵이 흘렀다.

"약을 과다복용했어."

소년이 말했다.

더스티는 소년의 말을 믿어야 할지 확신이 서지 않았고, 더 이상 이런 남자애의 말에 말려들고 싶은 마음도 없어서 그냥 잠자코 있었다. 어쩌면 소년이 한 말이 사실일 수도 있고 아닐 수도 있지만, 이 소년에게 정말 무슨 문제가 있다 하더라도 그건 다른 사람이 해결할 일이지 자신이 해줄 수 있는 일은 아무것도 없었다.

"난 널 도울 수 없어."

"아니, 넌 날 도울 수 있을 거야. 난 그저 누군가의 다정한 목소리가 듣고 싶을 뿐이니까. 쓰러져 있는 나에게 말을 건네줄 사람 말이야."

"착한 사마리아인이 필요한가 본데, 그렇다면 번지수를 잘못 찾았어. 대신 그런 사람들 전화번호를 가르쳐주긴 할게."

"착한 사마리아인 같은 건 필요 없어."

소년이 말했다.

"난 네가 필요해."

이 말을 듣자 더스티는 슬슬 오싹해지기 시작했다. 이제 그만 수화기를 내려놓아야 한다는 생각이 본능적으로 강하게 밀려들었다. 하지만 더스티가 수화기를 내려놓으려는 순간, 소년이 다시 입을 열었다.

"너 몇 살이니?"

"네가 알 바 아니야."

"열다섯 살쯤 된 것 같은데."

더스티는 아무런 대꾸도 하지 않았다. 그의 짐작은 정확했다. 어쩌면 요행히 맞출 수도 있는 일이지만 어쨌든 당황스럽긴 마찬가지였다.

"이름이 뭐야?"

소년이 말했다.

"그것도 네 알 바 아니잖아."

"왜 말을 안 해주려는 거니?"

"네가 몰라도 되는 거니까."

"내 이름은 조쉬야."

더스티는 수화기를 꽉 쥐었다. 하고 많은 이름 중에 하필 조쉬라니. 소년이 다시 말을 이었다.

"내 이름은 조쉬라고."

"아니, 그럴 리가 없어."

더스티는 자신의 말이 맞기를 간절히 바랐다. 이 남자애가 조쉬라는 이름으로 불리지 않기를 바랐다. 어느 누구도 조쉬라는 이름으로 불리지 않길 바랐다. 잠시 침묵이 흐른 후, 이윽고 소년이 말했다.

"네 말이 맞아. 내 이름은 조쉬가 아니야. 하지만 네가 괜찮다면 나를 조쉬라고 불러도 좋아. 네가 내 이름을 지어주는 거지."

"네 이름 짓는 일 따위 관심 없어."

"싫으면 관두고."

소년은 잠시 침묵하다가 다시 입을 열었다.

"이럼 어때?"

"뭐가?"

"네가 부르고 싶은 대로 내 이름을 불러주면. 네 마음에 드는 이름으로 말이야."

이번에도 더스티의 본능은 수화기를 내려놓으라고 강하게 움직였다. 이름이니 뭐니 하면서, 하필이면 조쉬라는 이름을 꺼내 이렇게 마음을 흔들어놓다니. 더스티는 이 남자애의 정체가 슬슬 궁금해지기 시작했다. 소년은 더스티가 전혀 알지 못하는 사람임에도 불구하고 더스티에게 가장 소중한 이름을 입에 올렸다. 어쩌면 우연의 일치였을지 모른다. 하지만 이 소년은 더스티가 누구인지 어디에 사는지 전부 알고 있을지도 모르고, 바로 지금 더스티의 집을 지켜보고 있는지도 모른다.

더스티는 거실 주위를 휘 둘러보았다. 집안에 불이 켜져 있는 방은 하나뿐이다. 만일 그가 집 앞 골목에서 이 집을 지켜보고 있다면 틀림없이 바로 이 창문을 응시하고 있을 터였다. 더스티는 커튼이 쳐져 있어 다행이라고 생각했다.

하지만 그것도 썩 안심이 되지는 않았다. 이 부근에서 집이라고는 더스티가 살고 있는 손 코티지만이 유일했다. 오른쪽으로 몇 킬로미터쯤 가야 벡데일 외곽이 나오고, 왼쪽으로는 스톤웰 공원과 킬버리 무어 황무지 외에는 아무것도 없으며, 집 위쪽으로는 호수와 언덕진 황무지들이 전부라서 보호를 요청할 만한 곳이 거의 없다.

"너희 집 창문을 보고 있는 건 아니야."

그때 느닷없이 소년이 이렇게 말했다.

"난 네가 누군지도 모르고 어디 사는지도 몰라."

더스티는 공포에 몸을 떨었다. 혼자 속으로 느끼고 있는 공포를 그가 입으로 말하리라고는 생각도 못했다. 바로 다음 순간 소년이 내뱉은 말은 더스티의 마음을 더욱 불안하게 만들었다.

"데이지?"

이제 더스티는 온몸이 딱딱하게 굳어버렸다.

"뭐라고 했지?"

"데이지. 네 이름이 뭔지 알아맞히려 애쓰고 있어. 아마 데이지나 뭐 그 비슷한 이름일 것 같은데."

더스티는 침을 꿀꺽 삼키고는 자기도 모르게 또다시 커튼 쪽을 흘긋 쳐다봤다.

"내가 그랬잖아."

소년이 말했다.

"너희 집 창문을 보고 있는 건 아니라고."

더스티는 이제 정말로 무서워졌다. 이 소년은 자신이 무엇을 하는지 무슨 생각을 하는지 죄다 알고 있는 것 같았다. 더스티는 이성적으로 생각하려 애썼다. 그래, 어쩌면 그로서는 별로 어려운 일이 아니었을지 모른다. 이런 상황에서 어린 여자애가 깜짝 놀라는 건 당연한 일일뿐더러, 그가 어디에 있나 의아하게 여기면서 창문을 흘긋 쳐다볼지도 모른다는 것쯤 얼마든지 상상해볼 수 있는 일일 테니까. 하지만 아무리 그렇다 하더라도 조쉬라는 이름을 들먹이는 거며 곧이어… 데이지라는 이름까지 들먹이는 건 어떻게 생각해야 좋을지 몰랐다. 정확하지는 않지만 얼추 비슷했으니까.

"난 데이지라는 이름으로 불리지 않아."

더스티가 천천히 말했다.

"그렇다고 말하지 않았어. 하지만 그 비슷한 이름이긴 하잖아, 안 그래?"

더스티는 아무 대답도 하지 않았다.

"그럼… 말괄량이라는 이름은 어때?"

소년이 말했다.

"그렇게 불러도 괜찮겠니? 네가 좀 기분 나빠할지 모르지만, 어쩐지 네가 선머슴 같다는 생각이 들거든."

더스티는 너무 놀라 숨이 막힐 지경이었다. 정말이지 이젠 장난이 아니었다. 더스티를 말괄량이라고 부르는 사람은 이 세상에 딱 한 사람뿐이다. 말괄량이는 더스티를 부르는 그만의 애칭이었다. 이 소년은 더스티가 누구인지 알고 있었다. 그것도 상당히 많이.

"조쉬는 어디에 있지?"

더스티가 차갑게 물었다.

"조쉬라는 애가 누군지 난 몰라."

"조쉬가 어디에 있냐고. 어서 말해."

"조쉬라는 애가 누군지 모른다니까."

"조금 전에 네 입으로 조쉬라는 이름을 말했잖아."

"그냥 지어서 불러본 거야. 너희 집 전화번호를 아무렇게나 눌러본 것처럼. 데이지라는 이름도 마찬가지고."

"그럼 말괄량이도 그냥 불러본 거란 말이지?"

"응. 그런데 왜? 다른 사람들도 너를 그렇게 부르니?"

더스티는 대답하지 않았다. 아니, 대답하고 싶지 않았다. 더스티의 마음속에는 온갖 의혹들이 물밀듯 밀려들고 있었다. 이 소년은 자신이 인정하는 것보다 훨씬 더 많은 걸 알고 있다. 이왕 이렇게 된 거, 더스티는 최대한 알아낼 수 있는 대로 알아내야 했다. 마음 속에 떠오르는 그 얼굴에 대해서. 못 본 지 2년이 지났지만 매일, 아니 어느 땐 매시간, 숨 쉬는 매 순간마다 머리에서 떠나지 않는 그 얼굴에 대해서.

"조쉬는 어디에 있지?"

더스티가 다시 말했다.

"내가 말했잖아. 조쉬라는 애가 누군지 모른다고."

"넌 알아."

"몰라."

"하지만 네가 방금 말한 이름은…."

"내가 뭐라고 말했는지 따위는 관심 없어."

소년은 이제 좀 성질이 난 것 같았다.

"난 내가 하는 말을 통제할 수 없어. 알아듣겠어? 그냥 입에서 나오는 대로 말할 뿐이야. 무슨 근거로 그런 말들을 하는지 나조차 모른단 말이야."

더스티는 마음을 진정시키려 애썼다. 지금은 신중해야 할 때라는 생각이 들었다. 이 소년에 대해 자세히 알아보는 게 좋겠지만, 지나치게 다그치다간 저쪽에서 전화를 끊을지도 모를 일이다.

"하필 왜 그런 이름들을 선택했는지 말해봐."

소년은 대답하지 않았다. 대답은커녕 수화기 저편에서는 소년이 구역질하는 소리만 들려왔다. 그 소리를 듣고 있으려니 더스티의 마음이 온통 혼란스러워졌다. 만일 이것이 연극이라면 꽤나

설득력 있는 연기였다. 토하는 소리는 상당히 오랫동안 계속되는 것 같더니, 갑자기 뚝 멈추었다.

"너 괜찮니?"

아무런 대꾸가 없더니 또다시 구역질하는 소리가 들렸고, 그 소리에 더스티는 대충 짐작이 갔다.

"어지간히 마셨나보구나. 대체 뭘 마신 거니?"

"싸구려 포도주."

대답이 들려왔다.

"엄청나게 맛이 없었어."

그때 더스티의 귀에 뭔가 달그락거리는 소리가 들렸다.

"이게 무슨 소리야?"

"뭐가?"

"지금 이 소리."

"이거?"

이번에도 달그락거리는 소리가 들렸다.

"응."

"알약 병."

소년이 대답했다.

"아까 토할 때 조금 전에 먹은 약까지 전부 게워낸 것 같아. 그래서 약을 좀 더 먹으려고. 이놈의 약병을 제대로 열 수 있다면 말이지."

"있잖아…."

더스티가 입을 열었다.

하지만 소년은 더스티의 말을 듣고 있지 않았다. 그는 지금 수화기를 내려놓고 약병을 열기 위해 끙끙대고 있는 것 같았다. 그가 약병 뚜껑을 비틀면서 혼자 구시렁구시렁 욕을 하는 소리가 들렸다. 한참 침묵이 흐르더니 마침내 만족스러운 투로 툴툴거리는 소리가 들렸다.

"내 말 들려?"

더스티가 말했다.

아무 대답이 없었다.

더스티는 뭔가 생각해내려 애썼다. 그리고 소년이 과음을 하는 바람에 이렇게 전화를 걸고 있는 와중에 알약을 좀 더 삼키고 있는 거라고 확신했다. 그가 조쉬에 대해 뭔가 알고 있으리라는 확신도 들었다. 그에게서 알아낼 수 있는 것들은 모두 알아내야 했다. 하지만 그전에 먼저 이 소년의 생명을 구해야 했고, 그러려면 그가 지금 어디에 있는지 알아야 했다. 잘하면 그가 말해줄지도 모를 일이었다. 어쩌면 진짜로 자살을 기도한 것이 아니라 도와달라는 외침인지도 모른다.

"내 말 들려?"

더스티는 다시 한 번 말했다.

여전히 대답이 없었다. 더스티는 전화기를 들고 창가로 다가가 커튼 사이로 슬쩍 주변을 둘러보았다. 사방이 눈에 덮여 반짝반짝 빛나고 있었다. 방금 전 내린 눈까지 더해 눈은 18센티미터 정도

쌓여 있었다. 온 세상이 하얗게 뒤덮였고, 아직 아무도 눈을 밟은 사람이 없는 듯 거리는 발자국 하나 없이 깨끗했다.

더스티는 오른쪽을 흘긋 보았다. 인적 끊긴 골목이 캄캄한 어둠 속으로 쭉 뻗어 있는 것으로 보아 아직 아빠가 벡데일에서 돌아오는 것 같지는 않았다. 왼쪽으로 고개를 돌려 인적이 끊긴 골목을 바라보았다. 골목은 집 바깥쪽 넓은 모퉁이를 지나 그곳에서부터 다시 좁아지기 시작해 마침내 스톤웰 공원 입구에서 끝이 난다. 그곳 역시 개미 새끼 한 마리 보이지 않았고, 온통 순백의 눈과 고요한 정적, 텅 빈 공허만이 덩그렇게 남아 있었다. 그때 갑자기 소년의 목소리가 다시 들려왔다.

"데이지?"

"나를 데이지라고 부르지 마. 그건 내 이름이 아니야. 알겠어? 이제부터 내 말 잘 들어…."

"아니, 네가 내 말을 들어줘야겠어."

소년의 목소리는 아까와 달라져 있었다. 조금 졸린 듯했지만 어쩐지 훨씬 더 강압적인 것 같았다.

"내 말 잘 들어… 난 시간이 별로 없고… 몇 가지 하고 싶은 말이 있어. 너를… 너를 겁먹게 만들었다면 미안해."

"나를 겁먹게 하지는 않았어."

"아니야, 그랬어."

소년의 숨소리는 아까보다 더 가빠진 것 같았다.

"내가 널 겁먹게 했어. 그랬다는 거 나도 알아. 그리고 지금도…

지금도 여전히 너한테 겁을 주고 있다는 거 알고 있어."

더스티는 아무 말도 하지 않았지만 그의 말이 옳다는 걸 알았다.

"미안해."

소년이 말했다.

"미안하다는 말은 꼭 해야 할 것 같아서. 정말 미안해… 네가 누구든 간에 말이야…."

"내 이름은 더스티야."

더스티는 소년과 이야기하는 게 싫었다. 소년과 이야기를 하고 있으면 그 어느 때보다 마음이 약해졌기 때문이다. 하지만 더스티는 위험을 감수해야겠다고 생각했다. 어쨌든 이 소년이 어디에 있는지 알아내려면 그와 통화를 계속하는 수밖에 없었다.

"멋진 이름이네."

"네 이름은 뭐야?"

"아무렇게나 불러."

"너도 이름이 있을 거 아니야."

"아주 많은 이름이 있지."

"그럼 그 가운데 하나를 말해줘. 그 이름으로 부를게."

"이름 따위 들먹이기에는 이젠 너무 늦었어."

더스티를 오싹하게 만드는 소년의 목소리에는 단호한 느낌이 배어 있었다.

"더스티?"

"응?"

"전화 끊지 않고 받아줘서 고마워."
"조쉬가 어디에 있는지 말해줘."
"조쉬라는 애가 누군지 몰라."
"넌 알잖아. 네가 알고 있다는 거 알아."
소년은 아무 대꾸도 하지 않았다.
"조쉬가 어디에 있지?"
소년이 입을 열었지만 더스티의 질문에 대한 답은 아니었다.
"이 나무들 말이야…."
소년이 웅얼거리며 말했다.
"정말 아름답다."
"조쉬에 대해 말하라니까. 부탁이야, 조쉬에 대해 말해줘."
"정말 아름다워."
소년의 목소리는 점점 약해져 갔다.
"나무 근처에서 죽게 되어 다행이야."
"네가 있는 곳이 어디니?"
"상관하지 마."
"왜 말하려 하지 않는 거야?"
"그럼 네가 앰뷸런스를 부를 테고, 그렇게 되면 사람들이 와서 내 생명을 구하려들 테니까."
더스티는 몸서리를 쳤다. 이건 도움을 구하는 외침이 아니다. 작별인사였다.
"지금 어디에 있는지 말해."

더스티가 추궁했다.

"알려고 하지 마."

"제발 말해줘."

"난 죽고 싶어. 죽어야 해."

"도대체 왜?"

"고통이 너무 심해. 이 고통이 어서 사라져주기만을 바랄 뿐이야."

더스티는 재빨리 이리저리 고개를 돌렸다. 소년이 있는 곳이 어디인지 알아낼 만한 무슨 단서를 찾아야 했다. 그가 나무에 대해 말하긴 했지만 그 정도로는 별 도움이 되지 않았다. 근처에 나무가 있는 곳이 한두 군데가 아닌데다 소년이 벡데일 지역에서 전화를 걸고 있다는 보장도 없다. 그는 자신이 어디에 있는지 말한 적이 없었다. 전국 어느 구석에 있는지 알 수 없는 노릇이었고, 심지어 외국에 있는지도 모를 일이었다. 그때 문득 수화기 저편에서 지금까지와는 다른 새로운 소리가 들려왔다.

뭐랄까, 무거운 물체가 경첩 위에서 움직이는 것 같은, 술집 간판이 바람에 흔들리는 소리 같기도 하고 철문이 열리는 소리 같기도 한 금속성의 삐걱거리는 소리였다. 더스티는 귀를 기울였다. 어쩐지 많이 들어본 소리였고, 그것도 최근에 들어본 적이 있는 소리였다. 이제 소리의 정체가 무엇인지 확실히 알 것 같았다.

소리가 멈췄다. 더스티는 다시 소리가 나지 않을까 기대하면서 귀를 기울이며 재빨리 머리를 굴렸다. 소년은 근처 어딘가에 있다. 직감으로 알 수 있었다. 한 번만 더 소리를 들을 수 있다면 그곳이 어디인지 알아낼 수 있을 것 같았다. 하지만 더 이상 소리는 들리지 않았고 대신 마치 혼잣말을 하는 듯 아련하고 초연한 소년의 목소리가 들려왔다. 그러나 소년의 말은 아무런 단서도 주지 못한 채 더스티를 온통 혼란스럽게 만들 뿐이었다.

"미안해, 꼬마 더스티. 잘 있어, 꼬마 더스티."

더스티의 온몸이 벌벌 떨려왔다. 이건 말도 안 되는 일이었다. 예전에 들었던 말과 똑같은 말을 듣게 되다니, 이럴 수는 없었다. 더스티는 마지막으로 이 말을 들었던 때를 똑똑히 기억했다. 바로 지금처럼 있는 힘껏 전화기를 부여잡고 있던 그날 일이 떠올랐다. 킬버리 무어 황무지 위로 해가 떠오르는 걸 바라보며 침실 창문가에 서 있던 그때가 떠올랐다. 하루가 저물면 삶도 같이 저물어가는 것만 같던 그날의 기분이 떠올랐다. 더스티의 귓가에 들려오던 몇 마디 말, 오빠가 마지막으로 남긴 그 말이 아직도 생생하게 기억이 났다.

"잘 있어, 꼬마 더스티."

소년이 말했다.

"조쉬 오빠!"

더스티가 소리쳤다.

아무런 대답도 돌아오지 않았다. 전화가 끊기기 전, 더스티의 귀에 들려온 소리는 금속이 덜그럭거리는 아까의 그 이상한 소리가 전부였다. 그런데 이번에는 그 소리와 함께 한 가지 떠오르는 그림이 있었다. 스톤웰 공원… 나무들… 어린이 놀이터… 그네!

바로 어제만 해도 아빠와 함께 공원을 산책하다가 그곳의 그네에 앉아 있었다. 심지어 그 위에 올라타기도 했는데, 방금 그 그네 흔들리는 소리가 들린 것이다. 더스티의 추측이 틀림없다면 소년은 기껏해야 200미터도 떨어지지 않은 곳에 있는 게 분명했다.

더스티는 수화기를 내려놓고 현관을 향해 달려가 외투를 입고 부츠를 신었다. 휴대전화를 집어 들어 전원을 켠 후, 메모지에 아빠 앞으로 간단히 메모를 남겼다.

'잠깐 나가. 휴대전화 켜놨어. 금방 돌아올 거야. 더스티.'

더스티는 아빠가 메모를 읽기 전에 돌아올 수 있길 바랐다. 아빠가 메모를 보게 되면 이만저만 걱정하는 게 아닐 테니까. 그걸 알면서도 지금으로서는 이렇게밖에 할 수가 없다. 소년을 찾아야 했다. 그것도 빨리. 더스티는 집 밖으로 나와 현관문을 닫고 컴컴한 골목길을 있는 힘껏 달렸다.

2

 차가운 공기가 달려가는 더스티의 얼굴을 세차게 때렸다. 더스티는 가쁘게 숨을 몰아쉬었다. 여전히 온몸이 떨려왔지만, 어떻게든 소년을 찾아내야 한다고 생각했다. 만에 하나 소년이 과도한 양의 약을 털어 넣은 거라면(더스티는 그가 그랬을 거라고 확신하지만) 그가 위험에 처하게 내버려두어서는 안 되고, 혹시라도 이미 위험한 지경에 처했다면 어려움을 무릅쓰고서라도 그를 구해야겠다고 생각했다.

 조쉬 오빠라면 그랬을 것이다. 오빠라면 어떠한 위험이 닥치든 망설이지 않았을 것이다. 더스티는 언제나 조쉬 오빠의 그런 점에 감탄했으며, 이제 조쉬 오빠에게 무슨 일이 일어났는지 알아낼 기회가 온 만큼 오빠를 위해 오빠와 똑같이 용기를 발휘하는 건 당연한 일이었다. 그때 문득 아까 창문에서 미처 생각하지 못했던 사실이 떠올랐다.

 더스티는 그 자리에 멈춰 서서 아래를 내려다보았다. 어찌 된 일인지 골목의 눈은 아무도 발자국을 남긴 적이 없는 처녀설이 아니었다. 누군가의 발자국이 스톤웰 공원 정문을 향해 길게 뻗어 있었다. 더스티는 오른쪽을 돌아보고 이 발자국이 골목 저쪽 끝에서부터 시작됐다는 것을 알았다. 마지막으로 눈이 내린 후로 누군가 벡데일에서 이쪽으로 걸어왔던 것이다.

이 발자국이 소년의 흔적이라는 보장은 없지만 더스티는 소년이 근처에 있다고 확신했으며, 이런 한밤중 인적이 드문 마을 한 구석에 소년 말고 다른 사람이 있으리라고는 상상할 수가 없었다. 더스티는 눈 위에 또 하나의 발자국을 남기면서 공원을 향해 나 있는 골목길을 따라 달려가지 않을 수 없었다. 그리고 그렇게 달리는 동안 머릿속에서는 이제 그만 멈추라고, 어서 집으로 돌아가 경찰에 신고하고 아빠에게 전화를 걸라고 외치는 아빠의 음성이 들렸다.

하지만 더스티는 이런 생각들을 몰아냈다. 이 일은 조쉬 오빠에 관한 일이었다. 아직 경찰에 알릴 일은 아니다. 이건 어디까지나 집안일이니까. 아빠는 지금 이 마을에 없기 때문에 설사 아빠의 휴대전화로 전화를 건다 해도 더스티가 소년에게 도착하기 전에 아빠가 먼저 소년이 있는 곳에 도착하기는 불가능하다. 이 일은 순전히 더스티의 몫이고, 어쩌면 혼자서 처리하는 것이 최선의 방법일지도 모른다. 소년이 목숨을 구할 생각이 없다고 아무리 고집을 부린다 해도 어쨌든 그 역시 위험한 상황을 맞이하길 바라지는 않을 터였다.

예상대로 스톤웰 공원의 정문은 굳게 잠겨 있었다. 더스티는 혹시 소년이 정문을 타고 넘어갔거나 공원 담장 사이 틈새로 들어가지는 않았는지 알아보려고 발밑을 둘러보았다.

으레 그렇듯 담장 사이에는 약간의 틈이 벌어져 있었다. 더스티는 언제나처럼 그 틈새를 간신히 뚫고 들어가 발자국을 따라 달렸다. 발자국은 공원 안쪽, 자그마한 나무가 서 있는 방향으로 굽어진 비탈을 따라 내려가고 있었다. 주위에는 사람의 흔적이라곤 찾아볼 수 없었지만, 고요한 이곳 분위기가 더스티의 마음을 평온하게 만들어주었다.

뭔가 잘못 짚었다는 생각이 들었다. 이런 기분은 단지 주변의 정적 때문만은 아니었다. 뭔가 이상한 느낌이 든 이유는 바로 빛 때문이었다. 이 빛은 어둠과 눈이 한데 어우러져 만들어진 것일 테지만, 마치 어딘가 비현실적인 느낌이 감도는 차가운 빛이 허공 위를 떠다니는 것 같았다. 저 아래에 서 있는 나무들은 기묘한 분위기를 자아내며 반짝반짝 빛났고, 레이븐 언덕 꼭대기에서 한참 멀리 떨어진 곳까지 어둠 속에서 환하게 빛나고 있었다.

더스티는 어서 일을 마무리하고 싶은 마음에 서둘러 발걸음을 옮겼다. 어쨌든 소년을 제외하면 이곳에 있는 사람은 자기밖에 없는 게 틀림없었다. 마약중독자든 뜨내기든 이런 날씨에 공원을 돌아다니는 사람은 아무도 없을 테니까. 더스티는 그때 골목 안에서 자동차 엔진이 울리는 소리를 듣고 걸음을 멈추었다.

아빠의 자동차 소리는 아니었다.

더스티는 정문을 돌아보았다. 누군가가 골목 끝까지 차를 몰고 온다면 그 이유는 딱 두 가지다. 손 코티지를 방문하기 위해서거나 스톤웰 공원을 방문하기 위해서. 하지만 이렇게 밤늦은 시간에는 어느 쪽에도 해당사항이 없을 것 같았다. 아니, 어쩐지 그보다 훨씬 무시무시한 일이 기다리고 있을 것 같았다.

자동차는 헤드라이트를 켜지 않은 채였다.

더스티는 골목에서 꽤 아래에 떨어진 곳에 있어서 차량의 정체를 확인할 수 없었지만, 예전부터 자주 아빠와 차를 타고 공원과 집을 오갔던 터라 조만간 자동차가 공원 정문 위로 불빛을 비추리라는 걸 알고 있었다.

하지만 아무런 불빛도 비치지 않았고 자동차라고 생각한 것 또한 자동차가 아니었다. 엔진 소리로 그것을 알 수 있었다. 그것은 자동차보다 더 큰 것이었다. 더스티는 불안스레 정문 쪽으로 시선을 던졌고 바로 그때 엔진 소리가 멈추었다.

또다시 침묵이 묵직하게 내려앉았다.

더스티는 나무들이 서 있는 장소를 향해 비탈을 달려 내려갔다. 골목에서 무슨 일이 벌어지든 아무튼 소년을 찾아야 했다. 더스티는 눈 위에 펼쳐진 발자국을 따라가면서 자기도 모르게 어깨너머로 뒤를 돌아보았다. 자신이 지금 점점 약해져가고 있다는 걸 느꼈다. 자기 앞에 무엇이 기다리고 있을지 겁이 났고, 뒤에는 또 무엇이 놓여 있는지 몰라 두려웠다.

또다시 조쉬 오빠 생각이 났다. 조쉬 오빠였다면 그대로 밀고 나갔을 것이다. 조쉬 오빠라면 그랬을 거라고 믿었다.

더스티는 애초 계획대로 줄곧 달렸다. 한참을 달린 후 앞을 보니 나무들이 서 있었다. 눈에 묻히긴 했지만 오른쪽에는 큰 단풍나무가 왼쪽에는 마로니에가 서 있었고, 그 사이의 길을 금세 알아볼 수 있었다. 발자국은 눈에 덮여 형체조차 사라진 길을 따라 숲 속을 향해 죽 이어졌다. 더스티는 다시 한 번 어깨너머로 뒤를 돌아보았다.

정문에는 여전히 개미 새끼 한 마리 보이지 않았다. 더스티가 정문을 바라보는 바로 그때 거무스름한 무언가가, 바닥까지 몸을 낮춘 무언가가, 담장 사이 틈새로 희미하게 움직이는 것이 눈에 띄었다. 더스티는 서둘러 숲 속으로 달렸다. 지금으로선 무얼 판단할 겨를이 없었다. 이제 와서 다시 돌아갈 수도 없는 일. 더스티는 내처 달릴 수밖에 없었고 더 이상 낭비할 시간이 없었다.

더스티는 다시 달리기 시작했고 눈 위에 박힌 발자국을 응시했다. 손가락과 발가락이 점점 차가워졌고 바람은 거세졌다. 언뜻언뜻 보이던 나뭇가지들이 캄캄한 밤 그늘 속으로 사라졌다. 소년의 흔적은 찾아볼 수 없었지만 어차피 이곳에서 소년을 발견하리라 기대하지도 않았다. 더스티의 짐작이 틀림없다면 소년은 이 숲의 반대편에, 아마도 눈 속에 큰대자로 누워 있을 것이다.

더스티는 계속 달렸다. 지면은 더 미끄러웠다. 나무 위의 눈은 제법 녹아 내렸지만, 바닥의 눈은 앞으로 죽 이어진 발자국을 볼 수 있을 정도로 여전히 깊이 쌓여 있었다. 더스티는 서둘러 달렸다. 더스티의 머릿속은 소년과 조쉬 오빠, 자신의 뒤를 쫓는 사람들 생각으로 가득 찼다. 마침내 숲 한가운데 나무를 베어낸 삼림 개척지에 다다라 낡은 분수 옆에 멈추어 섰다.

지금은 분수에서 물이 콸콸 흘러나오지 않았다. 분수 위로 눈이 소복이 덮여 있었다. 더스티는 돌로 조각된 못생긴 아기 천사를 슬쩍 내려다본 다음 그 옆에 놓인 빈 와인병을 쳐다봤다. 바로 옆에 역시 비어 있는 작은 약병 한 통도 눈에 띄었다. 분수 위 숲 쪽으로 발자국이 죽 이어져 있었다. 더스티는 발자국을 따라 길을 재촉했고, 바로 그때 한밤중의 정적을 깨고 낯선 소리가 들려왔다.

개 한 마리가 으르렁거리는 소리였다.

그 소리는 뒤편 골목 어딘가에서 들려오고 있었다. 한 차례 더 으르렁거리는 소리가 들리더니 곧이어 짖어대는 소리가 들렸다. 거칠고 사납게 짖어대는 소리에 더스티는 공포에 떨기 시작했다. 으르렁 거리는 소리와 짖어대는 소리가 아까보다 더 크게 들려왔다. 더스티는 주먹을 꼭 쥐었다. 아무래도 개는 한 마리가 아닌 것 같았다. 그런 확신이 들었다.

더스티는 아까처럼 발자국을 따라 숲을 가로질러 달렸다. 여전히 소년의 모습은 나타날 기미가 보이지 않았다. 그때 뒤에서 무슨 소리가 들려왔다. 거칠고 험악한 남자의 목소리가 들리더니 이내 그보다 어린 듯한 두 남자의 목소리가 이어졌다. 무슨 말을 하는지 알아들을 수는 없었지만 굳이 알아들을 필요도 없었다. 그 소리를 둘러 싼 모든 것들이 위험을 예고하고 있었으니까.

더스티는 미끄러지고 비틀거리며 나무들 사이로 쏜살같이 내달렸다. 더 이상 뭘 해야 할지 판단이 서지 않았다. 소년도 찾아야 했고 동시에 안전하게 머물 곳도 찾아야 했다. 마음 한편에서는 아무 생각 없이 그저 달리라고 외쳐댔다. 이제 그만 소년을 잊으라며 비명을 질러댔다. 바로 그때 어린이 놀이터 바로 아래에 공원 입구가 하나 더 있다는 사실이 떠올랐다. 잘하면 입구의 담을 넘어 노울(Knowle, 영국 중서부 솔리헐에 위치한 작은 마을 - 옮긴이)로 이어지는 좁다란 오솔길을 따라 달아날 수도 있고, 황무지 가장자리로 이어진 승마길을 따라 황급히 달아나도 좋을 것이다. 정 안 되면 아예 황무지를 가로질러 갈 수도 있다. 어떤 방법을 선택하든 서둘러야 했다.

개들이 으르렁 거리는 소리, 컹컹대며 짖는 소리가 점점 더 가까이 들리는 것 같았다. 더스티는 어깨너머로 뒤를 흘긋 보았지만 눈에 보이는 것은 나무들과 눈뿐이었다. 숲을 헤치며 달리고 또 달리자 마침내 불쑥 반대편 길이 나타났다. 반짝반짝 빛나는 순백의 눈밭에 축구 경기장과 럭비 경기장이 넓게 펼쳐졌고, 바로 가까운 곳에 회전목마며 모래놀이터, 장난감집, 정글집 등이 갖추어진 어린이 놀이터가 온통 눈으로 뒤덮여 환하게 빛나고 있었다. 오른쪽에 놓인 그네는 가벼운 바람에 밀려 삐거덕 삐거덕 귀에 익은 무딘 소리를 냈다. 더스티가 줄곧 따라가던 발자국은 이곳 그네까지 죽 이어졌다.

더스티는 발자국을 따라 달려가 그네 아래에 또 하나의 와인병과 알약 통이 모두 텅 빈 채 나뒹구는 걸 발견했다. 어쩌면 소년이 그네에 앉아 와인을 마시고는 마지막 남은 알약들을 전부 털어 넣었는지 모른다는 생각이 들었다. 그네를 살짝 흔들었을지도 모르고, 그 소리가 더스티의 귓가에 전해졌을지도 모른다. 어쨌든 소년은 이제 이곳에 없다.

바로 그때 발자국이 그네에서 다른 방향으로 향해 있는 걸 발견했다. 아무래도 소년은 공원 밖을 빠져나가 승마길과 황무지로 향하려 한 것 같았다. 더스티는 입술을 깨물었다. 어떻게 해야 할지 판단이 섰다. 소년이 그랬던 것처럼 입구의 담을 넘어 도망쳐야 했다. 더스티는 서둘러 입구 쪽으로 다가가다가 문득 걸음을 멈추었다.

발자국은 정문에서 약 3미터쯤에서 끊겼고, 사방 어디를 둘러봐도 더 이상 발자국을 찾을 수 없었다. 소년이 눈 속에 깔고 누웠으리라 짐작되는 평평한 판자 조각 하나만 달랑 남아 있을 뿐 주위에는 아무것도 없었다. 발자국은 이곳에서부터 어디로도 향하지 않았다. 소년이 정말로 사라져버린 것이다.

하지만 이 일을 더 깊이 생각할 겨를이 없었다. 다른 사람들이 나타나기 전에 어서 달아나야 했고, 그러려면 이 정문을 타고 넘어가야 했다. 정문 옆 담장에는 비집고 통과할 만한 틈새가 전혀 없었다. 저 뒤편에서 개들이 짖어대는 소리가 또다시 들려왔다. 개들이 이제 숲 가장자리 가까이까지 왔다는 사실을 소리로 알 수 있었다.

더스티는 정문을 향해 뛰어간 다음, 뒤편 숲을 바라보면서 정문을 타고 올라가기 시작했다. 아직 사람들도 그들이 데리고 다니는 개들도 다가오는 기미가 보이지 않았다. 정문 위까지 올라가자 비로소 한시름 놓였다. 공원 안쪽에서 개들이 불협화음을 내며 시끄럽게 짖어대는 소리가 들렸다. 더스티는 여전히 정문 맨 위에 매달린 채 숲을 응시했다.

드디어 세 사람의 형체가 나타나기 시작했다. 밤치고는 환한 편이라 해도 사람의 형체를 알아보기가 쉽지 않았지만 그들의 윤곽만큼은 제법 눈에 들어왔다. 한 사람은 포니테일로 머리를 묶은 땅딸막한 남자였고, 나머지 두 사람은 열아홉 살쯤 되어 보이는 건장한 소년들이었다. 남자는 당장이라도 싸울 태세가 되어 있는 투견 두 마리를 줄에 묶어 앞세우고 걸어왔다. 남자와 소년들은 그녀가 있는 방향을 샅샅이 훑어보았고 아직 더스티를 알아보지는 못한 것 같았다. 바로 그때, 개들이 더스티를 향해 다가가려 애쓰면서 줄을 잡아당겼다.

더스티는 아무에게도 자신의 움직임이 들키지 않길 바라면서 정문 반대편으로 살짝 미끄러져 내려갔다. 그와 동시에 남자가 큰 소리로 외쳤다.

"저기다!"

남자가 곧바로 더스티를 가리켰다.

개들이 더스티를 향해 전속력으로 달렸다. 더스티는 정문에서 채 1미터도 달아나지 못했지만, 개들은 눈 깜짝할 사이에 벌써 입구로 다가와 철문 틈새에 코를 박고 더스티를 향해 다가가기 위해 발버둥을 치며 달려들었다. 개들 뒤로 남자 한 명과 소년 두 명이 눈길을 가로지르며 자신을 향해 돌진하는 모습이 더스티의 눈에 들어왔다.

더스티는 황무지 가장자리에 빙 둘러 있는 승마길을 따라 황급히 달렸다. 길모퉁이를 돌자 정문은 이내 시야에서 사라졌고, 이제 어느 쪽으로 달려야 할지 결정하기 위해 머리를 굴리면서 계속 달려 내려갔다. 개들은 출입문이나 담장 틈새로 빠져나갈 수 없을 테고 남자도 개들과 함께 그 자리를 지킬 수밖에 없을 테지만, 소년들은 쉽게 문을 타 넘어 자신을 쫓아올 것이다.

어디로 가야 좋을지 좀처럼 확신이 서지 않았다. 황무지로 가는 건 올바른 선택이 아니다. 그쪽은 워낙 황폐한 곳이라 설사 무사히 도망칠 수 있다 하더라도 기껏해야 레이븐 산과 머크웰 호수의 황량한 북쪽 가장자리를 향할 뿐이다. 그쪽으로 가다간 집에서 한참 멀어질 뿐더러 사방이 꽁꽁 얼어붙어 인적이 드문 지역으로 향하게 될 터였다.

그나마 승마길을 택하는 편이 좀 더 나았다. 그 근처에는 사일러스 할아버지 외에는 아무도 살지 않았으며, 사일러스 할아버지라면 크게 신경 쓰지 않아도 괜찮았다. 사일러스 할아버지의 낡은 오두막은 1킬로미터가 조금 못 미치는 곳에 있는데, 혹시라도 할아버지가 누군가를 도와줄 요량이라면 차라리 남극에서 사는 편이 더 낫지 않을까 하는 생각이 들 정도였다. 할아버지는 난로 주위에 몸을 움츠린 채 앉아 있곤 했는데, 설사 아직까지 잠이 들지 않았다 하더라도 더스티가 도움을 청하면 보나마나 잠든 척할

게 뻔했다.

아무래도 승마길을 지나 노울까지 이어지는 오솔길을 따라 내려가는 편이 가장 좋은 방법이다. 고작해야 말 세 필이 전부인 작은 마을에 불과하지만, 더스티가 도착할 무렵이면 틀림없이 누군가 깨어 있을 게 분명했다. 더스티는 승마길을 따라 달려 내려갔다. 차가운 공기 속을 달리려니 숨쉬기가 힘들었다. 저 앞으로 오솔길 초입이 보이기 시작했다. 더스티는 누가 쫓아오지 않나 보려고 어깨너머로 뒤를 흘긋 바라보았다.

아직 아무도 쫓아오지 않았다. 더스티는 미끄러운 땅을 주의 깊게 살피면서 달렸다. 곧 눈이 펑펑 쏟아질지도 모르고, 승마길은 고르지 못하기 때문이다. 왼쪽으로 돌아 노울로 향하는 길을 따라 내려갔을 때, 아니나 다를까 예상대로 더스티가 두려워하는 소리가 들려왔다.

등 뒤로 숨을 헐떡이는 소리가 들리기 시작했다. 캄캄한 한밤중에 그 소리는 더욱 거칠게 들렸다. 더스티는 그것이 소년들의 숨소리이며 그들이 멀리 있지 않다는 걸 알 수 있었다. 어깨너머로 뒤를 바라보았다. 아직 아무런 흔적도 보이지 않았다. 더스티는 길을 따라 달렸고, 그렇게 달리는 동안 마음은 알 수 없는 공포로 가득 채워지고 있었다. 이 길로 오다니 엄청난 실수였다. 이 오솔길은 승마길 만큼이나 외진 곳이다. 결국은 벡데일 도로와 만나긴 하겠지만 2킬로미터 가까이 달려도 노울에서는 집 한 채 발견하지 못할 테고 어디 한 군데 마음 놓고 숨어 있을 곳도 없을 터였다. 더군다나 소년들은 오솔길 양쪽의 돌담과 그 위의 풀밭, 눈 위에 남긴 발자국으로 더스티가 어느 방향으로 가고 있는지 정확하게 파악할 게 뻔했다.

더스티는 다시 한 번 어깨너머로 뒤를 흘긋 보았다. 이번에는 두 개의 형체가 자신을 좇아 달려오는 모습이 보였고 그러자 등골이 오싹해졌다. 그들은 5미터도 채 되지 않는 간격으로 쫓아오고 있었다. 더스티는 그들을 따돌리기 위해 전속력을 다해 필사적으로 내달렸다. 가볍고 맑은 눈송이들이 다시 내리기 시작했다. 서둘러 길을 재촉하는 동안 눈송이가 더스티의 시야를 부옇게 흐려 놓았다. 귀에는 여전히 소년들의 가쁜 숨소리가 들렸지만, 지금은 더스티의 호흡이 더 가빠지고 있었다. 지치고 겁이 났지만 뒤에서 들려오는 소리로 소년들이 계속 자신을 따라잡고 있다는 걸 알고 있기에 여유를 부릴 틈이 없었다.

더스티는 그들로부터 도망치기 위해 필사적으로 걸음을 재촉했다. 지금 이렇게 내리는 눈이 얼마간 도움이 되지 않을까 하는 마음에 눈발 사이로 시선을 던져보지만, 보이는 것이라고는 어둠 속으로 쭉 뻗은 인적 없는 오솔길뿐이었다. 어쨌든 더스티는 소년들보다 앞서 있었고, 한동안 그들 사이는 일정한 간격을 유지했다. 마침내 기력이 떨어지기 시작할 무렵, 저 앞에 헤드라이트가 켜 있는 것을 발견했다. 더스티는 헤드라이트를 향해 달리면서 두 팔을 흔들며 큰소리로 외쳤다.

"도와주세요! 도와주세요! 도와주세요!"

그리고는 재빨리 어깨너머로 뒤를 바라보았다. 소년들이 바짝 뒤쫓아 와 간격이 2미터도 채 벌어져 있지 않았다. 다행히도 그들은 천천히 속도를 늦추더니 마침내 그 자리에 우뚝 멈추어 섰다. 그들도 분명히 자동차를 보았고 그래서 일단 걸음을 늦추었던 것이다. 헤드라이트 불빛은 점점 밝아졌다. 이제야 비로소 차량의 정체를 알 수 있었다. 그것은 승용차가 아니었다. 귀에 익은 끔찍한 엔진 소리를 내던 그 차량은 흰색 소형트럭이었다.

더스티는 공포가 엄습해오는 걸 느끼며 그 자리에 멈추어 섰다.

소형트럭이 더스티와 약간의 거리를 두고 멈추었다. 헤드라이트가 꺼졌다. 엔진 소리도 멈추었다. 포니테일로 머리를 묶은 남자가 소형트럭에서 내려 뒤쪽으로 걸어가더니 잠시 후 끈으로 묶은 두 마리의 투견을 데리고 다시 모습을 나타냈다.

더스티는 공포에 질린 채 남자의 모습을 빤히 바라보았다. 남자는 개들을 데리고 더스티를 향해 다가오기 시작했다. 더스티는 재빨리 사방을 둘러보았다. 소년들이 더스티를 향해 한 걸음 한 걸음 다가오고 있었다. 더스티는 휴대전화를 찾으려고 주머니를 뒤지다가 이내 주머니에서 손을 뺐다. 전화할 시간조차 없었다. 더스티는 얼른 도망쳐야 했고, 남은 방법은 한 가지뿐이었다. 더스티는 벽을 향해 달려가 벽 위를 기어오르기 시작했다. 그렇게 있는 힘껏 벽을 타고 있을 때, 남자가 명령하는 소리가 들렸다.

"달려!"

그러자 개들이 더스티를 향해 쏜살같이 내달렸다.

3

 개들이 으르렁거리며 앞으로 질주하는 소리가 들렸다. 더스티는 땅에서 풀쩍 뛰어 올라 벽을 기어오르기 위해 온몸을 비틀어가며 필사적으로 애썼다. 하지만 소용없는 짓이었다. 자신을 향해 총을 겨누고 있는 검은 형체들이 눈에 들어왔고, 아무래도 재빨리 벽을 넘기는 틀린 것 같았다. 이가 덜덜 떨릴 만큼 무서운 걸 꾹 참고 마음을 다잡으려 했다. 그때 누군가 더스티의 두 다리를 붙잡고 벽에서 끌어내리려 했다.
 두 소년 가운데 한 명이었다. 그는 더스티를 붙잡은 다음 등에 더스티를 업어 개들 옆에 내려놓았다. 다른 소년 역시 앞으로 달려 나와 남자에게 큰소리로 외쳤다.
 "아빠! 그 사람들을 다시 부르세요! 그들을 다시 부르세요!"
 남자는 휘파람을 불었다.
 더스티는 개들의 움직임이 서서히 멈추자 다행이라고 여겼지만, 녀석들의 못마땅해하는 표정을 한눈에 알아볼 수 있었다. 대략

1미터 50센티미터쯤 되는 투견들은 여전히 으르렁대며 그 자리에 서 있었다.

"앉아!"

더스티를 붙잡고 있는 소년이 소리쳤다.

개들은 자리에 앉으려고 하지 않았다.

"이 녀석들 좀 앉으라고 해주세요, 아빠!"

"앉아!"

남자가 큰소리로 고함쳤다.

그러자 두 마리의 개들이 그 자리에 얌전히 앉았다.

"난 갈 거야."

더스티가 소년에게 말했다.

소년이 더스티를 툭 하고 내려놓았다. 그 바람에 더스티는 한 차례 눈 위에 굴러 넘어졌다가 자리에 일어섰다. 두 마리의 개들이 동시에 벌떡 일어나 더스티에게 다가오기 시작했다.

"앉으라니까!"

남자가 고함쳤다.

"제 자리에 있지 못해!"

개들은 즉시 주인의 말에 순종했지만 아까와 마찬가지로 여전히 마지못한 태도였다. 더스티는 오솔길 방향으로 달아나려고 슬금슬금 움직이기 시작했다.

"너도 거기 그대로 있어!"

남자가 더스티를 지켜보며 소리쳤다.

더스티는 그 자리에 멈춰 섰다. 달아나려 해봐야 소용없었다. 자칫하다간 남자가 당장에라도 자신을 덮치도록 개들에게 명령할지도 모른다. 분명한 사실은, 이 남자 외에는 아무도 개들을 통제할 수 없다는 것이다. 더스티는 자신을 둘러 싼 세 남자에게 시선을 고정시킨 채 벽에 기대어 몸을 움츠렸다.

남자는 키가 땅딸막하고 건장해 보였으며 우락부락하게 생긴 얼굴에 까만 콧수염을 길렀다. 얼굴에는 성난 표정이 아예 굳어져 버려 더스티가 짐작하기에, 아마 단 한순간도 그 표정이 떠난 적이 없었을 것 같았다. 소년들은 더스티가 생각했던 것보다 나이가 많아 보였다. 스무 살이나 스물한 살쯤으로 짐작되었다. 둘 다 운동선수처럼 체격이 건장했다. 한 명은 까만 머리칼에 아버지를 쏙 빼닮았고, 조금 전에 더스티를 벽에서 끌어내린 다른 한 명은 앞의 소년보다 좀 더 키가 크고 호리호리한 체구에 외모도 호감이 갔지만 그만큼 위험한 인물임에 틀림없었다.

남자가 개들에게 다가와 그 사이에 섰다. 그리고는 더스티를 주시하면서 손을 아래로 뻗어 개들을 묶은 줄을 다시 단단히 동여맸다. 개들은 초조해하며 털을 곤두세웠지만 반항하지는 않았다. 개들의 시선 역시 더스티를 향해 고정되어 있었다. 더스티는 일이 어떻게 될지 예측하려 했고, 침착하려 애썼다. 이 사람들이 뭘 원하는지 감을 잡을 수가 없었다. 어쩌면 자신이 두려워할 대상이 아닌지도 몰랐다.

남자가 여전히 더스티에게 시선을 고정시킨 채 자리에서 일어났다. 눈발이 더 굵어지고 있었다. 더스티가 뒤를 돌아 남자를 응시했다. 남자는 소년들을 향해 두 눈을 깜박거렸다. 그들을 흘끔 쳐다본 더스티는 세 사람 사이에 무언의 메시지가 오갔다는 걸 알 수 있었다. 메시지의 내용이 무엇인지는 알 수 없지만, 어쨌든 자신에게 달가운 내용은 아닐 것 같았다. 남자가 입을 열었다.

"녀석은 어디에 있지?"

남자의 목소리는 굵고 거칠었으며, 억양이 이 근처에 사는 사람들과 달랐다. 그가 어느 지역 사람인지 가늠이 되지 않았다. 더스티는 최대한 대담하게 대답했다.

"도대체 누가 어디에 있냐는 거예요?"

"나하고 장난칠 생각 마."

"아저씨가 누굴 말하는 건지 전 모르겠는데요."

남자와 두 소년 사이에 또 한 차례 눈빛이 오갔다. 더스티는 소년들이 서서히 앞으로 다가오는 걸 느끼면서 불안한 표정으로 남자를 흘긋 쳐다보았다. 남자가 거의 알아채지 못할 정도로 가볍게 머리를 가로젓자 소년들이 자리에서 멈추었다.

눈은 그칠 줄 모르고 계속해서 내리고 있었다.

남자가 가까이 다가왔다. 더스티는 개들을 바라보았다. 개들은 어떻게든 더스티에게 다가가려고 가죽끈을 홱홱 잡아당겼다. 남자는 투박하고 단단한 손으로 개의 목줄을 꽉 쥐었고, 더스티는 제발 그가 목줄을 놓지 않길 바랐다. 남자는 더스티가 간신히 닿지 않을 정도의 거리에 개들을 세우고는 다시 한 번 말을 건넸다.

"넌 스톤웰 공원으로 향하는 골목으로 그 녀석하고 같이 걸어갔잖아. 그리고는 정문 앞에 멈췄다가 녀석과 같이 담장 틈사이로 들어갔지. 눈 위에 찍힌 발자국 두 개, 그러니까 너와 그 녀석 발자국을 똑똑히 봤어. 암만 봐도 아이들 발자국이더군. 넌 그 녀석과 함께 언덕 아래로 내려가 나무들 사이를 빠져나간 다음 분수를 지나 놀이터까지 온 거야. 심지어 그네 쪽에도 갔더군. 그런 다음 너희 둘은 반대편 입구로 향했어."

더스티는 온몸이 덜덜 떨렸다. 이제야 자신이 이 일에 얼마나 깊이 관여되었는지 이해할 수 있었다. 남자가 계속해서 말을 이었다.

"자, 그 다음에는 어떻게 했지? 넌 입구의 문을 타고 넘으려 했어. 그렇다면 그 녀석은 어디로 간 거지?"

더스티는 생각을 정리하려 애썼다. 그들은 소년의 발자국이 눈에 덮여 점점 사라져간 걸 알아채지 못한 게 틀림없었다. 더스티가 출입문을 타고 넘어가는 모습만 보고 더스티를 잡으러 황급히 쫓아온 것이다.

"너희 둘이 정문까지 같이 왔잖아. 우리는 네가 철문을 타고 올라가는 걸 봤어. 자, 녀석은 어디로 갔지?"

"녀석이라니, 누굴 말씀하시는 건지 전 정말 몰라요."

"우리가 그 말을 믿을 것 같아?"

남자는 개들을 흘긋 내려다본 다음 다시 더스티를 쳐다보았다.

"우리를 속이려면 좀 더 그럴듯한 대답을 생각해내야 할 거야."

더스티는 다시 한 번 생각을 정리하려 애썼다. 가장 간단한 방법은 지금까지 있었던 일들을 낱낱이 정확하게 설명하는 것이리라. 어쩌면 그들이 더스티의 말을 믿을지도 모른다. 하지만 그렇지 않을 수도 있다는 의심이 들었고, 설사 그들이 자기 말을 믿는다 해도 어쩐지 그들에게 소년에 대해 이야기하기가 썩 내키지 않았다. 그 소년이 무슨 짓을 했든, 조쉬 오빠에 대해 무엇을 알고 있든 전혀 아는 바가 없든, 소년보다 이 사람들이 훨씬 못미더웠다.

"난 그저 발자국을 쫓아갔을 뿐이에요. 눈 위의 발자국을 보고 따라간 것뿐이란 말이에요."

"날 바보로 아나본데."

"아니, 그런 게 아니라 전…."

"날 바보로 알고 있는 게 틀림없어."

남자의 목소리는 냉혹했고 악의로 가득 찼다.

"아직 어린 소녀인 네가 한밤중에, 그것도 온통 눈으로 뒤덮인 이 공원을 혼자서 돌아다녔다 이거지. 세상에, 그런 멍청한 짓이 또 있을까. 넌 네 두 눈으로 똑똑히 발자국을 보았어. 그 발자국이 누구 발자국인지도 모르면서 단지 호기심으로 발자국을 따라갔다는 말인데, 내가 그 따위 말을 믿을 것 같아?"

더스티는 아무런 대꾸도 하지 않았다.

"그래?"

그가 날카롭게 쏘아붙였다.

"네, 저는…."

"그리고는 나한테 거짓말한 것도 모자라 이제는 무례하게 굴고 있어."

 남자가 좀 더 가까이 걸음을 옮겼다. 개들도 거의 더스티의 손이 닿을 만큼 가까운 거리에서 더스티를 노려보더니 더스티를 향해 풀쩍 뛰어 올랐다. 더스티가 벽에 납작 달라붙는 동안, 남자는 개들을 뒤로 잡아당기고 손목에 가죽끈을 묶어 길이를 짧게 했다. 덕분에 개들과 더스티와의 간격이 제법 벌어졌지만 그래봤자 고작 몇 인치에 불과했다. 소년들도 더스티 쪽으로 가까이 다가왔다.
 "그렇게 고집 부려봐야 소용없어."
 남자가 말했다. 남자는 오싹할 정도로 목소리를 낮게 깔았다.
 "보아하니 제법 영리한 아이 같은데, 아무 이유 없이 혼자서 어슬렁거리며 공원을 돌아다닐 리가 없어. 눈 위에 누군지도 모르는 사람의 발자국이 찍힌 걸 보고 쫓아갔을 리도 없고 말이야. 왜냐고?"
 더스티는 여전히 아무런 대꾸도 하지 않았다.
 "위험하기 때문이지."
 남자가 계속해서 말을 이었다.
 "밤늦은 시간에는 험악한 인간들이 돌아다니거든. 그런 위험한 인간들 눈에 띄는 거 별로 좋아하지 않을 텐데. 지금은 마음이 바뀌셨나?"
 "내 일에 상관 마세요."
 "네가 사실대로 말하면 상관 안 하지."
 "사실대로 다 말씀드렸잖아요."
 "그러니까 도대체 왜 발자국을 따라갔냐니까?"

"그냥요."

더스티는 경멸하는 눈초리로 남자의 얼굴을 쏘아보았다.

"난 네가 그래도 머리가 좀 돌아가는 아이일 줄 알았는데. 아무래도 나한테 설득 좀 당해봐야겠는걸."

남자는 소년들을 슬쩍 쳐다보더니 고개를 끄덕였다. 그러자 소년들이 더스티를 향해 다가왔다.

더스티는 그래봤자 시간 낭비만 할 뿐이라는 걸 알면서도 날카롭게 비명을 질렀다. 눈 덮인 골목길에서 비명 소리를 들을 사람은 아무도 없을 터였다. 그래도 더스티는 연거푸 비명을 질렀고, 그러자 금발 소년이 한 손으로 재빨리 더스티의 입을 틀어막았다. 더스티는 발버둥치면서 달아나려 애썼지만 금발 소년이 이내 다른 손으로 더스티의 배를 움켜쥐고 벽 쪽으로 밀어붙였다. 그러자 또 한 소년이 더스티의 어깨를 꽉 움켜쥐며 꼼짝 못하게 만들었다. 더스티는 도망치려고 다시 한 번 필사적으로 몸부림 쳤지만 그럴수록 그들의 손에 더욱 완강히 붙잡힐 뿐이었다. 그때 더스티가 무릎을 들어 올려 금발 소년의 사타구니를 최대한 세게 쳤다. 소년은 고통에 못 이겨 비명을 질렀다.

"이 계집애가!"

더스티는 그의 주먹이 한 차례 뒤로 갔다가 앞으로 휙 날아오는 걸 보았다. 순간 더스티는 몸을 휙 구부렸고, 그 바람에 주먹이 쿵 하는 소리를 내며 벽을 쳤다. 소년은 다친 손을 흔들면서 신음 소리를 내며 뒤로 물러섰다. 더스티는 두 발로 마구 발길질을 하며 아무 거나 닥치는 대로 차댔다. 한쪽 발이 다른 소년의 정강이를 찼다. 그러자 이 소년 역시 날카로운 비명을 지르며 뒤로 물러났다. 잠시 후 두 소년 모두 더스티를 향해 돌진했다. 더스티는 소년들의 팔 아래에서 몸부림쳤고, 마침내 그들로부터 빠져나와 오솔길 아래로 냅다 달렸다.

하지만 그리 멀리 가지는 못했다. 젖 먹던 힘을 다해 달렸지만 채 5미터도 가기 전에 그들에게 양 어깨와 허리를 잡히고 말았다. 더스티가 다시 소리를 지르자 이번에는 주먹이 날아와 더스티의 등허리를 쳤다. 더스티는 신음소리를 내며 눈 위에 푹 쓰러졌다. 소년들이 불안한 표정으로 더스티 곁으로 다가왔을 때, 더스티의 주머니에서 휴대전화가 울렸다. 더스티는 얼른 전화기를 꺼내 응답 버튼을 누른 다음 큰소리로 비명을 질렀다.

"도와줘요! 도와주세요! 노울로 가는 오솔길이에요!"

"저 계집애한테 전화기 뺏어!"

남자가 소리쳤다.

"노울로 가는 오솔길이요! 경찰에 전화해주세요!"

더스티는 전화기에 대고 계속해서 소리를 질렀다.

"남자 하나가 있고요! 소년도 두 명 있어요! 투견들도 있어요!"

손 하나가 더스티의 손목을 움켜쥐고 휴대전화를 뺏으려고 더듬거렸다. 더스티는 어떻게든 손을 뿌리치며 연거푸 전화기에 대고 비명을 질렀다.

"검은 머리카락! 묶은 머리! 흰색 소형트럭! 차량 번호는…."

그때 꽉 움켜쥔 손에서 전화기가 빠져 나갔다. 금발 소년이 발로 전화기를 걷어찼다. 더스티는 망연자실해서 멍하니 허공을 응시하다가 두 소년과 남자가 자신을 감시하는 모습을 바라보았다. 개들을 묶은 가죽끈은 여전히 남자의 손아귀에 단단히 쥐어져 있었지만, 녀석들의 턱과 더스티의 얼굴은 불과 몇 인치 떨어지지 않았다. 더스티는 곧이어 한 차례 더 주먹이 날아오길 기다렸지만 더 이상 주먹이 날아오는 일은 없었다. 남자가 소년들을 흘긋 쳐다보았다.

"트럭에서 기다려."

소년들은 아무 말 없이 남자의 말을 따랐다. 남자는 그들이 가는 걸 쳐다보지 않았다. 그는 눈 덮인 자신의 발치에 아직 누워 있는 더스티를 쓱 훑어본 다음, 발치에서 몇 십 센티미터 떨어진 곳에 내동댕이쳐진 휴대전화를 흘끔 바라보았다. 굳이 휴대전화 전원을 끄거나 박살을 낼 생각은 없는 것 같았다. 그는 다시 더스티를 노려보았다. 그의 검은 머리카락이 눈에 젖었다. 그가 조금 전과 같은 낮은 목소리로 다시 입을 열었다.

"내 판단이 옳았어. 넌 역시 영리한 계집애야. 기지가 보통이 아닌걸."

더스티는 개들을 주시한 채 아무 말도 하지 않았다.

"하지만 별로 예쁜 얼굴이라고는 할 수 없군. 안 그래? 그래봤자 고작 못생긴 말괄량이 주제에."

더스티는 남자를 노려보았다. 경멸에 찬 그의 눈동자가 번득이고 있었다. 더스티는 자신의 눈동자도 그와 똑같이 번득이길 바랐다.

"아무리 생각해도 좀 이상하단 말이지. 그 녀석은 꼭 너 같은 아이들을 데리고 돌아다닌단 말이야. 그러니까 내 말은 네가 한 미모 한다고는 볼 수 없단 뜻이지. 안 그래? 이쯤 되면 녀석이 노리는 인간이 어떤 부류인지 우리 둘 다 잘 알고 있는 것 아닐까."

마치 더스티가 입을 열길 기다리기라도 하듯 그가 잠시 숨을 돌렸다. 더스티는 말을 하고 싶었다. 그를 향해 큰소리로 고함을 질러주고 싶었다. 하지만 속으로만 고함을 질러댈 뿐 겉으로는 아무 말도 나오지 않았다. 남자는 콧방귀를 뀌었다.

"아니지, 이번엔 좀 이해가 안 되는 걸. 아무리 봐도 넌 그 녀석 취향이 아니거든. 그러기에는 너무 말괄량이 같단 말이지."

또 그 소리였다. 마치 주먹으로 한 대 치는 것처럼 말괄량이라는 단어가 더스티를 세게 내려쳤다.

"자, 내 말 잘 들어, 아가씨."

남자가 실눈을 뜨며 말했다.

"반드시 명심해야 할 사항 몇 가지를 말해주지. 난 경찰이든 누구든 이 일에 관여하는 거 원하지 않아. 내 말 알아듣겠어? 경찰한테든 가족한테든 친구한테든, 하여튼 얘기만 해봐. 그 즉시 네가 아끼는 누군가가 다치는 수가 있으니까. 물론 너 역시 성할 리 없겠지. 그러니까 그 조그만 주둥아리 나불거리기 전에 심사숙고하라 이 말씀이야."

남자가 더 가까이 몸을 구부렸다.

"이게 끝이 아니라니까."

그가 속삭이듯 말했다.

그리고는 소형트럭을 향해 몸을 돌렸다.

더스티는 둥글게 몸을 움츠리고 흐느껴 울기 시작했다. 더스티 위로 여전히 눈이 내리고 있었다. 더스티는 소형트럭을 보지 않았다. 지금은 도저히 그것을 볼 자신이 없었다. 엔진이 활기차게 그르렁 대는 소리를 들었고, 번쩍번쩍 빛나는 헤드라이트 불빛이 자기 몸 위로 떨어지다가 불빛도 소리도 모두 희미해지는 걸 느꼈다. 잠시 후 소형트럭이 골목의 너른 구역에서 방향을 트는 소리, 엔진이 마지막 굉음을 내는 소리가 들렸다. 소형트럭은 침묵과 눈을 남긴 채 캄캄한 밤 속을 달려갔고, 더스티는 여전히 몸을 웅크린 채 바닥에 앉아 있었다.

4

더스티는 계속해서 흐느껴 울었다. 도저히 마음을 진정시킬 수가 없었다. 온몸이 덜덜 떨렸고, 시간이 지날수록 추위가 점점 심해졌다. 어떻게든 움직여야 한다는 걸 알고 있었지만 도저히 몸이 말을 듣지 않았다. 오히려 더 단단히 몸을 웅크리고 싶을 뿐 꼼짝도 하고 싶지 않았다. 더스티는 억지로 몸을 일으켜 앉았다. 이렇게 계속 여기에 있을 수는 없다. 몸을 추스르고 마음을 차분히 가라앉혀야 했다. 지금은 어쨌든 마음을 진정시키는 일이 급선무다.

더스티는 휴대전화가 내동댕이쳐진 곳으로 간신히 기어가 전화기를 집어 들었다. 다행히 망가진 것 같지는 않았다. 여전히 온몸이 부들부들 떨렸고 쉬지 않고 눈물이 흘렀다. 더스티는 눈물을 삼키고는 발을 질질 끌며 간신히 벽을 향해 다가가 기대어 섰다.

"울지 마."

더스티가 중얼거렸다.

"울지 말란 말이야… 빌어먹을…."

하지만 눈물은 그칠 줄 모르고 펑펑 쏟아져 눈앞의 시야를 가리고 생각마저 막아버렸다.
"침착하자."
하지만 도무지 마음이 진정되지 않았다. 아까처럼 다시 몸을 웅크린 채 주저앉고 싶었다. 아니, 아무도 찾을 수 없는 곳으로 사라지고 싶었고, 죽고 싶었다.
"그 사람들한테 질 수는 없어."
더스티는 휴대전화를 만지작거렸다. 머릿속에서는 아까 전화를 걸었던 사람을 찾아야 한다고 외쳤지만, 머릿속에서의 외침일 뿐 마음은 조금도 움직이지 않았다. 휴대전화 버튼을 마구 눌러보았지만 아무 일도 일어나지 않았다.
"침착하자. 넌 지금 전화기 버튼을 누르고 있어… 버튼을 누르고 있어…."
더스티는 자신이 무얼 누르는지도 알지 못했다. 동시에 여러 개의 버튼을 무작정 마구 누르고 있었다.
"젠장… 제발 좀… 침착해 줘."
더스티는 버튼을 누르던 동작을 간신히 멈추고 거칠게 숨을 쉬면서 벽에 등을 기대고 앉았다. 오솔길 위로, 돌담 위로, 그리고 더스티 위로 한층 두텁게 눈이 펑펑 내려앉고 있었다. 굵은 눈을 보고 있으니 이상하게 마음이 편안해졌고, 몸은 꽁꽁 얼어붙었지만 얼굴과 몸에 부딪는 차가운 눈송이들의 감촉이 잠시나마 머리를 맑게 해주는 것 같았다. 더스티는 몇 차례 천천히 숨을 내쉰 다음 다시 휴대전화를 바라보았다.

"취소 버튼을 누르자. 액정의 숫자를 다 지우는 거야."

더스티는 취소 버튼을 누르고 누르고 또 누른 다음, 마침내 주요 기능으로 돌아가는 방법을 찾았다. 아까보다 더 천천히 몇 차례 심호흡을 했다. 여전히 온몸이 떨렸고, 하얀 눈도 더 이상은 마음을 편하게 해주지 못했다. 온몸이 눈에 젖었고 추위 때문에 이가 딱딱 부딪쳤다.

"누가 전화를 걸었는지 찾아야 해."

더스티는 혼잣말을 했다.

목소리를 크게 내면 마음이 좀 진정될 것 같았다. 더스티는 휴대전화의 수신번호를 확인했다. 아빠였다. 아빠는 메시지를 남기지는 않았지만 전화기에 대고 날카롭게 질러대던 더스티의 비명소리를 듣고 이만저만 걱정하는 게 아닐 터였다. 더스티는 잠시 마음을 가라앉힌 다음 아빠에게 전화를 걸었다. 아빠가 얼른 전화를 받았다.

"더스티니?"

아빠의 목소리가 잔뜩 긴장되어 있었다. 더스티는 대답을 하려 했지만 막상 아무 말도 할 수 없다는 걸 알았다. 목소리만으로도 지금 자신이 처한 상황이 고스란히 드러나리라는 걸 깨달았던 것이다.

"더스티?"

아빠가 다시 더스티의 이름을 불렀다.

"너 괜찮니?"

"아빠?"

더스티가 간신히 입을 열었다.

하지만 더 이상은 아무 말도 할 수 없었다. 아직은 무슨 말도 할 수가 없었다. 그저 아빠를 부르는 것 외에는.

"그래, 더스티."

아빠가 한결 안심이 되는 목소리로 말했다.

"더스티, 괜찮아?"

"응."

"아직 집에 도착하지 못해 미안하다. 헬렌 아줌마는 차에 태워 집에 데려다주었는데, 아빠는 아직 맥주집 밖에서 꼼짝도 못하고 있어. 이놈의 고물차가 움직일 생각을 해야 말이지. 수리업체 사람들이 오는 길이니까 그렇게 오래 걸리지는 않을 거야. 아마 엔진이 멈췄거나 뭐 그런 것 같아."

더스티는 아무 말도 하지 않았다.

"조금 전에 너한테 전화했는데."

"알아."

"그런데 수신 상태가 영 엉망이었거나 무슨 문제가 있었나보더라. 전화가 울리긴 했니?"

"응."

"그렇구나. 아무 소리도 안 들렸거든. 그래서 전화를 받았니?"

더스티는 휴대전화를 움켜쥔 손을 옆으로 툭 떨어뜨렸다. 아빠는 아무 소리도 듣지 못했던 것이다. 더스티가 전화기에 대고 그렇게 비명을 질렀건만 모두 괜한 일이 되어버렸다. 그러니 당연히 경찰도 올 리가 없었다. 조금 전 무슨 일이 있었는지 아무도 아는 사람이 없었다.

더스티는 한숨을 내쉬었다. 남자가 협박한 걸 생각하면 차라리 잘 된 일인지도 모른다. 더스티는 이제 뭘 해야 할지, 무슨 말을 해야 할지 생각을 좀 해야 했다. 한 가지만큼은 아주 분명했다. 이 일에 대해 아빠에게 말하지 않겠다는 것, 어쨌든 지금은 말할 때가 아니라는 것. 아빠에게 말해봤자 아빠가 어떻게 할 수 있는 일도 아니었다. 아빠는 이제 막 새로운 여자를 만나 흥분된 상태이고 조쉬 오빠와 엄마에 대한 그리움, 계속되는 실직 상태를 감당하기에도 여전히 벅찰 테니 말이다.

더스티는 눈물을 닦고 눈꺼풀 위에 내려앉은 눈을 털어냈다. 다른 손에 쥐고 있던 휴대전화가 바닥에 떨어져 점점 축축해졌다. 전화기에서 아빠의 목소리가 들렸다. 한밤중의 정적 속에서 들려오는 부드럽고 가느다란 음성이었다.

"더스티?"

아빠가 계속 더스티의 이름을 불렀다.

"아빠가 건 전화 받았냐고?"

더스티는 전화기를 다시 귓가에 가져다 댔다.

"응. 받았어."

더스티가 웅얼웅얼 대답했다.

"그런데 집 전화는 왜 안 받았니? 집 전화로 먼저 걸었는데. 전화벨 소리 들었니?"

"침대에 누워 있었어."

"아, 그랬구나. 미안. 지금도 침대에 있니?"

"응."

"그래도 다행히 휴대전화를 켜놓았구나."

"응."

"어쨌든 너무 늦게 전화해서 미안하다."

"괜찮아."

"이런 날 저녁에 혼자 집에 있게 한 것도 미안하고."

"괜찮아."

"그래도 아주 신나게 보냈을 것 같은데, 안 그래? 평소처럼 잔소리로 신경 건드리는 아빠도 없겠다, 혼자서 마음껏 시간을 보냈을 테니 말이야."

더스티는 이제 무슨 말을 해야 할지 알았다. 아빠를 안심시켜야 했다. 평소대로라면 오늘 밤 어땠는지 물어볼 차례가 됐다. 조쉬 오빠와 엄마가 떠난 후 더스티는 아빠에게 언제나 모든 것이었다. 하지만 오늘 밤은 아니었다. 그런 만큼 아무 말도 하지 않고 있으면 아빠를 오해하게 만들 소지가 다분하다. 하지만 더스티는 오늘 밤 자기 목소리가 어떻게 나올지 안심할 수가 없었다.

"더스티?"

때맞춰 아빠가 말했다.

"너 오늘 너무 조용하다."

"내가?"

"오늘 밤 아빠가 외출했다고 화난 거 아니지, 그렇지?"

"아니."

"정말이야? 에이, 좀 화난 것 같은데."

"화 안 났다니까."

"아무튼 이건 네 발상이었다. 기억하지? 나를 외출하게 만든 거 말이야."

"괜찮아. 정말 아무렇지 않아."

"그런데 목소리는 별로 안 괜찮은 것 같은데."

"화 안 났다니까 그러네."

"목소리가 약간 가라앉아서 그런가?"

"정말 괜찮아요."

"아빠는 정말이지 모든 일이 다시 잘되길 바란다."

"그렇게 될 거야."

더스티는 아빠가 어서 전화를 끊기만을 바랐다. 이야기가 길어질수록 아빠에게 자신의 절망감을 들킬 가능성이 더 커질 테니까.

"나 좀 피곤해, 아빠."

"그래, 미안. 어서 자라. 잘하면 아주 늦지 않게 들어갈 거야."

"신경 쓰지 말고 천천히 와."

더스티는 심호흡을 했다.

"난… 괜찮으니까."

"이따 보자, 우리 딸."

"그래."

더스티는 아빠가 다시 말을 하기 전에 얼른 전화를 끊고 간신히 몸을 일으켰다. 여전히 몸은 덜덜 떨고 있었지만 머리는 아까보다 맑았다. 더스티는 오솔길을 유심히 살펴보았다. 노울을 지나 벡데일 도로로 향한 다음 그쪽 길로 해서 집으로 갈 수도 있고, 왔던 길을 따라 되돌아갈 수도 있었다. 지금 당장은 스톤웰 공원 쪽으로는 쳐다보고 싶지도 않았다. 하지만 스톤웰 공원 방향이 훨씬 빨리 갈 수 있는 지름길이라는 건 생각해볼 여지도 없었다. 벡데일 도로로 갔다간 자칫 아빠보다 늦게 집에 도착할 지도 모르고, 어쩌면 길에서 아빠와 마주칠지도 모른다.

더스티는 승마길을 향해 돌아갔다. 아까보다 정신이 더 또렷해졌다. 더스티는 다시 아빠를 떠올리면서 조금 전 결심대로 아빠에게는 아무 말 하지 않기로 했다. 포니테일로 머리를 묶은 남자의 협박 때문만은 아니었다. 순전히 아빠를 위해서였다. 아빠는 도저히 이 일을 처리할 수 없을 것이다. 아빠는 이미 조쉬 오빠의 일로 몹시 상처를 받았고, 그 와중에 오스카 식당의 수석 요리사 자리마저 잘려 상심이 더 큰데다 엄마마저 집을 나가는 바람에 이제는 거의 기진맥진해졌으니 말이다.

더스티의 마음은 다시 그 소년에게 향했다. 어쩐지 소년이 이 일의 열쇠를 쥐고 있을 것만 같았고, 그러면서도 소년 역시 조쉬 오빠만큼이나 찾아내기 어려운 사람일 거라는 생각이 들었다. 눈

속에서 사라져간 발자국도 완전히 수수께끼였다. 포니테일로 머리를 묶은 남자에 대해서도 남자를 피하는 것과 별개로 이제 그가 어떻게 나올지 도무지 알 수가 없었다. 남자는 더스티가 어디에 사는지 알고 있다는 내색을 하지 않았다. 더스티의 발자국이 손 코티지에서부터 시작됐다는 걸 알아채지 못했을 수도 있고, 지금 이렇게 내리는 눈송이들이 두 사람의 발자국을 벌써 다 덮어버렸을지도 모른다.

더스티는 저 앞의 승마길과 그 위로 저 멀리 눈 덮인 산꼭대기까지 쭉 뻗어 있는 새하얗고 드넓은 킬버리 무어 황무지의 빈터, 그 사이에 자랑스럽게 우뚝 솟아 있는 레이븐 산과 산기슭에서 반짝반짝 빛나는 호수를 바라보았다. 이번에도 기이할 정도로 밝은 빛에 자기도 모르게 매혹되어 버렸다. 더구나 눈까지 내리고 있으니 가뜩이나 환한 빛은 섬뜩한 느낌마저 더했다. 어쩐지 밤이 본래의 어둠을 잃고 그 어느 때보다 환해진 것만 같았.

대기에 뭔가 이상이 생겼다는 느낌을 여전히 지울 수가 없었다.

하지만 이상이 생긴 건 바로 자기 자신인지도 모른다. 자신이 아주 황당한 짓을 했다는 걸 알고 있다. 더스티는 죽고 싶다는 소년의 흔적을 찾으러 돌아다니던 자신의 모습을 가만히 떠올려보았다. 어쩐지 소년이 아직 살아 있을 것만 같았다. 무슨 근거로 그런 확신이 드는지는 알 수 없었다. 짚이는 증거도 그와 정반대되는 것뿐이다. 그는 분명 한 움큼의 알약을 삼켰으니까. 하지만 사라져가는 저 발자국들… 그 속에 뭔가 의미가 있는 게 틀림없었다.

더스티는 또다시 사일러스 할아버지를 떠올리며 혹시 뭔가 본 것이 있는지 할아버지에게 물어볼까 하다가 이번에도 역시 그만두기로 했다. 설사 할아버지가 입을 뗀다 하더라도 그래봤자 왜 자기를 성가시게 하느냐며 한바탕 잔소리만 늘어놓을 게 뻔하니까. 무엇보다도 이제는 서둘러 집으로 향해야 했다. 더스티는 스톤웰 공원 정문을 향해 걸음을 옮겼다.

눈에 대한 더스티의 짐작은 옳았다. 조금 전 더스티의 발자국과 소년의 발자국은 방금 내린 눈에 완전히 덮여버렸고, 지금 내리는 눈송이는 아주 굵어서 지금 남기는 발자국 역시 조만간 흔적도 없이 덮이고 말 터였다. 더스티는 스톤웰 공원 정문 앞에서 걸음을 멈추고 격자무늬 창살 사이로 공원 안을 뚫어져라 들여다보았다. 사람의 흔적이라고는 찾아볼 수 없었으며, 아무런 발자국도 남아 있지 않았다. 더스티는 다시 소년을 떠올렸다.

"도대체 어디에 있는 거니?"

더스티가 소년에게 낮게 속삭였다.

"네가 살아 있는 거 알아. 직감으로 알 수 있어."

더스티는 어린이 놀이터와 나무들과 운동장을 죽 훑어보았다. 시선이 닿는 곳마다 온통 하얀 눈 천지였고 그 위에 계속해서 눈이 내리고 있었다. 더스티는 정문을 타고 넘어 그네가 있는 곳으로 다가갔다. 지금 이곳은 바람 한 점 없이 고요하다. 그네 옆에 멈춰 서서 그네를 밀었다. 그네 꼭대기에서 금속이 삐걱거리는 귀에 익은 소리가 들렸고, 그네의 움직임이 멈추면서 다시 정적이 이어졌다.

이제 어린이 놀이터로 방향을 돌려 창문을 통해 그 안을 들여다보았다. 안에는 개미 새끼 한 마리 보이지 않았고, 누군가 이용했던 흔적조차 남아 있지 않았다. 더스티는 나무들 사이로 걸어갔다. 이곳은 숨을 만한 곳이 더러 있는 만큼 주위를 세심하게 둘러보았다. 그런 다음 뒤편 분수를 지나 잠시 후 반대편 방향으로 나왔다. 경사로 꼭대기에 또 하나의 출입문이 있고, 그 너머에 골목과 손 코티지가 있었다.

더스티는 아빠가 집에 도착하기 전에 먼저 집으로 돌아가 따뜻하게 몸을 녹인 다음 몸을 좀 씻고 싶은 마음이 굴뚝같았다. 아빠가 돌아오면 마치 두 시간 전부터 침대에 누워 있었던 것처럼 시치미를 떼고, 아무 일 없이 잘 지낸 척하고 싶었다. 그러려면 뭐니 뭐니 해도 자는 체하는 것이 제일 좋은 방법이리라. 잘하면 아빠는 아침까지 깨우지 않고 내버려둘 테고, 그때쯤이면 한결 차분해져서 지금보다 더 훌륭하게 연기를 해낼 수 있을 것이다.

눈이 그쳤다.

더스티는 정문까지 경사로 위를 터벅터벅 걸어 올라가 담장 사이 틈새를 비집고 들어간 다음 뒤를 돌아보았다. 저 아래 공원은 조용히 침묵을 지키고 있었고, 그 위로는 머크웰 호수를 향해 황무지가 드넓게 펼쳐져 있었다. 레이븐 산의 두 산봉우리는 조금 전과 마찬가지로 타오르듯 환하게 빛나고 있었다. 더스티는 그 환한 빛을 넋을 잃고 바라보다가 한순간 기묘한 느낌에 빠져들었다.

산 위의 눈들이 벌겋게 불타오르고 있는 것 같은 당황스러운 느낌, 그것도 산꼭대기가 아니라 그 아래 황무지와 호수 주변, 심지어 자신이 서 있는 바로 이곳의 눈들이 온통 붉게 타오르는 것 같은 느낌에 빠져든 것이다. 고개를 흔들자 그 느낌은 이내 사라졌다.

하지만 밤은 여전히 더스티의 주위에서 희미하게 빛을 발하고 있었다.

이제 손 코티지를 향해 나 있는 골목을 따라 서둘러 걸음을 재촉했다. 다행히 집 밖에는 주차된 차가 없었다. 더스티는 집으로 들어가 현관문을 닫았다. 사방이 어두웠다. 방을 나오면서 거실 불을 켠 기억은 나지만, 집 밖으로 뛰어 나올 때 불을 껐는지는 전혀 기억이 나지 않았다. 아마도 불을 끄고 나온 게 분명했고, 덕분에 지금 이렇게 어두운 상태로 있어 다행이었다. 지금으로서는 어두운 상태가 한결 마음이 편하니까.

그때 갑자기 왈칵 눈물이 쏟아졌다. 느닷없이 쏟아진 눈물이라 스스로도 깜짝 놀랐다. 이제 다 괜찮아졌다고 생각했지만, 다시 안전해졌다고 느끼는 순간 감정이 북받쳐 올랐다. 더스티는 현관문 안쪽에 등을 기대고 서서 그대로 엉엉 울었고, 울음이 그치자 눈물을 닦고 어둠침침한 집안을 휘 둘러보았다.

메모철에는 집에서 나올 때 아빠에게 썼던 쪽지가 그대로 놓여 있었다. 더스티는 쪽지를 갈가리 찢어 쓰레기통에 던져 넣은 다음, 코트를 걸고 부츠를 벗었다. 그리고는 잠시 무언가를 생각하더니 벗어놓은 부츠를 아빠의 낡은 웰링턴 부츠 뒤로 안 보이게 밀어 넣고 젖은 코트는 자신의 방수복 아래에 숨겨놓았다. 여전히 온몸이 흠뻑 젖은 채였지만, 적어도 여기 현관에서만큼은 자신이 나갔다 왔다는 사실을 아빠에게 들키지 않을 터였다.

바로 그때, 골목 저 아래쪽에서 자동차 엔진 소리가 들렸다.

5

 더스티는 서둘러 계단을 향해 뛰어갔다. 아빠가 돌아오는 소리에 마음이 놓이긴 했지만 아빠가 집으로 들어오기 전에 얼른 침대 안으로 들어가야 했다. 당장 젖은 옷을 모두 벗어 침대 밑에 밀어 넣지 않으면 밖에 나갔다 온 걸 아빠가 눈치챌 게 틀림없었다.
 더스티는 자기 방으로 뛰어 올라가 문을 닫았다. 수건으로 몸을 닦을 시간조차 없을 것 같았다. 아빠가 당장이라도 방에 들어올지 모른다. 벌써 자동차 엔진이 꺼지는 소리가 들렸다.
 더스티는 어둠 속에서 옷을 벗어 바닥에 그대로 널브러뜨려놓고 그것들을 발로 차 침대 밑으로 밀어 넣었다. 여전히 옷은 젖은 채였고 더스티 역시 몸을 말리지 못한 상태지만 지금으로서는 이렇게밖에 달리 방법이 없었다. 더스티는 급히 잠옷을 입었다. 몸에 물기가 남아 있어 잠옷이 몸에 달라붙었다. 그래도 아빠가 문 옆으로 고개를 들이밀었을 때 아빠 눈에 보이지만 않으면 상관없었다.
 하지만 머리카락은 좀 신경을 써야 했다. 아무리 어두워도 더스티의 머리카락이 얼마나 젖어 있는지 얼마나 헝클어져 있는지 금세 알아볼지 모른다. 이불을 푹 뒤집어쓸까도 생각해봤지만 그건 더스티다운 행동이 아니었다. 그러다 괜히 아빠가 바로 방으로 들어와 어디 아픈 데가 없는지 물어볼지 모른다. 그건 절대 원하지 않는 일이었다. 그저 아빠가 방문을 빠끔히 열고서 자신이 자고 있다는 걸 확인하고는 다음 날 아침까지 혼자 내버려두길 바랐다.

더스티는 옷장에서 낡은 스웨터를 꺼내 수건 대신 머리카락을 감쌌다. 별 효과는 없었지만 대충 물기는 닦였다. 자동차 엔진이 완전히 꺼지고 차 문 닫히는 소리가 들렸다. 더스티는 스웨터를 다시 옷장에 쑤셔 넣고 침대 속으로 뛰어 들어가 깃털 이불을 턱까지 끌어당겼다.

아래층에서는 자물쇠에 열쇠를 꽂는 소리가 들리더니 곧이어 기침 소리가 났고 한동안 옷에 쌓인 눈을 터는 소리, 손으로 코트 걸이를 더듬거리는 소리가 들렸으며 이내 계단을 오르는 발자국 소리가 들렸다. 더스티는 문 쪽을 보지 않기 위해 몸을 옆으로 돌렸다. 문이 열렸고… 한참 동안 침묵이 흘렀다.

더스티는 자신이 자고 있는지 아닌지 알아보려고 아빠가 가만히 들여다보고 있다는 걸 감으로 알 수 있었다. 더스티는 정말로 잠이 든 것처럼 천천히 숨을 쉬었다. 아빠는 아직 문을 닫지 않았다. 더스티는 이런 눈속임이 어서 끝나기를 바라며 계속해서 천천히 숨을 쉬었다. 그때 아빠가 입을 열었다.

"더스티?"

아빠의 목소리는 조용했고 아주 부드러웠다. 더스티가 깨어 있다면 뭔가 반응을 해주었으면 하면서도 아직 깨지 않았다면 방해하고 싶지 않은 듯한 목소리였다. 더스티는 아직 선택의 여지가 있었다. 아무런 기척을 하지 않을 수도 있고, 아빠가 부르는 소리에 대답을 할 수도 있다.

모르는 척하자. 더스티는 속으로 생각했다. 그게 최선의 방법이야. 내일 아침에 이야기하면 돼. 아침이면 한결 차분해질 거야. 조금 전에 무슨 일이 있었는지 말하지 말자.

"더스티?"

아까보다 훨씬 나지막한 목소리였다.

아무 말 하지 말자, 아무 말 하지 말자, 아무 말 하지 말자.

"더스티?"

이번에는 거의 들리지도 않을 만큼 낮은 목소리였지만 더스티는 그 속에서 어떤 간절함을, 자신을 깨워서는 안 되지만 그러면서도 한편으로는 자신에게 꼭 해야 할 말이 있는 것 같은 느낌을 알아챌 수 있었다. 더스티는 여전히 눈을 감은 채로 문을 향해 몸을 돌리고는 최대한 졸음에 겨운 듯한 목소리를 내며 입을 열었다.

"아빠 왔어?"

더스티는 아빠가 문을 닫고 자신에게 다가오는 소리를 들었고, 아빠가 침대 위에 걸터앉는 걸 느꼈다. 더스티는 제발 아빠가 머리를 쓰다듬지 않길 바랐다. 머리카락의 물기를 닦아낸다고 닦아내긴 했지만, 아빠는 머리카락이 젖어 있는 걸 귀신같이 알아챌 테니까. 다행히 아빠는 더스티를 쓰다듬지 않았다. 하지만 더스티는 아빠의 몸이 움직이는 걸 느꼈다. 이런 식의 움직임은 단 한 가지 상황을 말해주었다. 더스티는 눈을 떠 아빠를 바라보았다.

"아빠? 울어?"

아빠는 어깨를 으쓱해 보이며 고개를 떨어뜨렸다. 너무 어두워 아빠의 얼굴은 보이지 않았지만, 두 눈에서 눈물이 반짝거리는 모양이 얼핏 눈에 띄었다. 더스티는 머리카락이 젖은 걸 들키면 어쩌나 하는 걱정은 잠시 제쳐두고 침대맡의 전등을 켜려고 손을 더듬거렸다.

"아니야. 불 켜지 말고 놔둬. 어두운 게 좋아."

더스티는 전등에서 손을 치우고 다시 침대에 누워 아빠를 올려다보았다.

"너한테 우는 모습 보이기 싫어."

"그럼 좀 어때?"

"그냥 싫어."

"내가 아빠 우는 모습을 얼마나 많이 봤는데."

"어쩌면 그래서일지도 몰라."

아빠가 길게 한숨을 쉬었다.

"아빠가 좀 겁쟁이잖아, 그렇지?"

"눈물 좀 흘린다고 다 겁쟁인가, 뭐."

"응, 아빤 그렇게 생각해."

아빠는 눈물을 닦았다. 더스티는 아빠를 가만히 바라보았다. 더스티의 눈이 어둠에 점점 익숙해지자 아빠의 얼굴이 또렷하게 눈에 들어오기 시작했다. 아빠는 흐느껴 울지는 않았다. 그저 조용히 눈물을 흘릴 뿐이었다. 그 눈물의 의미가 무엇인지 정확하게 파악하기가 어려웠다.

"오늘 밤 별로 즐겁지 않았어?"

"아니, 아주 즐거웠어. 아줌마도 근사했고."

"하지만 그 아줌마가 엄마는 아니잖아."

"엄마는 아니지."

아빠는 다시 눈물을 닦은 다음 기지개를 켰다.

"미안하구나. 요즘 아빠 상태가 좀 엉망이라서 그래."

"아니야. 아빠는 늘 잘하고 있는걸, 뭐."

"그렇지 않아. 아빠를 위로하려 애쓰지 않아도 돼."

아빠는 고개를 가로저으며 말했다.

"아빠는 너처럼 마음이 강하지 못해. 아빠도 그러면 좋으련만. 넌 싸움도 잘하고 독립적이지. 지나치게 독립적이어서 탈이지만. 그 바람에 이 아빠를 기겁하게 만들기도 하고 말이야. 조쉬 말이 맞았어. 넌 완전히 말괄량이 아가씨라니까. 그러니 너희 둘이 그렇게 잘 지냈지. 넌 무엇이든 할 수 있고 누구하고라도 싸울 수 있어. 어쩌면 정말 그런지도 몰라. 하지만 아빠는, 난…."

아빠는 더 이상 말을 잇지 못했다. 더스티도 아무 말 하지 않았다. 전에도 몇 차례 아빠와 이런 대화를 나눈 적이 있었다. 이럴 땐 아빠에게 격려를 해주기보다는 마음의 짐을 덜어주어야 한다는 걸 알고 있다.

"난 혼자서는 제대로 하는 게 없어. 내 힘으로 뭘 하기가 정말 쉽지 않구나."

아빠가 계속해서 말을 이었다.

"어쩌면 네 엄마가 나를 떠난 것도 그 때문일지 몰라. 이렇게 의존적인 사람하고 함께 살아갈 수가 없었던 거지."

"엄마가 왜 집을 나갔는지 우리 둘 다 알고 있잖아. 엄마는 그래서 집을 나간 게 아니야."

"그래, 그래."

"조쉬 오빠가 집을 나간 후로 다들 마음이 아주 혼란스러웠잖아."

아빠는 아무 말 하지 않았다. 더스티는 잠시 아빠를 가만히 바라본 다음 입을 열었다.

"아빠?"

"응?"

"엄마가 지금 다시 문을 열고 들어오면 받아줄 거야?"

"엄마가 그럴 리가 있겠니, 안 그래?"

"그래도 만약에 그러면?"

"글쎄, 잘 모르겠다. 늘 그렇듯이 아마 갈팡질팡하다 끝나겠지."

아빠가 얼굴을 돌렸다. 더스티는 어둠 속에서 아빠를 물끄러미 바라보았다. 아빠는 이제 울음을 그치고 조금 진정된 듯 보였지만, 여전히 괴로운 모습이 역력했다. 더스티는 손을 내밀어 아빠의 손을 잡았다. 아빠는 더스티를 돌아보지는 않았지만 더스티의 손을 잡아 꼭 쥐었다.

"손이 젖었구나."

잠시 후 아빠가 말했다.

"아빠 손에 묻은 물기 때문이야."

더스티가 재빨리 말했다.

"아빠가 물기를 안 닦고 그냥 들어왔나 봐."

"이런, 미안."

아빠는 더스티의 손을 놓고 옷 위로 자신의 손을 닦았다. 더스티는 자신의 행동을 들키지 않으려 애쓰면서 재빨리 깃털 이불 속으로 손을 넣어 닦았다.

"자, 이제 손 잡아봐라."

아빠가 다시 손을 뻗으며 말했다.

"네 손은 어디로 숨었어?"

"여기."

더스티가 다시 아빠의 손을 잡았다.

"아까보다 낫다."

더스티가 말했다.

"이제 아빠 손에 있던 물기가 다 닦인 것 같아. 눈이 더 내렸어?"

"응."

"차는 이제 괜찮아?"

"서비스 센터에서 고쳐줬어."

"오늘 밤에 만난 아줌마하고는 어땠어?"

"헬렌?"

"응. 어떤 사람이야?"

"근사한 사람. 지금까지 결혼정보업체에서 소개해준 사람 중에 제일 괜찮았어."

"에이, 별 볼 일 없었겠네."

더스티는 아빠가 껄껄 웃는 소리를 들었고, 곧이어 아빠가 다시 한 번 자기 손을 꼭 쥐는 걸 느꼈다.

"아니야, 괜찮은 여자였어. 이번엔 정말로 마음에 들어."

"무슨 일을 하는데?"

"접골사."

"예뻐?"

"응."

"그럼 나하고는 다르겠네."

"네가 얼마나 예쁜데 그래."

"아, 네."

더스티는 농담으로 웃어넘기려고 아무렇지 않게 대꾸했다. 지금까지 자신의 외모, 그러니까 예쁘다고는 할 수 없는 생김새에 대해 한 번도 신경 써 본 적이 없었는데, 오늘 밤은 무슨 이유에선지 조금 상처로 다가왔다. 어쩌면 아까 그 남자가 "별로 예쁜 얼굴이라고는 할 수 없군, 안 그래?"라며 비웃듯이 내뱉은 말 때문인지도 모른다.

"별로 예쁜 얼굴이라고는 할 수 없잖아, 안 그래?"

더스티는 혼잣말로 중얼거렸다.

"아빠 눈에는 우리 딸이 아주 예쁘게 보이는걸. 덩치 큰 요즘 녀석들한테 네가 아주 매력적으로 보일 거야."

"내가 덩치 큰 애들을 마음에 들어 하는지 잘 모르겠는데. 난 남자애들 별로 안 좋아하는 것 같아."

"하긴, 그런 일은 서둘 필요 없지. 때가 되면 저절로 관심을 갖게 될 테니까."

주위에 남자애들을 떼로 몰고 다니는 카말리카와 달리, 더스티는 남학생들한테 관심 비슷한 것조차 가져본 적이 없었다. 하지만 지금은 그런 게 중요한 게 아니었다. 어쨌거나 여태껏 그런 일에 신경 써본 적은 없으니까. 더스티는 화제를 바꾸었다.

"그래서 어떻게 생겼는데?"

"헬렌?"

"응."

"예뻐. 키도 체구도 대충 엄마만 해. 머리카락 길이는 중간쯤 되고."

"생머리야 곱슬머리야?"

"생머리."

"무슨 색깔?"

"적갈색."

"엄마처럼?"

"그럴걸."

"그래서 그 아줌마가 마음에 들었나보구나. 엄마하고 비슷하게 생겨서."

"그런 점이 조금은 작용했지. 처음 헬렌을 봤을 때, 하마터면 도로 나와서 차 몰고 집에 올 뻔 했잖아."

"그러지 그랬어."

"그건 좀 무례한 짓이잖아, 그렇지 않았을까?"

아빠는 잠시 생각에 잠겼다.

"어쩌면 결혼정보업체에 가입한 것부터가 실수였는지 몰라. 데이트하러 다니기 전까지는 좋았는데."

"그때 아빠 별로 좋아 보이지 않았어. 엄청 비참해 보였다고."

"지금도 무지하게 비참해."

"그래. 하지만 그땐 지금보다 훨씬 더 비참했어. 최소한 지금은 새로운 여자들을 만나고 있잖아. 비록 이렇게 죽어라고 데이트를 해도 아무 진전이 없더라도 말이야."

"아빠는 헬렌이 정말 마음에 들어."

"잘 됐네."

"마음이 정말 잘 맞아. 우리는 아무것도 안 했어. 그러니까… 특별히 뭘 한 건 아니란 뜻이야. 그냥 대화만 했어."

"에이."

"어째 실망하는 것 같다."

더스티는 아무 말 하지 않았다. 자기도 모르게 엄마와 조쉬 오빠에 대해, 포니테일로 머리를 묶은 남자와 그의 두 아들에 대해,

그리고 이상한 소년에 대해 떠올리고 있었다.

"그나저나 아까 이상한 소년을 봤어."

아빠가 말했다.

더스티가 날카롭게 아빠를 쳐다보았다.

"어떤 소년?"

"여하튼 소년이었던 것 같아. 100퍼센트 확신하는 건 아니지만 하여간 누군가 있었던 것 같아. 어쩌면 아무도 없었는지도 모르고."

"도대체 무슨 말이야?"

"미안. 아빠가 횡설수설했나보다. 오늘 밤에 누구 본 사람 없니?"

"내가 어떻게 누굴 봐? 내내 집에만 있었는데."

"아니, 그러니까 내 말은… 창밖으로 말이야. 골목이나 어디 다른 곳에 누가 서 있는 거 못 봤어?"

"아니."

더스티는 마음을 진정시키기 위해 잠시 뜸을 들인 다음 말을 이었다.

"그런데 왜?"

"아주 섬뜩한 형체였어. 거의 귀신을 봤다고 생각했을 정도였으니까. 그리고… 너도 알다시피… 아빠는 유령이니 뭐니 하는 것들 별로 믿지 않잖아."

"대체 뭘 봤는데 그래?"

"헬렌을 만나려고 벡데일 도로로 차를 몰고 있었단다. 7시 30분이나 45분쯤이었던 것 같아. 내가 너한테 잘 자라고 인사하고 집을 나온 게 몇 시더라?"

"7시 30분."

"음, 그럼 그때부터 몇 분 지났을 때였겠구나. 난 아직 골목을 지나고 있었지. 맞아, 벡데일 도로에도 아직 도착하지 못했을 때였어. 그런데 그때 막 다시 눈이 내리기 시작하지 뭐니."

더스티는 아빠가 집을 나서자마자 갑자기 눈이 엄청나게 쏟아져 내린 걸 떠올렸다. 더스티가 소년을 찾으러 공원으로 달려가기 전 저녁에 마지막으로 내린 눈이었다. 펑펑 쏟아지긴 했지만 얼마 안 있어 그쳤다.

"맞아, 아빠는 아직 골목을 지나고 있었어. 밖은 캄캄하고 눈까지 내렸지만, 상향등을 켜고 갔기 때문에 별 문제는 없었지. 그렇게 벡데일 도로로 들어가는 교차지점에서 400미터쯤 떨어진 곳을 지나려던 참이었어. 너도 알지, 왼편에 울타리를 넘어가도록 만든 계단이 있는 곳 말이야."

"알아."

"그곳에서 우연히 백미러를 보았는데, 바로 그 형체가 골목을 따라 걸어가고 있는 거야."

"아빠가 방금 지나온 길로?"

"그래. 바로 우리 집 방향으로 말이야. 물론 거기에서 우리 집까지 가려면 한참 걸렸겠지만 말이야."

"그런데 아빠는 그 형체가 소년이라는 걸 어떻게 알아 볼 수 있었던 거야?"

"그게 말이야, 딱 꼬집어서 뭐라고 말하기 어려운 형체였어. 실은 아빠도 똑똑히 보지는 못했단다. 내가 본 건 더플코트를 입고 후드를 푹 뒤집어쓴 뒷모습이 전부였고, 사람인지 뭔지 알 수 없는 형체가 걸어가는 걸 본 게 다였으니까. 어쩌면 남자였을 수도 있고 여자였을 수도 있고, 아니면 여학생이거나 남학생일 수도 있어. 어쨌든 어린아이는 아니었어. 적어도 열여섯 살은 돼 보였으니까."

"아빠는 그 형체가 소년이라고 생각하는 거고?"

"그래. 이유는 나도 모르겠다. 그냥 느낌이랄까, 막연하지만 소년 같다는 생각이 들어. 어쩌면 걸음걸이 때문인지도 모르지. 하지만 정말 이상한 일은 그게 아니야. 정말 이상한 점은 말이지, 그 소년이 내 차로 다가오는 걸 본 적이 없다는 거야. 그냥 백미러로 봤더니 소년이 있었어. 그 아이가 내 앞에 서 있거나 나를 지나쳐 걸어간 걸 보지 못했다니 믿기지가 않아."

"어쩌면 목초지 쪽에 사는 아이인지도 모르잖아. 아빠가 그 앞을 지나가자마자 바로 계단으로 울타리를 넘어서 골목으로 들어선 게 아닐까? 바로 그때 아빠가 그 애를 본 거고."

아빠는 고개를 가로저었다.

"그 시간에는 울타리 앞 계단에 도착하지도 않았어. 그때 난 그쪽으로 다가가던 중이어서 바로 앞에 있는 울타리 계단을 볼 수 있었다고. 그땐 아직 그곳을 지나가지 않았어."

"그렇다면 아빠가 그 앞을 지나간 다음 목초지 한쪽 담을 타고 넘어왔을지도 몰라."

"그랬을지도 모르지. 하지만 여전히 뭔가 느낌이 이상해. 그런 형체를 백미러로 보게 되다니."

"차를 세우고 그 아이를 불러서 괜찮은지 물어보지 그랬어?"

"안 그랬어. 그럴 걸 그랬나?"

"글쎄."

"뭐랄까, 그 아이가 곤란한 상황에 처해 있다거나 그래 보이지는 않았어. 하지만 그 순간 네게 전화해서 혹시 집 근처에 낯선 사람이 배회하지 않는지 두 눈 크게 뜨고 지켜보라고 일러둘까 했었지. 그 아이가 손 코티지 방향으로 향한다는 건 생각도 하고 싶지 않았어. 우리 집은 변두리 아주 외진 곳에 있잖니. 혼자 집에 있을 너를 생각하니 걱정이 되더구나. 물론 용감무쌍한 우리 아가씨가 고작 그런 일로 벌벌 떨 리는 없겠지만 말이야."

"난 아무것도 못 봤어."

"그래."

부녀는 다시 침묵을 지켰지만 더스티의 마음은 빠르게 움직이고 있었다. 더플코트를 입고 후드를 뒤집어쓴 형체가 손 코티지로 향하는 골목을 따라 내려가고 있었다니. 어쩌면 그 형체가 바로 그 소년이었을 수도 있다. 더스티가 보았던 발자국은 벡데일에서부터 시작되었고, 눈이 워낙 금세 내리다 그쳤기 때문에 발자국을 다 덮지는 못했을 것이다. 아빠가 그 형체를 제대로 보지 못했으면서도 그것이 소년이라고 확신하는 것도 이상했다. 더스티는 소년이 전화에서 말한 첫 마디를 떠올렸다.

나는 죽어가고 있어.

소년은 벌써 죽었을지도 모른다. 어쩌면….

더스티는 말을 할까 말까 망설였다.

"아빠는 조쉬 오빠가 죽었다고 생각해?"

마침내 더스티가 말했다.

아빠가 다시 더스티의 손을 꼭 쥐었다.

"갑자기 왜 조쉬 생각이 난 거니?"

내가 조쉬 오빠 생각을 안 한 적이 있던가? 더스티는 속으로 생각했다. 하지만 더스티는 그저 이렇게만 대답했다.

"몰라. 그냥 생각이 났어. 아빠는 조쉬 오빠가 죽었다고 생각해?"

"모르겠다. 아니길 바라지. 하지만 생각조차 하고 싶지 않은 일도 일어날 수 있다는 걸 받아들여야 해."

"지난 2년 동안 그럴 가능성을 인정하면서 지냈어."

"그래, 알아. 아빠 역시 그걸 받아들이기가 쉽지만은 않구나. 하지만 조쉬의 생명은 이제 우리가 어떻게 해볼 수 있는 것이 아니야. 물론 예전이라고 해서 우리가 어떻게 해볼 수 있었던 건 아니었겠지만."

그건 그렇지. 더스티는 생각했다. 옛날에 조쉬 오빠는 자신보다 훨씬 반항적이었으니까. 지금 조쉬 오빠가 살아 있다하더라도 그때와 조금도 달라지지 않았을 거라는 생각이 들었다. 더스티는 소년이 했던 말을 다시 떠올렸다. 소년은 뭔가를 알고 있었고, 그것도 제법 많이 알고 있었으며, 지금은 완전히 자취를 감추었다. 더스티는 그와 다시 한 번 이야기를 나누기 위해, 무슨 내용이든 최대한 알아내기 위해, 심지어 개들을 데리고 다니는 그 무시무시한 사람들과 다시 부딪쳐야 하는 위험한 일이라 할지라도 어떤 일이든 감수하게 되리라는 예감이 들었다.

"이제 그만 자는 게 좋겠구나."

아빠가 말했다.

"애초에 널 깨우지 말 걸 그랬어."

"아빠랑 얘기해서 좋았는걸."

"나도 그래."

아빠는 몸을 앞으로 숙여 더스티에게 입을 맞췄다.

"네가 있어줘서 고맙다. 나보다 더 강해줘서 고맙고."

"잘 자, 아빠."

아빠는 몸을 일으켜 문을 향해 다가가다가 걸음을 멈추고 뒤를 돌아보았다.

"더스티?"

"응?"

"아빠는 헬렌이 정말 마음에 들어."

"다행이야. 헬렌 아줌마도 아빠를 마음에 들어 해?"

"그런 것 같아."

"그런 것 같다니?"

"아니. 그래. 그렇다는 확신이 들어."

"헬렌 아줌마도 결혼했었어?"

"이혼했어. 남편이 아줌마를 떠났대."

"어디서 많이 들어본 소리네."

"너도 마음에 들어 할 거야."

"아이들도 있대?"

"두 명. 딸은 이제 막 대학에 입학했고, 아들은 집을 떠나 뉴질랜드에 있는 아버지 회사에서 일한대."

아빠는 잠시 숨을 돌린 다음 말을 이었다.

"있잖아, 더스티. 아빠가 그 아줌마 다시 만날지도 모르는데 그래도 괜찮겠니?"

"그걸 왜 나한테 물어보는 거야?"

"글쎄, 잘 모르겠어… 난 그저…."

"나한테 그런 거 물어보지 않아도 돼."

"하지만 아빠는 물어봐야겠는걸. 아빠가 헬렌을 다시 만나는 거, 네가 정말 아무렇지 않게 생각하는지 아빠는 알아야겠어."

"난 괜찮아."

"있잖니 더스티, 세상 어느 누구도 그 무엇도 너하고 아빠 사이에 끼어들지 못하게 할 거야. 이제 우리 단 둘만 남았어. 아빠는 세상이 끝나는 날까지 언제나 너를 위해 존재한다는 걸 네가 알아줬으면 해."

"알아, 아빠."

"가끔 이 아빠가 형편없이 보일 때도 있겠지만 말이야."

"아빠가 형편없다니. 아빠는 절대로 형편없는 사람이 아니야."

더스티는 어둠 속에서 자신을 지켜보는 아빠를 가만히 응시하며 잠시 생각에 잠겼다.

"아빠, 나 이제 그만 자도 돼?"

"물론이지. 미안. 이렇게 오래 이야기하려고 한 건 아니었는데…."

더스티는 어둠 속에서 긴 한숨 소리를 들었다. 아빠가 다시 입을 열었다.

"더스티?"

"응?"

"골목에 나타난 그 형체 말이야, 상상 속 인물은 아니었어."

6

아빠가 방을 나간 후 더스티는 침대에 누워 천정을 물끄러미 바라보았다. 상황이 어쩌다 이 지경이 됐는지 도무지 알 수가 없었다. 헬렌 아줌마 일은 전혀 문제가 되지 않았다. 아빠가 데이트하는 거, 괜찮다고 생각했다. 애초에 결혼정보업체를 이용하자고 했던 것도 더스티의 생각이었고, 더군다나 헬렌 아줌마는 꽤 괜찮은 분인 것 같았다.

골목에 나타난 그 형체는 이 일과 별개의 문제다.

그 형체가 바로 소년이라는 확신이 들었다. 더스티는 그대로 누운 채 소년에 대한 생각에 골몰하다가 어느덧 꾸벅꾸벅 졸고 말았다. 그 와중에 자기도 모르게 눈 위에 찍힌 발자국을 상상하고 있었다. 벡데일 도로 저쪽 끝에서 시작한 발자국이 더플코트를 입고 후드를 푹 뒤집어쓴 어떤 형상 뒤로 하나씩 하나씩 드러나기 시작했다.

그 형상은 더스티의 상상 속에서 또렷하게 떠올라 아빠가 그랬던 것처럼 더스티 역시 두 눈으로 줄곧 그 형상을 좇았다.

뚜벅, 뚜벅, 뚜벅. 형상은 여전히 벡데일 도로를 죽 걸어 올라가고 있었다. 졸음에 겨워 머리가 멍해졌지만, 마음속에서는 여전히 형상이 걸어가는 모습이 또렷이 보였다. 뚜벅, 뚜벅, 뚜벅. 형상은 모퉁이를 돌아 노울로 이어지는 오솔길로 접어들어 더스티의 집 앞 골목으로 들어선 다음, 골목 끝에 있는 손 코티지와 스톤웰 공원을 향해 죽 따라 걸어 내려오고 있었다.

뚜벅, 뚜벅, 뚜벅. 더스티는 아직 깨어 있고, 형상은 여전히 걷고 있다. 더스티는 형상이 어느덧 손 코티지에 다다른 후 집에는 눈길 한 번 주지 않은 채 공원 입구를 향해 계속해서 걸어가는 모습을 그려보았고, 형상이 그렇게 걸어가는 동안 잠결에서도 과연 이 형상의 얼굴이 어떻게 생겼을지 곰곰 생각했다. 형상이 뒤를 돌아봐주길 바랐지만 형상은 뒤를 돌지 않았다. 형상은 눈 위에 발자국을 남긴 채 그저 줄곧 걷기만 했고, 마침내 공원 입구에 멈추더니 담장 사이 틈새로 공원을 바라본 다음, 비탈을 따라 내려가 수목이 우거진 숲으로 들어간 후 시야에서 사라졌다.

마침내 더스티는 잠이 들었다.

하지만 희한하고 어수선한 꿈을 꾸느라 자면서도 머릿속이 뒤숭숭했다. 꿈속에서 더스티는 일정한 형체가 없는 거무스름한 형상들을 보았다. 화가 났고, 혐오감이 일었으며, 고통스러웠다. 개들이 송곳니를 드러내는 모습도 보았다. 남자와 그의 두 아들도 보았다. 조쉬 오빠의 얼굴도 보았는데, 자신이 마지막으로 기억하는 그 얼굴이 아니었다. 오빠는 어딘가 좀 달라 보였다. 어떻게 달라졌는지 딱 꼬집어 말하기는 어려웠지만 더 나이 들어 보이는 것 같기도 하고 더 어려보이는 것 같기도 해서 더스티로서는 확실하게 알 수가 없었다.

마침내 조쉬 오빠가 사라지고 주위에는 눈 덮인 넓은 공터만이 덩그렇게 남았다. 처음엔 그곳이 스톤웰 공원이라고 생각했는데 곧이어 스톤웰 공원이 아니라 좀 더 외진 곳에 있는 다른 장소라는 걸 알았다. 그곳은 바로 킬버리 무어 황무지였다. 그때 갑자기 꿈속의 모든 것들이 하얗게 반짝반짝 빛났다.

처음에는 그 모습이 보기 좋았는데, 점점 정신없이 환해지더니 이제는 너무 환해져서 섬뜩하고 위태로운 지경이 되어버렸고, 이렇게 환해지다가는 자기 자신까지 완전히 사라지고 말 것 같은 두려움이 엄습하기 시작했다. 이 광채 때문에 온몸이 베일 것만 같았다. 얼음처럼 차가운 이 순백의 눈 때문에 자신의 몸이 완전히 난도질당할 것만 같았다. 더스티는 자신이 녹아 없어지기를 바라기라도 하듯 온몸이 덜덜 떨리는 걸 느꼈다.

정신을 차리고 보니 어느새 잠에서 깨어 있었다.

더스티는 곧장 침대에서 일어나 깃털 이불을 걷어 제쳤다. 꿈속에서 그랬던 것처럼 온몸을 덜덜 떨고 있었다. 손을 뻗어 난방기를 만져보았다. 전원은 켜져 있었다. 침대에 걸터앉은 채 이불을 주위로 끌어 당겨 덮었다. 번쩍번쩍 광채가 빛나는 것 같은 느낌은 완전히 사라졌다. 방은 다시 어두워졌다. 하지만 뭔가 이상했다.

혼자가 아니었던 것이다.

누군가 방 안에 있다. 눈으로 볼 수는 없지만 누군가 가까이 있다는 걸 느낄 수 있었다. 더스티는 마음을 가라앉히려 애썼다. 자신이 아직도 지나치게 긴장하고 있다는 걸 깨달았다. 하지만 이것이 단지 상상만은 아니라는 사실도 알고 있었다. 더스티는 미동도 하지 않고 눈동자만 좌우로 움직이며 어둠 속을 유심히 살폈다.

아무것도 없었다. 아무런 형상도, 심지어 그림자조차 보이지 않았다. 더스티는 이제 조심스럽게 천천히 고개를 움직여 어스레하게 보이는 물건들을 하나하나 뚫어져라 바라보았다. 침대맡에 놓인 캐비닛, 책장, 바닥에 놓인 책가방, 옷장, 책상, 노트북, 그리고 창문을 가린 커튼까지.

아무것도, 아무도, 없었다.

하지만 분명 누군가 방 안에 있는 게 틀림없었다. 숨소리를 들을 수 있지 않을까 해서 귀를 기울여보았다. 귀에 들리는 건 또닥또닥 창문에 눈이 부딪치는 소리뿐이었다. 더스티는 차분히 생각을 해보려고 애썼다. 자기 말고 이 집에 있는 사람은 딱 한 사람뿐이고 그 사람은 바로 아빠인데, 아빠가 단지 자기를 겁줄 목적으로 이 방에 몰래 들어와 숨어 있다는 건 말도 안 되는 일이었다. 하지만 여전히 이 방 안에 자기만 있는 건 아니라는 걸 직감으로 알 수 있었다.

"거기 누구야?"

더스티가 칠흑 같은 어둠 속에서 말했다.

어둠은 아무런 대답도 하지 않았다. 더스티는 다시 몸을 떨면서 이불을 더 단단히 끌어 당겨 덮었다. 이건 정신 나간 짓이다. 아무래도 이러는 자신을 제정신이라고 보기는 어려울 것 같다. 더스티는 감정에 치우치지 않는 냉철한 태도로 상황을 곰곰이 생각해보려 애썼다. 더스티의 시력은 좋은 편이었다. 성격상 공상에 빠지거나 하는 일도 없었다. 가장 간단한 방법은 이 일을 확인하는 것이었다. 자신이 직접 그렇게 할 수만 있다면.

더스티는 이불을 천천히 걷어내고 거칠게 숨을 몰아쉬면서 침대 옆에 섰다. 몸을 감고 있던 이불이 없으니 금방이라도 공격을 당할 것만 같았다. 침대맡에 있는 전등을 향해 손을 뻗어 전원을 켰다. 불빛이 비치자 조금 마음이 놓였다. 분명히 방 안에는 아무도 없다. 이리저리 둘러보며 다시 한 번 방 안을 살폈다.

방 안에는 누군가가 들어온 흔적이라고는 전혀 찾아볼 수 없었다. 잠시 망설인 다음 몸을 구부려 침대 밑을 유심히 들여다보았다. 침대 밑에는 아까 자신이 발로 밀어 넣은 젖은 옷가지들과 낡은 운동화 외에는 아무것도 없었다. 다시 몸을 일으켰다. 이 방 안에 한 사람 정도 숨을 만한 공간이 한 군데 더 있다.

더스티는 옷장을 향해 한 걸음 뗀 다음, 한 걸음 또 한 걸음 다가갔다. 한 걸음씩 옮길 때마다 뭔가 비현실적인 느낌이 커졌다. 더스티는 존재하지도 않고, 존재할 수도 없는 보기맨(bogeyman, 말 안 듣는 아기를 데려간다는 도깨비-옮긴이)을 보려는 어린아이처럼 굴고 있었다. 아빠가 몰래 들어와 옷장에 숨을 리는 없고, 그렇다고 침입자가 있을 리도 없다. 그런데도 굳이 무언가를 확인하려 들다니, 이런 자신의 행동이 어처구니가 없었다.

하지만 이렇게 하지 않을 수 없었다. 이렇게라도 해야 할 것만 같았다. 자신의 논리적인 생각이 옳고 직관이 틀렸다는 걸 확인할 때까지는 마음을 놓을 수가 없었다. 방 안에 숨을 만한 장소란 장소는 전부 확인하고 나서야 비로소 이것이 결국은 상상에 불과했다며 스스로를 납득시킬 수 있을 것 같았다.

더스티는 옷장 바로 옆에 섰다. 옷장 문에 걸린 커다란 거울 위로 침대맡 전등의 불빛이 비쳐 번쩍거렸고, 옷장 옆으로 좀 더 바짝 다가가자 자신의 윤곽이 거울에 보였다. 머리카락은 아직도 부분 부분 젖은 채 헝클어져 있어 더스티의 모습은 흡사 유령 같다고나 할까, 어쩐지 평소 모습과는 영 딴판인 낯설고 실체가 없는 존재처럼 보였다. 더스티는 옷장에서 몇 발자국 떨어져 걸음을 멈춘 다음, 옷장 문으로 시선을 던졌다.

옷장 문은 살짝 열려 있었다.

조금 전까지만 해도 옷장 문이 열려 있다는 사실은 알아채지 못했다. 스웨터로 머리카락을 닦은 후 그것을 치울 때 틀림없이 문을 꼭 닫아걸었었다. 분명 딸까닥 하고 문이 닫히는 소리를 똑똑히 들은 기억이 났다.

더스티는 옷장 문을 빤히 쳐다보면서 갑자기 문이 홱 하고 열리기라도 하면 얼른 돌아서서 달아날 준비를 했다. 속으로는 이런 바보 같은 짓이 다 있냐며 경멸하는 듯한 목소리로 스스로를 꾸짖으면서도 겉으로는 자기도 모르게 이렇게 말하고 있었다.

"거기서 나와. 누군지 모르겠지만 거기에서 나오란 말이야."

옷장 문은 꼼짝도 하지 않았다. 더스티는 문을 열기 위해 용기를 내보려 애쓰면서 여전히 옷장 문을 빤히 쳐다보고 있었다. 하지만 생각과는 달리 몸은 딱딱하게 굳어 움직이지 않았다.

아빠를 불러. 마음속 목소리가 이렇게 외쳤다. 아빠한테 확인해 달라고 하란 말이야.

하지만 더스티는 그럴 수 없다는 걸 잘 안다. 이렇게 말도 안 되는 일 때문에, 특히나 자신은 이 집에서 강한 사람으로 통하는 마당에 아빠를 깨운다면 아빠는 더스티를 미쳤다고 생각할지도 모른다. 더스티는 한 차례 심호흡을 하고는 옷장 바닥이 흔들릴 정도로 옷장 문을 아주 세게 잡아 당겼다. 그러자 바로 그때, 털이 북슬북슬 난 까만 물체가 바닥에 툭 하고 떨어졌다. 더스티는 기겁을 하고 펄쩍 뛰어 뒤로 물러났다.

그것은 더스티의 스웨터였다. 아까 더스티가 옷장 맨 위 선반에 쑤셔 박았던 스웨터가 굴러 떨어진 것이다. 옷걸이에 걸린 옷들은 문을 잡아당길 때 생긴 반동으로 아직도 흔들리고 있었고, 서랍은 잘 닫혀 있었으며, 옷장 바닥에는 늘 그렇듯이 신발들이 엉망진창 아무렇게나 나뒹굴고 있을 뿐 사람의 흔적은 찾아볼 수 없었다.

여느 때처럼 뒤죽박죽인 옷장 그대로였다.

더스티는 옷장 문을 닫고 다시 거울 속에 비친 자기 모습을 가만히 바라보았다. 좀 더 가까이 다가서자 자신의 얼굴이 더욱 또렷이 보였다. 그 얼굴이 너무 진지해 웃고 싶을 지경이었다. 하지만 그럴 수가 없었다. 더스티는 두 주먹을 꽉 쥐었다. 방 안에 아무도 없다는 걸 직접 증명했지만, 여전히 누군가 가까이 있다는 느낌을 떨칠 수가 없었다.

심지어 누군가 자신을 주시하고 있다는 기분마저 들었다.

"정신 차려."

더스티는 중얼거렸다.

"순전히 아까 그 무시무시한 사람들 때문에, 그 소년 때문에 이렇게 된 거야."

아까 그 일 때문에 잠깐 정신이 어떻게 된 게 틀림없었다. 그 바람에 존재하지도 않는 것을 중요한 것이라도 되는 듯 상상한 게 분명했다. 지금까지 한 번도 이런 식으로 엉뚱한 행동을 한 적이 없었다. 더스티는 다시 이불 속으로 들어간 다음 침대맡 전등의 전원을 껐다. 방에는 또다시 어둠이 내려앉았다. 침대에 누워 깃털 이불을 턱까지 끌어당기고 이불 위로 빠끔히 밖을 내다보았다.

호흡이 빠르게, 아주 빠르게 뛰고 있었다. 아직도 뭔가 잘못됐다는 생각이 가시지 않았다. 물론 이런 생각을 하는 자신이 어리석다는 걸 잘 알았다. 방 안을 샅샅이 확인했지만 결국 아무것도 발견한 게 없지 않은가. 그런데도 어느새 자신의 두 눈은 또다시 주위를 둘러보며 무언가를 유심히 살피고 있었다. 그뿐 아니었다. 심지어 자기도 모르게 이불 밖으로 손을 뻗어 침대맡 전등을 향해 내밀고 있었다.

"바보처럼 굴지 마."

더스티가 중얼거렸다.

"잊어버려야 돼. 전부 마음속에서 만들어낸 일이란 말이야."

더스티는 방 안의 물건들을 다시 한 번, 천천히, 순서대로 확인했다. 침대맡 캐비닛, 책장, 책가방, 옷장, 책상, 노트북, 그리고 창문에 드리워진 커튼.

창문에 드리워진 커튼.

더스티는 커튼을 응시했다. 그리고 즉시 자신의 생각을 몰아냈다. 커튼 뒤에 누가 숨어 있다니 말도 안 되는 일이었다. 커튼은 바닥 아래까지 내려오지도 않았으며, 난방기 윗부분에 채 닿지 않는 길이였다. 커튼의 길이는 고작 창문을 가리는 정도에 불과했다. 그러니 누군가 커튼 뒤에 서 있다면 바닥에 그 사람의 다리와 발이 그대로 보일 터였다.

다시 말해 커튼 뒤에는 아무도 없었다.

그런데도 더스티는 침대에 일어나 앉았다. 이불을 걷고 다시 침대 밖으로 나왔다. 창문 쪽을 뚫어지게 바라보면서 어둠 속에 그대로 서 있었다. 이번에도 역시 누군가 자신을 지켜보고 있다는 느낌이 들었다. 그리고 이번에도 논리적인 사고가 더스티를 덮쳐왔다. 아무도 커튼 뒤에 숨을 수 없다고, 아무도 창틀 밖에 서 있을 수 없다고. 자신의 방은 2층에 있는데, 누군가 사다리를 가지고 오지 않는 한 도저히 위로 올라올 방법은 없으며 그건 너무 터무니없는 생각이라 말로 꺼낼 가치도 없다고.

더스티는 창문을 향해 걸음을 옮겼다. 마지막으로 딱 한 번만 더 사실을 확인해봐야 했다. 창문을 확인해서 스스로를 안심시키고 나면 다시 침대로 돌아가 잠을 잘 것이다. 귀찮게 불을 켜거나 하는 짓 따위는 다시 하지 않을 것이다. 겁낼 이유는 아무것도 없다. 그냥 창문을 확인한 다음 잠자리에 들면 된다.

더스티는 창문을 향해 다가갔다. 커튼은 조금도 움직이지 않았다. 창문 사이로 바람 한 점 뚫고 들어오지 않았다. 더스티는 창문이 닫혀 있다는 사실을 상기했다. 마음을 놓을 만한 또 하나의 좋은 이유였다. 하긴 누구도 밖에서 2층으로 올라올 수는 없는 일이니까. 모든 것이 다 만족스러웠다.

더스티는 커튼을 더 단단히 드리웠다. 어쩐지 커튼이 평소보다 더 환해 보이는 것 같았다. 커튼은 갈색이었고 보통은 어두워보였는데, 지금 이렇게 가까이 다가가자 색깔이 환해지는 것 같았다. 아마도 바깥에 쌓인 눈의 환한 빛이 창문에 비쳐 그렇게 보이는 게 틀림없었다. 다른 이유는 생각할 수가 없었다. 더스티는 창문에서 몇 발자국 떨어져 커튼 주위를 죽 훑어보았다. 논리적인 생각들이 꼬리에 꼬리를 물고 떠올랐지만, 그럼에도 다시금 뭔가 불안한 기분이 드는 건 어쩔 수 없었다. 이성적인 생각이 아무리 많은 말을 늘어놓아도 여전히 직관은 뭔가 이상한 부분이 있다고 외치고 있었다.

더스티는 어딘가 좀 이상한, 불에 타는 듯 거의 붉은빛을 띤 커튼을 뚫어지게 바라보았다. 바로 지금 더스티의 눈앞에서, 냉기가 느껴지는 차가운 불에 커튼이 타오르고 있었다. 심지어 한밤중 추위에 떨면서 지켜보고 있는 지금 같은 때에, 눈처럼 새하얀 불꽃이 냉기를 일으키며 마치 큰불이라도 낼 것처럼 커튼을 마구 흔들어대고 있었다. 손을 뻗어 커튼을 만져보았다. 벨벳의 온기는 여전히 그대로였다. 긴장을 풀고 손에 쥐고 있던 커튼을 스르르 놓았다. 바로 그때, 섬뜩하게도 자신을 가만히 응시하고 있는 누군가의 얼굴이 눈에 들어왔다.

"앗!"

더스티는 너무 놀라 숨을 헐떡이며 짧게 비명을 질렀다.

하지만 그건 진짜 사람의 얼굴이 아니라, 창문에 눈이 쌓이면서 만들어진 얼굴이었다. 조금 전 갑자기 쏟아졌던 눈송이들이 달라붙어 창문을 흰색으로 두껍게 덮었던 것이다. 눈송이로 만들어진 얼굴 모양이 조금씩 흔들리고 있었다. 더스티는 눈송이가 저절로 흔들릴 리는 없다고 확신했다. 아마도 창문에서 미끄러져 내려오면서 창문턱에 쌓이느라 그렇게 흔들리는 걸 거라고 추측해보았다.

하지만 얼굴 모양은 조금도 흐트러짐이 없었다. 눈송이들은 창문 위로 쌓이고 또 쌓였고, 어떻게 된 일인지 중력을 거스른 채 달라붙어 창문 위를 빽빽이 메우고 있었다. 하지만 그보다 더 마음을 혼란스럽게 만드는 것은 눈송이가 이루어놓은 모양이었다.

그것은 틀림없는 사람의 얼굴 모양이었다. 더스티는 입과 두 눈, 양 어깨 위로 흘러내리는 순백의 머리카락을 보았고, 그 이상 아무 모양도 볼 수 없었다. 얼굴에서 이어지는 사람의 몸통은 드러나지 않았다. 그저 창문에 붙어 있는 반짝이는 눈동자로 더스티를 물끄러미 바라보는 사람의 얼굴 하나가 전부였다.

그 얼굴을 자세히 들여다보고 있을 때, 마치 더스티가 봐주길 기다리기라도 했다는 듯 갑자기 얼굴이 흐트러지기 시작했다. 창문에 달라붙어 있던 눈송이들이 미끄러져 내려와 창문턱 위에 아무렇게나 쌓였다. 더스티는 공포로 몸을 떨며 재빨리 커튼을 친 다음, 잠시 생각하다가 다시 커튼을 걷어 창문을 밀어 열고 가장자리에 쌓인 눈들을 팔꿈치로 쓸어 정원으로 내보냈다. 그리고 창문을 닫고 다시 커튼을 치고는 뒤로 물러났다.

더스티는 벌벌 떨고 있었다. 눈을 털어내던 잠옷의 팔 부분이 흠뻑 젖어 차가웠다. 더스티는 아빠가 말한 그 형상, 더플코트와 가려진 얼굴을 떠올린 후 충동적으로 책상을 향해 다가가서 스케치북과 연필을 집어 들고 침대로 가지고 왔다. 여전히 온몸이 부들부들 떨렸지만 억지로 무시하려 애썼다. 침대 가장자리에 앉아 침대맡 전등의 전원을 켜고 눈송이로 만들어진 얼굴을 그리기 시작했다.

그 얼굴을 떠올리는 건 쉬운 일이었고, 그림으로 그리는 것 또한 어려운 일이 아니었다. 더스티는 재빨리 그림을 완성한 후 그것을 전등 가까이 가져다 댔다. 전등의 붉은빛이 그 얼굴에 기이하고 미묘한 표정을 만들어주었다. 더스티는 스케치북에서 그림을 떼어낸 다음, 이걸로 뭘 하려고 이러나 스스로도 의아해하며 그 자리에 앉아 있었다. 일단 자신이 왜 그 얼굴을 그렸는지부터 이해가 되지 않았다. 이런 그림으로 두려움이 덜어질 리는 결코 없었다. 더스티는 잠시 그림을 물끄러미 쳐다보다가 그림은 침대맡 캐비닛 맨 위에 올려놓고 스케치북과 연필은 방 한쪽 구석에 내던진 후 침대 위로 올라갔다.

잠옷 팔 부분은 여전히 차갑고 축축해서 아무래도 잠옷을 갈아입어야겠다고 생각했지만 귀찮게 그러고 싶지 않아졌다. 보나마나 당장 잠에 곯아떨어질 테니까. 더스티는 이불을 끌어당긴 다음 침대맡 캐비닛 쪽으로 몸을 돌렸다. 거기 맨 위에 눈으로 만들어진 얼굴 그림이 있었다. 그 그림이 자신을 편안하게 해줄지 무섭게 할지 더스티 스스로도 알 수 없었다. 더스티는 팔을 뻗어 그림을 한 번 만져보고 전등의 전원을 껐다.

다시 방 안에 어둠이 떨어져 내렸다. 더스티는 숨을 씨근거리며 조쉬 오빠와 이상한 소년을 생각하면서 자리에 누웠다. 지금은 누군가가, 심지어 침대 곁 그림조차도 자신을 바라보고 있다는 느낌이 들지 않았다. 더스티는 어둠 속에서 그림을 뚫어지게 바라보았고, 졸음이 쏟아지는 와중에도 그림이 눈앞에 선하게 그려졌다. 스르르 잠이 들기 전 마지막으로 본 것도 바로 이 그림이었다.

7

더스티가 잠에서 깨자마자 제일 처음 본 것도 바로 이 그림이었다. 더스티는 가만히 그림을 응시하다가 자기도 모르게 깜짝 놀랐다. 그리고는 그 자세 그대로 캐비닛을 향하고 있었다. 마침내 아까 잠이 들었을 때도 바로 이 자세였다는 걸 떠올렸다. 물론 그럴 리가 없다고 생각하지만, 마치 밤새 조금도 몸을 뒤척이지 않은 것 같았다. 더스티는 눈살을 찌푸리다가 침대에서 일어나 앉아 팔을 뻗어 얼굴 그림을 집었다.

그림의 이미지는 어젯밤 창문에서 본 것과 아주 똑같이 닮았다. 그런데 왜 하필 이런 때에 그림에서 조쉬 오빠의 얼굴이 떠오르는 걸까? 눈매가 닮아서일까, 아니 어쩌면 입이 비슷해서일지도 모른다. 혹은 그래, 단순히 어리석은 착각에 불과할지도 몰랐다. 여하튼 이건 단지 그림일 뿐이니까.

더스티는 다시 캐비닛에 손을 뻗어 맨 위 서랍을 열고 사진들을 꺼냈다. 조쉬 오빠의 얼굴이 예의 장난기 어린 미소를 띠며 더스티를 올려다보았다. 더스티는 입술을 깨물면서 사진을 한 장 한 장 자세히 들여다본 다음, 종이에 그린 얼굴을 바라보았다.

그렇다. 두 얼굴은 서로 닮아 있었다. 하지만 더스티는 이제 자기 자신한테 의심이 들기 시작했다. 눈송이로 그려진 얼굴은 어떤 모습과도 닮아 보일 수 있었다. 특히나 그것이 꿈에서 본 모습이라면 더더욱 그랬다. 어쩌면 조쉬 오빠는 아직 살아있을지도 모른다. 어젯밤 전화를 건 그 이상한 소년이 조쉬 오빠에 대해 뭔가 알고 있는지도 모른다. 눈송이로 그려진 얼굴과 종이 위에 그린 비슷한 얼굴이 뭔가를 의미하는 건지도 모른다.

어쩌면 어느 것과도 전혀 상관없는 일일지 모르지만.

더스티는 침대 밖으로 나와 바지 주머니 한쪽에 얼굴 그림을 밀어 넣은 후, 세수를 하고 옷을 갈아입고는 아래층으로 향했다. 부엌에서 아빠가 아침식사를 준비하는 소리가 들렸다. 더스티는 손목시계를 흘끔 쳐다보았다.

열 시였다.

네다섯 시간 잠을 잤지만 어쩐지 한숨도 못 잔 것 같은 기분이 들었다. 더스티는 너무 피곤하고 신경도 잔뜩 곤두서 있어서 아빠에게 아무 문제없다는 걸 보여주어야 한다는 걸 잘 알면서도 아무렇지 않은 척, 모든 것이 잘 돌아가는 척할 기분이 아니었다. 더스티는 오늘 아침 아빠의 기분이 어떤지 궁금해 하면서 주방문을 열고 아빠가 조리대 앞에 서서 빵을 자르는 모습을 바라보았다.

"안녕, 아빠."

아빠는 더스티를 죽 훑어보았다.

"그래, 안녕."

"잘 잤어?"

"잘 잤어."

아빠가 빵을 자르기 위해 다시 뒤를 돌았다.

"어젯밤에 깨워서 미안."

"괜찮아."

"차 마실래?"

"커피 좀 마실 수 있을까?"

"너 원래 아침에 일어나서 커피 잘 안 마시잖아. 오늘은 커피 없으면 정신을 못 차리겠나보구나. 그러니?"

더스티는 어깨를 으쓱해 보였다.

"아마 그런가 봐."

더스티는 창밖을 흘끔 내다보았다. 뒷마당 너머로 눈 덮인 들판이 노을을 향해 죽 펼쳐져 있었다. 이번에도 어쩐지 주변 대기가 좀 이상하다는 느낌이 들었다. 어젯밤 눈은 물론 어둠까지도 환하게 빛을 발하게 만든 이곳의 대기가, 날이 밝은 지금은 마치 시선 앞에 투명한 베일이 드리워지기라도 한 듯 흐릿하고 아스라하게 보였다. 잠시 동안 울타리며 숲이며 심지어 저 멀리 레이븐 산봉우리까지 무중력 상태로 떠다니는 구름처럼 앞에서 둥둥 떠다니는 것 같은 묘한 기분이 들었다. 그때 아빠의 목소리가 불쑥 더스티의 상상을 가로막았다.

"그렇다면 커피를 드려야지요."

더스티는 아빠를 돌아보았다.

"고마워."

아빠는 오늘 아침 아주 차분해 보였고, 어쨌든 어젯밤보다는 마음이 안정된 것 같았다. 아빠는 찻주전자에 물을 붓고 전원을 켰다.

"식사하자. 스크램블 에그로 해줄까 수란으로 해줄까?"

"스크램블 에그로 부탁해."

"좋아."

더스티는 식탁에 앉아 시선은 여전히 창밖에 두고 머릿속은 어젯밤 생각으로 골몰한 채 시리얼을 먹기 시작했다.

"오늘 아침에 너 찾는 전화가 왔어."

더스티는 아빠를 날카롭게 쳐다보았다.

"누구?"

"어떤 남자앤데 너를 바꿔달라더라."

"어떤 남자앤데?"

아빠가 싱긋이 웃었다.

"농담이야."

"뭐야, 누구 전환데?"

"카말리카."

"아."

"실망시켜서 미안한걸."

"실망 안 했어."

더스티는 다시 시리얼 접시로 고개를 돌렸다.

"어쨌든 아빠 말 안 믿었으니까."

"왜?"

"언제 남자애가 나한테 전화한 적 있었어?"

"에고, 이런…."

아빠는 계란을 깨 주발에 담기 시작했다.

"앞으로 그런 일은 얼마든지 일어날 테고, 세상에 남자애들은 많고도 많아. 그러니 걱정하지 마."

"걱정 안 해. 남자친구야 관심만 있으면 얼마든지 만들 수 있는 거잖아. 난 남자친구 같은 거 안 구해. 그보다는 아빠가 어떤 사람을 소개받는지에 더 관심이 많은걸."

"네네, 알아 모시겠습니다."

더스티는 아빠를 다시 올려다보았다.

"아빠, 뭐가 잘 안 돼? 저, 그러니까, 내가 원하는 건 말이야…."

"아니, 잘되고 있어."

아빠가 계란을 휘젓기 시작했다.

"결혼정보업체에 알아보라고 부추긴 거, 정말 잘했어. 맞아. 아빠한테는 밖에 나가서 사람을 만나는 게 필요해. 난 완전히 은둔자가 되어버렸으니까."

아빠는 계란을 젓다 말고 얼굴을 찡그리며 말을 이었다.

"그냥 단지…."

"단지 뭐?"

"가끔 네 엄마 생각이 난단다, 알겠니?"

"엄마는 절대로 아빠 생각 안 할 걸."

"아빠는 그렇게 생각 안 해."

"엄마가 집을 나간 후로 한 번도 소식이 없었잖아."

아빠는 아무 말이 없었다.

"언제 있었어?"

"아니."

"솔직히?"

"당연히 없었지."

아빠는 화가 난 눈빛으로 더스티를 향해 시선을 던졌다.

"내가 왜 너한테 거짓말을 하겠니? 한 번도 네 엄마한테서 소식을 받은 적이 없어."

아빠는 잠시 숨을 돌린 후 말을 이었다.

"너는?"

"없었어."

"됐어, 그럼."

"마음 풀어, 아빠. 아빠한테 뭐라 그런 거 아니야."

아빠는 아무 대꾸도 하지 않았다.

"어쨌든 엄마에 대한 얘기 듣고 싶지 않아."

더스티가 말했다.

"보고 싶지도 않고."

"언젠가 생각이 달라질지도 몰라."

"절대 그럴 리 없어. 엄마는 우리 둘 다 버렸어. 그래서 나도 엄마를 버린 거야."

"조쉬가 사라졌을 때, 네 엄마는 정신적으로 육체적으로 완전히 지쳐 있었어."

"그건 아빠도 마찬가지였어. 나도 그랬고. 그렇다고 우리가 집을 나가지는 않았잖아. 엄마는 우리를 버리고 집을 나갔단 말이야. 게다가 엄마가 아빠를 얼마나 끔찍하게 대했는데. 아빠, 그거 다 잊었어?"

"아니, 난⋯."

아빠는 조리대를 향해 돌아섰다.

"난 한 번도 잊은 적 없어. 그래, 네 엄마는 날 끔찍하게 대했지. 맞는 말이야."

"아주 아주 지독하게 대했어."

"그래, 그랬어."

아빠는 손등으로 이마의 땀을 닦았다.

"네 엄마는 조금도 편안하게 지내지 못했지. 지금 아빠도 별로 편안하진 않단다, 알겠니?"

"아빠는 아주 잘하고 있어."

"그래 보이겠지. 나 역시 네가 잘 지내고 있다고 믿는 것처럼."

더스티는 손을 뻗어 아빠의 다리를 톡톡 쳤다.

"카말리카한테 몇 시에 전화 왔어?"

"아홉 시쯤."

"전화벨 소리 못 들었는데."

"잠이 깊이 들어서 그랬을 거야."

"카말리카가 뭐래?"

"그냥 너하고 이야기하려고 전화했대. 아직 안 일어났으니까 오전 중에 다시 전화하라고 했더니 문자를 보내겠다고 하더라."

더스티는 휴대전화를 꺼내 전원을 켰다. 더스티 앞으로 온 문자 메시지는 한 건도 없었다. 더스티와 아빠는 잠시 아무 말이 없었다. 아빠는 식탁에 커피를 올려놓고 계속해서 스크램블 에그를 만들었다. 더스티는 이렇게 침묵이 흐르는 걸 다행스럽게 여기며 시리얼을 마저 먹었다. 아빠가 긴장하고 있다는 느낌이 들었지만, 아빠에게 무슨 문제가 있는지 가늠하기가 어려웠다. 어쩌면 조쉬 오빠 때문일 수도 있고, 아니면 엄마 때문일 수도 있고, 그도 아니면 새로 만나기 시작한 여자 때문일 수도 있다.

아니면 더스티 자신 때문일지도 모르고. 더스티는 자신이 너무 독립적이어서 조쉬 오빠처럼 스스로 난처한 상황을 자처하지는 않을까 아빠가 몹시 걱정하고 있으며, 조쉬 오빠가 사라지고 엄마도 집을 떠난 지금 자기마저 잃어버릴까 봐 아빠가 지나치다 싶을 만큼 불안해하고 있다는 걸 잘 알고 있다. 더스티는 아빠가 스크램블 에그를 가지고 식탁으로 다가오는 모습을 가만히 바라보았다.

"자, 대령했사옵니다."

아빠가 더스티 앞으로 접시를 내려놓았다.

"맛있게 드시지요."

"고마워. 정말 맛있겠는걸."

더스티가 아빠를 보며 한껏 미소를 지어 보였다.

"역시 수석 요리사는 뭐가 달라도 다르다니까."

"백수 수석 요리사가 뭘."

그때 전화벨이 울렸다.

"내가 받을게."

더스티가 일어서며 말했다.

"카말리카일 거야."

아빠가 더스티를 막았다.

"아침 마저 다 먹고. 15분쯤 후에 네가 다시 전화할 거라고 아빠가 말해줄게."

"그래, 고마워."

아빠는 주방을 나서며 문을 닫았다. 잠시 후 전화벨 소리가 그치고 현관 마루에서 아빠의 목소리가 들리더니, 목소리가 점점 작아지고 마침내 거실문 닫히는 소리가 들렸다. 더스티는 눈살을 찌푸렸다. 분명히 카말리카의 전화는 아니었다. 아빠가 카말리카와 비밀 얘기를 나누려고 전화기를 들고 거실로 들어갈 리는 없을 테니 말이다. 더스티는 어젯밤의 그 소년과 잠시 동안 닥쳤던 돌연한 공포가 떠올랐다.

그때 휴대전화에서 문자메시지가 도착했다는 신호음이 들렸다. 카말리카가 보낸 것이었다.

'레이븐 산에 이상한 남자애가 있어 거기 가지 마'

문자메시지를 유심히 들여다보고 있으려니 또다시 어젯밤 일들이 속속 떠올랐다. 그러자 지금 아빠가 대체 누구와 무슨 내용으로 통화를 하는 건지 더욱 궁금해졌다. 분명 카말리카와 이야기를 나누는 건 아니었다. 아빠와 통화하는 사람은 누군가 다른 사람, 아빠가 은밀히 이야기를 나누고 싶어 하는 다른 사람이었다. 물론 아빠가 누구와 통화를 하건 전혀 신경 쓸 일이 아닐 수도 있다. 어쩌면 헬렌 아줌마와 통화를 하는지도 모르니까. 아빠가 헬렌 아줌마에게 집 전화번호를 가르쳐주는 건 얼마든지 있을 수 있는 일이다. 하지만 지금 아빠의 통화 상대로 짐작할 만한 사람은 그 소년밖에 없다. 소년의 목소리가 들리는 것만 같았다.

아직 아빠가 돌아오는 기척은 없었다. 더스티는 계란을 꾸역꾸역 다 먹고 커피까지 마셨다. 전화통화는 아직도 계속 되었다. 더스티는 창가로 다가가 레이븐 산을 바라보았다.

이상한 소년이라.

이상한 소년이라면 한 사람밖에 없다. 더스티는 그 대상이 소년을 말하는 것임을 알고 있었다. 카말리카에게 전화를 걸어야 했다. 전화를 해서 친구가 알고 있는 내용이 무엇인지 알아내야 했다. 더스티가 휴대전화를 들고 막 전화를 걸려는 순간 또 한 건의 문자메시지 수신음이 들렸다. 이번에도 카말리카였다.

'11:30 맥 커피하우스에서 만날래?'

더스티는 곧바로 답 문자를 보냈다.

'좋아'

그때 현관 마루로 나오는 아빠의 발자국 소리가 들렸다. 더스티는 문을 향해 돌아섰다. 문이 열렸고, 아빠가 그 자리에 서서 자신을 물끄러미 바라보는 모습을 보았다.

"아빠, 괜찮아?"

아빠는 아무 대꾸도 하지 않았다. 이번에도 더스티는 그 소년일 거라는 생각이 들었다. 또 다시 머릿속에서 소년의 목소리가 들렸다.

"아빠, 누구랑 전화했어?"

아빠는 주방으로 천천히 걸어 들어와 식탁 앞에 앉았다.

"내가 백수 수석 요리사라고 했던가?"

아빠가 중얼거렸다.

"어쩌면 아닐지도 몰라."

"대체 무슨 말이야?"

"며칠 전에 면접을 봤거든."

"정말!"

더스티는 아빠 옆으로 다가가 앉았다.

"전화한 사람이 누구야? 얼른 아빠, 누가 전화했어?"

"〈피리 부는 사나이〉라는 음식점. 그쪽에서 수석 요리사를 찾고 있거든."

"아빤 거기 지원 안 했잖아, 아니야?"

"안 했지. 그런데 그쪽에서 나를 채용하려고 알아보고 있었대."

지금 거긴 새 지배인이 필요하거든. 그 친구 말이, 내가 지금 잠시 일을 놓고 있다는 걸 알게 됐다는 거야. 그 친구는 게리 워비의 동료야. 게리 워비 기억하지?"

"아니."

"아, 그땐 네가 너무 어렸겠구나. 아빠가 〈바다 송어〉에서 수석 요리사로 있을 때 거기 사장이었어. 좋은 사람이지. 오스카 식당에 자리가 생겨서 그만둔 거지 무슨 불만이 있었던 건 아니었어. 결국 오스카 식당이 파산하는 바람에 나도 해고당했지만."

"그건 아빠 잘못이 아니잖아."

"나도 완전히 자포자기하고 손을 놓고 있었어."

"그건 아빠 잘못이 아니었어. 조쉬 오빠와 엄마 일 때문에 어쩔 수 없었던 거지."

"어쨌든. 고맙게도 게리가 〈피리 부는 사나이〉에 나를 추천해 주었어. 〈바다 송어〉를 나온 후로 한 번도 연락을 한 적이 없었는데도 말이야. 내가 자기들을 버리고 오스카 식당으로 갔다고 나를 못마땅하게 여길 거라 생각했는데."

"그랬을 리가 없어. 그 아저씨는 아빠가 좋은 사람이라는 걸 안 거야."

더스티는 아빠의 손을 잡고 꼭 쥐었다.

"정말 기분 좋다. 아빠는 행운을 얻을 자격이 있어. 이제는 헬렌 아줌마도 있잖아. 오늘 밤에도 그 아줌마 만날 거야?"

"글쎄, 뭐…."

"다음에 또 데이트하기로 약속했을 거 아냐, 그렇지?"

"정확히 약속을 잡은 건 아니야. 괜히 기대하거나 그러고 싶지 않았어. 어쩌면 헬렌은 좀 더 심사숙고하길 원할지도 모르잖아. 나도 적극적으로 나서고 싶지 않고."

"어젯밤엔 그 아줌마 다시 만나도 괜찮을 것 같다고 했잖아."

"그랬지."

"또 만나보겠다는 의미 아니었어?"

"맞아."

"그럼 오늘 밤에 만나도 되겠네."

"물론 그렇지."

"그 아줌마도 아빠를 보고 싶어 하는 것 같아?"

"잘 모르겠어."

"아빠!"

더스티가 아빠의 얼굴을 뚫어지게 쳐다보며 말했다.

"뭐든 생각을 좀 해봐."

"그게, 휴대전화 번호는 교환했어."

"바로 그거지."

더스티가 앞으로 몸을 숙이며 말했다.

"그건 아줌마가 아빠를 더 만나보고 싶어 한다는 뜻이야. 만일 아줌마가 아빠를 별로 내켜하지 않았다면, 모든 일을 결혼정보업체를 통해 진행시키려 했을 게 틀림없어."

"아빠도 그렇게 생각해. 그렇다고 아줌마가 오늘 밤 날 만나고 싶어 한다는 의미는 아니잖아. 아무리 전화번호를 주고받아도 다른 사람하고 데이트가 있을지도 모르는 일이고. 그래, 다른 남자를 만나고 있을지도 몰라. 어쩌면 결혼정보업체 목록에 아줌마를 만나려고 기다리는 남자들이 줄을 섰을지도 모르지.”

“마찬가지로 아빠를 만나려는 여자들도 줄을 섰잖아.”

“하나도 안 웃기거든.”

“바로 그거라니까. 그 아줌마도 줄 서 있는 남자 같은 거 절대 없을 거야. 설사 그 아줌마가 그렇게 인기가 많다고 쳐. 그렇다고 아빠가 아줌마한테 전화해서 안 될 이유는 없잖아. 만일 아줌마가 오늘 밤에는 못 만나겠다고 하면, 그때 가서 아줌마가 다른 날 만나길 원하는 건지 어떤 건지 알아보면 되잖아.”

더스티는 자기 손에 잡혀 있는 아빠의 손이 빠져나가려고 옴질거리는 걸 느꼈고, 아빠가 자신에게서 눈길을 떼고 다른 곳으로 자리를 옮기려 한다는 걸 눈치챘다. 더스티는 아빠의 몸짓이 무얼 의미하는지 알아차리고 의자에 등을 기대앉았다.

“미안.”

더스티가 말했다.

“강요할 생각은 없었어.”

“아니야, 네 말이 옳아.”

아빠가 다시 더스티를 바라보았다.

“전화해야지. 아빠도 전화하고 싶어. 사실은⋯ 조만간 내가 연락을 해주면 좋겠다고⋯ 헬렌이 그렇게까지 말했거든.”

"아줌마가 그런 말을 했어?"

"응."

"언제?"

"작별인사 할 때."

"이런, 빨리 서둘러야겠네. 어서 전화해봐. 그런 다음 가서 직장을 얻는 거야. 그쪽에선 몇 시에 면접을 보고 싶대?"

"시간은 아주 넉넉해. 오늘 점심시간쯤 그쪽에 잠깐 들러서 전체적인 체계를 한번 보고 전반적으로 이야기해보기로 했어."

"그래서 좋다고 했어?"

"물론이지."

"잘됐다. 그럼 이따가 아빠 차 타고 나갈 때 나 벡데일에 데려다주면 되겠다."

8

　자동차는 덜그럭 덜그럭 소리를 내며 이제는 제법 눈이 많이 쌓인 골목길을 빠져나갔다. 아빠의 기분은 아침과 비교해 정반대로 바뀌었다. 다시 일할 수 있는 기회도 생겼겠다, 저녁에 식사를 만들어주고 싶다는 제안을 헬렌 아줌마가 두 말 않고 받아들여주었겠다, 아빠는 엄마가 집을 나간 이후 처음으로 더스티가 그 옛날 보았던 행복한 모습으로 돌아와 있었다.
　아빠는 〈피리 부는 사나이〉에서 하게 될 일이 무엇인지, 이 일을 얼마나 간절히 원했는지, 다시 일을 하기 위해 얼마나 준비했는지, 이런 행운이 얼마나 절실하게 필요했는지, 이제 일을 하게 되면 더 이상 빚을 지지 않을 테고, 그러면 집을 팔지 않아도 생활에 지장이 없을 거라며 쉬지 않고 이야기를 늘어놓았다. 더스티는 자신이 애써 미소를 짓고 있는 걸 아빠가 알아채지 못하는 것 같아 다행이라고 여기면서 아빠가 이야기를 하도록 내버려두었다.
　하지만 더스티의 마음속은 소년에 대한 두려움, 조쉬 오빠를 다시 보지 못할 것 같은 두려움, 개들을 데리고 다니던 남자들에 대한 두려움, 그들 주위에 퍼져 있던 유령 같은 빛에 대한 두려움 등 온통 두려움, 두려움뿐이었다. 아빠는 더스티의 불안을 눈치채지 못했던 것처럼 더스티의 두려움도 전혀 알지 못했다. 골목을 따라 내려가는 동안 아빠는 쉴 새 없이 쾌활하게 이야기를 했다.

그런데 자동차 속도가 차츰 느려지기 시작했다. 차바퀴는 눈 속에서 연신 겉돌았고, 엔진은 평소보다 더 심하게 헐떡이는 것 같았다.

"해결해야 할 일이 하나 더 있군 그래."

"그게 뭔데?"

"이 자동차. 어젯밤처럼 계속 고장을 일으키면 안 되는데. 헬렌이 옆에 서 있는데 어찌나 당황스럽던지. 문제는 이 녀석이 너무 낡아서 앞으로 얼마나 끌고 다닐 수 있을지 모르겠다는 거야."

"아빠가 직접 수리하지 말고, 한 번씩 자동차 정비업소에 맡기면 좀 나을지도 몰라."

"그럴 여유가 없으니까 그렇지. 너도 알잖니. 그래도 이젠 형편이 달라지겠지. 직장을 얻게 되면 말이야."

두 사람이 골목 끝에 다다랐을 때 아빠가 고갯짓으로 앞을 가리켰다.

"내가 백미러로 그 소년을 본 장소가 바로 저기야."

"그게 소년이라면. 아빠가 그랬잖아. 후드를 푹 뒤집어써서 남자인지 여자인지 알 수 없었다고."

"하긴. 어쨌든 저기가 바로 거기야."

아빠가 몇 미터 앞으로 차를 몰아 울타리 계단 바로 앞에 세웠다.

"바로 여기에 그 소년이 서 있었어. 단지 백미러를 통해 봤을 뿐이지만."

"여자애일지도 모르잖아."

"틀림없이 남자애였다니까."

더스티는 어깨너머로 내다보면서 더플코트를 입은 형상을 상상했다. 더스티 역시 그 형상이 남자아이임을 조금도 의심하지 않았다. 그러면서도 왜 자꾸만 아빠에게 고집을 부려 그렇지 않을 거라고 주장하는지 알 수가 없었다.

더스티는 아빠를 흘끔 쳐다보았다. 아빠는 아무 말도 하지 않았다. 이미 차를 다시 출발시켰지만 입은 굳게 다문 채였고, 표정은 무얼 말하는지 알 수 없었다. 화난 것 같지는 않았지만, 어쨌든 더스티는 아빠의 이야기를 끊고 말았으며 그런 자신의 행동에 화가 났을지도 모른다. 아빠는 침울하기보다는 언제나 말이 많은 편이기 때문이다. 차는 골목 끝 T자 교차로에서 벡데일 도로로 우회전했다.

더스티는 창밖을 내다보았다. 골목 양쪽의 들판은 하얗게 눈밭이 펼쳐졌지만, 골목과 달리 도로는 벡데일 시내로 진입하는 교통량으로 벌써부터 눈이 녹아 질척거렸다. 주말마다 왁자하니 분주한 벡데일이 궂은 날씨라고 잠잠할 리 없었다.

노을로 향하는 오솔길을 지났다. 더스티는 오솔길을 내려다보며 어젯밤 기억에 몸서리쳤다. 아빠와 집을 나선 순간부터 내내 흰색 소형트럭을 찾아 두리번거리고 있었지만, 그 비슷한 것도 보이지 않았다. 더스티는 최대한 은밀히 흰색 소형트럭을 찾았다. 이번에도 아빠는 더스티의 행동을 알아채지 못하는 것 같았다. 아빠는 더스티만큼이나 깊은 침묵 속으로 물러나 있었다. 더스티는 잠시 후 아빠를 물끄러미 바라보았다.

"괜찮아, 아빠?"

아빠는 아무 대답도 하지 않았다.

"아빠?"

"왜?"

"괜찮냐고."

"응."

"정말?"

"아니."

"그럼 괜찮지 않은 거네?"

"네가 괜찮은 만큼만 괜찮아."

"그게 무슨 말이야?"

"네가 괜찮은 만큼만 괜찮다고."

더스티는 뭐라고 말해야 할지 몰라 멀뚱멀뚱 먼 산을 보았다.

"면접 때문에 좀 긴장돼."

"조금 전까지만 해도 아주 자신만만한 것 같더니."

"그게, 조금 전에는 정말 자신 있었어. 그런데 면접 시간이 다가오니까 약간 긴장이 되네. 더구나 너까지 보니 더 그런가 봐."

"난 초조하지 않은데."

"엄청 긴장하고 있으면서 뭘 그래. 의자에서 안절부절 못하고 있잖아. 계속 이리저리 두리번거리고 말이야. 아빠가 보는 내내 초조한 모습이던걸. 그래서 혹시 네가 카말리카나 빔, 아니면 다른 친구하고 무슨 문제가 있는 게 아닌가 추측하고 있었지. 보나마나 무슨 일이 있었는지 아빠한테 말할 리는 없을 테고 말이야. 넌 조쉬하고 똑같아. 조쉬도 절대로 말을 안 했지."

더스티가 다시 아빠를 보았다.

"아무 일도 없어."

"그럼 왜 그렇게 초조해하는 거야?"

"초조하지 않아."

"아빠는 바보가 아니야."

아빠가 고개를 저으며 말했다.

"네가 아빠를 속이고 있다는 거 알고 있어. 줄곧 그러고 있잖니. 너도 조쉬하고 똑같아."

"조쉬하고 똑같다, 조쉬하고 똑같다, 그 소리 좀 그만할 수 없어?"

"아니, 계속 그렇게 말할 거야. 그게 사실이니까. 넌 아빠를 속이고 있어. 네가 비뚤게 구는 건지, 내가 시시한 아빠라서 아빠를 보호해주려고 그러는 건지는 모르겠지만 말이야."

"아빠는 시시하지 않아."

"시시한 아빠 맞아. 빙 돌려서 말할 필요 없어. 시시한 아빠 맞으니까. 하지만 아빠가 말했지. 이 아빠는 바보가 아니라고. 오늘 아침부터 지금까지 너 좀 이상했어. 아까 주방에서도 안절부절 못하더니 지금도 계속 초조해하고 있잖아."

"난 아무것도 안 하고 가만히 앉아만 있었는걸."

"지나가는 차마다 일일이 뚫어지게 쳐다봤잖아. 양쪽 도로에 있는 차들을 전부 다."

"그게 뭐?"

"대체 왜 그러는 거야?"

"아무것도 아니야, 아빠. 정말이야. 아무것도 아니란 말이야."

"지금은 무슨 볼 일로 카말리카한테 가는 건데?"

"카말리카가 문자를 보냈어."

"무슨 문자?"

더스티는 천천히 숨을 내쉬었다.

"아빠, 이건 아빠가 상관할 일이 아니야."

"오, 그래. 아빠가 상관할 일 아니다 이거지. 이건 결코 아빠 일이 아니니까, 안 그래?"

아빠가 못마땅한 얼굴로 더스티를 흘겨 보았다.

"이제부터 네가 알아서 하겠다 이거구나, 조쉬처럼. 넌 조쉬보다 더 나빠. 그래, 네가 알아서 해. 네가 알아서 하라고. 아빠가 상관할 일 아니니까 괜히 이것저것 묻지 않으면 되잖아."

"아빠, 그런 게 아니라…."

"그래, 몇 시간씩 어디 돌아다니고 있겠지. 학교나 시내에서 친구들하고 시비가 붙을 테고. 넌 조금이라도 해코지 당하는 걸 절대로 못 참으니까 틀림없이 싸움에 말려들고 말 거야."

"그냥 맥 아저씨네 커피하우스에서 커피만 마시고 올 거야."

"그냥?"

"그냥."

"그런데 왜 아빠가 상관할 일이 아니라면서 과민반응을 보였지?"

더스티는 어깨를 으쓱해 보였다.

"모르겠어. 그냥… 그런 질문을 받는 게 싫으니까."

"내참, 기가 막혀서. 전에도 이런 똑같은 말을 들은 적이 있는 것 같구나."

아빠는 잔뜩 찌푸린 얼굴을 핸들 위에 얹으며 말했다.

"조쉬가 했던 말을 똑같이 되풀이해 듣는 것 같다."

두 사람은 한동안 침묵을 지켰다.

"그냥 카말리카만 만나고 올 거야."

마침내 더스티가 먼저 입을 열었다. 아빠는 아무런 대꾸도 하지 않았다.

"아빠? 그냥 카말리카만 만나고 온다고."

"들었어."

"카말리카는 괜히 말썽이나 일으키는 그런 애가 아니야. 아빠도 알겠지만."

"남자애들을 다가오지 못하게 해서 그렇지."

"맞아. 정말 그래. 어쩜 카말리카는 그거 하나는 진짜 탁월하다니 깐. 걔네 아빠는 카말리카가 남자친구 사귀는 걸 아직 탐탁지 않게 생각하시거든. 카말리카가 만나는 사람들에 굉장히 엄격하셔."

아빠가 낮게 투덜거렸다.

"그러니까 아무것도 걱정할 일 없는 거지?"

"없어. 정말이야. 내 걱정은 붙들어 매시고, 아빠는 〈피리 부는 사나이〉 면접만 생각하세요."

"근데 왜 갑자기 차에 관심을 보이는 거야?"

"내가 차를 보고 있는 줄은 나도 몰랐는걸."

"참내, 열심히 보고 있더구만."

"아무 문제없어요, 아빠. 알았죠? 아무 문제없다고."

더스티는 자신이 여전히 거짓말을 하고 있다는 걸 아빠가 다 알고 있으면서도 짐짓 모른 척 아무 말 하지 않는다는 걸 감으로 알았다. 두 사람은 다시 입을 닫았다. 더스티는 왼편의 들판과 오른편 저쪽으로 레이븐 산을 향해 나 있는 킬버리 무어 황무지의 굽은 길, 눈 덮인 경치를 빤히 내다보았다. 카말리카의 문자메시지와 정체를 알 수 없는 이상한 소년을 다시 한 번 떠올렸다. 그때 아빠가 다시 입을 열었다.

"저놈의 소형트럭이 어디로 갈지 방향을 확실히 정해주면 좋겠는데."

더스티는 재빨리 아빠를 돌아보았다.

"무슨 소형트럭?"

"저놈의 차가 조금 전부터 우리 차 뒤를 바짝 따라붙고 있잖아."

더스티는 숨이 죄어오는 기분이 들었다. 억지로 긴장을 누그러뜨리고 침착하게 행동하려 애쓴 다음, 천천히 앞으로 몸을 숙여 사이드 미러를 들여다보았다. 이 각도로는 하얀색만 살짝 시야에 잡힐 뿐이지만, 그것으로도 충분했다.

더스티는 얼른 의자 속으로 깊숙이 앉아 의자 맨 위에 머리를 바싹 기댔다. 자신의 모습이 그들에게 발각됐는지 아닌지는 알 수 없었다. 아빠가 거울을 흘끔거렸다.

"도대체 저 사람 왜 저래? 길도 뻥뻥 뚫려 있겠다, 먼저 앞으로 가라고 속도도 아주 천천히 늦춰줬는데 말이야."

"저 차 따돌려, 아빠."

"뭐라고?"

"저 차를 따돌리라고. 저 소형트럭보다 한참 앞서 가야할 것 같아."

"이런 눈길에 과속하는 거 안 좋아하는데. 하긴 어쩌면 네 말도 맞겠다. 저 녀석이 점점 귀찮아지고 있거든."

아빠가 액셀러레이터를 밟았고, 더스티에게는 다행스럽게도 자동차가 속도를 내기 시작했다. 아빠는 잠시 기다리다가 속도계를 확인했다.

"잘 했어."

아빠가 핸들을 토닥이며 말했다.

"좀 낡았는지는 몰라도 아직 꽤 속도를 내주시는걸."

아빠가 다시 백미러를 흘끔 쳐다보았다.

"이런, 젠장!"

"왜?"

"저 녀석도 속도를 내고 있잖아."

더스티는 온몸이 오싹해지는 기분이 들었다.

"멍청한 자식! 또다시 우리 뒤를 바짝 쫓고 있어."

곧이어 자동차 바로 뒤에서 소형트럭이 요란하게 엔진 소리를 내더니 옆으로 바싹 붙었다. 더스티는 오른쪽으로 조심조심 시선을 던져 흰색 그림자가 서서히 다가와 옆에 나란히 서는 것을 보았다. 소형트럭은 더 이상 앞으로 나가지 않고 한동안 그렇게 같은 속도를 유지하더니 다시 천천히 앞으로 나아가기 시작했다. 더스티는 불쾌한 저들의 얼굴이 자신을 빤히 쳐다보고 있을 거라 상상하며 두 주먹을 꽉 쥐었다.

하지만 더스티의 판단이 틀렸다.

소형트럭은 더스티가 어제 본 것과 전혀 다른 것이었다. 더 크고 맵시가 좋았다. 핸들 앞에는 검은색 짙은 턱수염을 기른 체격 좋은 남자가 앉아 있었고, 두 명의 남자와 한 명의 여자가 함께 타고 있었다. 아빠가 속도를 확 늦추자 소형트럭은 멈칫멈칫하면서 앞으로 지나갔고 내쳐 죽 속도를 내며 앞으로 나갔다.

"운전 참 험하게 하네."

아빠가 말했다.

"경찰에 신고할까 했는데 알아서 가주는군."

더스티는 여전히 소형트럭에 눈을 떼지 못한 채 눈살을 찌푸렸다. 소형트럭은 저 앞으로 달려가 잠시 후 시야에서 사라졌다. 더스티는 아빠를 보았지만, 아빠는 다시 침묵 속에 빠져들었다. 벡데일 외곽에 도착할 때까지 아빠는 묵묵히 입을 다물고 있었다.

"맥의 가게로 몇 시에 데리러 가면 좋겠니?"

"안 그래도 돼. 버스 타고 갈게."

"아빠는 네가 그러는 거 싫어."

"여태도 늘 그랬는걸, 뭐."

"그래도 지금은 그러는 게 싫다니까."

"뭐가 어때서 그래? 위험할 거 없어. 버스가 골목 끝에 내려주면 거기서부터 집까지 조금만 걸어가면 되는데 뭐."

"그러니까 네 본심은 얼른 어디든 사라져서 아빠 간섭에서 벗어나고 싶다 이거지, 그렇지?"

"뭐 꼭 그렇다기보다도."

더스티는 지금 당장 자신이 뭘 원하는지 알지 못했다. 지금은 그저 두렵기만 했다. 아빠는 순환도로를 지나 시내 중심가를 향해 차를 몰았다. 더스티는 창밖을 물끄러미 내다보았다.

"아빠?"

"왜?"

더스티가 머뭇거리다 말을 꺼냈다.

"저 불빛 좀 이상한 것 같지 않아?"

"어떻게?"

"몰라, 그냥…."

더스티는 주위를 둘러보았다. 여전히 공기는 묘하고 낯설게 느꺼졌고 자기 위로, 아니 온 세상 위로 베일이 드리워진 것 같았다.

"그냥…."

"아빠 눈에는 아주 차갑게 보이는데. 아빠 느낌은 뭐 그 정도야. 대기에 뭔가 보이는 것 같은 건 눈이 오려고 그러는 걸 거야. 아빠가 면접 끝나고 굳이 널 데리러 가려는 또 다른 이유기도 하지."

"버스 타고 간다니까, 아빠."

"네 마음대로 해."

"여기에서 내려줘. 일방통행이라 돌아서 갈 수가 없어."

아빠는 갓길에 차를 세웠다.

"면접 잘해."

더스티가 말했다. 더스티는 몸을 옆으로 구부려 아빠에게 입을 맞추었다.

"기도할게."

"점점 떨리기 시작하는 걸."

"잘할 거야. 아빠는 멋진 요리사야. 요리사 중에 최고라고."

"최고는 아니지만 그 비슷은 하지."

"어우, 잘난 척은."

"농담이야."

더스티는 다시 한 번 아빠와 입을 맞추었다.

"이따 봐."

더스티는 차에서 내려 문을 닫았다. 아빠는 어색하게 미소를 지어보인 다음 면접 장소로 출발했다. 더스티는 아빠가 거리 모퉁이를 돌아 모습이 보이지 않을 때까지 기다리다가 비로소 두 눈을 감고 온몸을 죄어오는 긴장감을 느꼈다. 여태 이토록 약했던 적이 없다. 자신의 적이 누구인지 이토록 확신이 서지 않은 적이 없다.

 잠시 후 눈을 떠 주변을 둘러보았다. 개를 데리고 다니는 남자의 모습은 보이지 않았다. 위험이 닥칠 기미도 전혀 없었다. 그저 온 사방에 빛이, 아빠의 눈에는 보이지 않던 빛이 반짝거릴 뿐이었다. 더스티는 길 건너 광장을 가로질러 맥의 커피하우스로 향했다.

9

 모퉁이 테이블의 창가에 앉은 카말리카는 혼자가 아니었다. 옆에는 빔이 거구의 몸을 의자에 구겨 넣은 채 앉아 있었고, 더스티가 모르는 여자아이도 한 명 더 와 있었다.
 더스티는 문 앞에서 그들을 보았지만 세 사람은 아직 더스티를 보지 못했다. 더스티는 카말리카와 단둘이 만나길 바랐다. 다른 사람들까지 상대할 마음은 없었다. 이 상황을 어떻게 대처하면 좋을지 생각했다. 그들이 자신을 알아보기 전에 얼른 이곳을 빠져나갈 경우, 길에서 카말리카한테 전화를 걸어 시내에 갈 수 없게 됐다고 말하면 될 테고 잘하면 이 근처 어딘가에서 그 소년의 정체를 알아낼 수 있을지도 모른다. 그때 맥 아저씨의 목소리가 계획을 망쳐버렸다.
 "안녕, 더스티."
 더스티는 바 뒤에서 자신을 바라보며 미소를 짓고 있는 덩치 큰 남자를 보았다.

"안녕하세요."

더스티가 내키지 않는 표정으로 인사했다. 맥 아저씨는 고갯짓으로 카말리카와 나머지 두 아이들을 가리켰다.

"저 친구들 보러 왔구나?"

"네."

"그럴 줄 알았지."

그때 마침 카말리카가 더스티를 찾느라 시선을 두리번거리고 있었다.

"커피 줄까?"

맥 아저씨가 물었다.

"부탁드려요."

"평소랑 같은 걸로?"

"고맙습니다."

"이따가 종업원한테 갖다 주라고 할게."

카말리카가 더스티에게 다가왔다.

"안녕, 더스티."

"안녕."

"다른 애들도 몇 명 있어."

"봤어."

맥 아저씨는 바에 몸을 기대고 섰다.

"저 여자아이는 누구야?"

맥 아저씨가 물었다.

"안젤리카라고 해요. 스캠프스에서 만났어요."

"와, 놀라운데! 그 옷가게 말이지!"

카말리카가 사나운 눈초리로 맥 아저씨를 쳐다보자 맥 아저씨는 주눅이 드는 듯했다.

"벡데일에 온 지 얼마 안 됐어요. 월요일에 학기가 새로 시작되면 우리 학교로 전학 올 거예요."

맥 아저씨는 구석에 앉은 여자아이의 모습을 자세히 뜯어보았다.

"예쁘게 생겼는걸. 빔이 점잖게 굴만도 하네."

맥 아저씨가 더스티를 다시 흘끔 쳐다보았다.

"이 커피 값 네가 낼 거니, 아니면 딴 사람이 내는 거니?"

더스티가 맥 아저씨에게 돈을 건넸다.

"고맙다."

맥 아저씨가 더스티에게 눈을 찡긋해 보였다.

"커피는 곧 가져다줄게."

"이리 와, 더스티."

카말리카가 이렇게 말하며 구석 테이블로 향했다. 더스티가 카말리카의 팔을 잡았다.

"잠깐만. 레이븐 산에서 봤다는 남자아이에 대해 얘기한다더니 이게 뭐야?"

"맥 아저씨가 얘기 안 했어?"

"맥 아저씨가 그 일하고 무슨 관계라도 있는 거야?"

"그거 맥 아저씨 이야기야. 나도 아저씨한테 들었어. 난 두 사람이 방금 그 이야기 하고 있는 줄 알았지."

더스티가 고개를 가로저었다.

"이야기할 시간 별로 없었어."

"그렇구나. 와서 자리에 앉아. 내가 얘기해줄게."

"빔하고 저 여자애도 들을 거 아니야?"

"안젤리카?"

"응. 두 사람 앞에서 그 이야기를 해야겠어?"

"어차피 비밀도 아닌데 뭐. 아마 벡데일 사람들 절반은 알고 있을걸. 맥 아저씨가 온 사방을 다니면서 불어댔으니까. 테이블로 가서 얘기해줄게. 빔과 안젤리카 둘 다 인사를 나눴으니까 너도 알고 지내야지."

더스티는 눈살을 찌푸렸다. 생각을 정리하려 한 거지 쓸데없이 수다나 떨려고 여기까지 나온 게 아니었다. 두 사람은 창가에 앉은 친구들에게 다가갔다. 빔이 몸을 돌려 더스티를 향해 싱긋 미소를 지었다.

"안녕, 더스트빈(dustbin, 쓰레기통이라는 의미 - 옮긴이)."

더스티는 빔의 머리를 손바닥으로 찰싹 쳤다.

"아야!"

빔은 얼굴을 찡그리며 안젤리카를 보았다.

"얘가 더스티야. 좀 사납지."

안젤리카가 미소를 지어 보였다.

"안녕, 더스티."

"안녕."

더스티와 카말리카가 자리에 앉았다.

"안 그래도 지금 막 이걸 나눠주고 있던 참이었어."

안젤리카는 더스티에게 작은 카드 한 장을 내밀었다.

"이게 뭐야?"

"내 휴대전화 번호를 적은 명함이야. 나한테 전화 걸거나 문자 보내고 싶을 때 쓰라고."

더스티는 명함을 흘끔 바라보았다. 안젤리카 본인과 비슷하게 그리려 했던 게 분명한 스마일리 페이스(smiley face, 주로 노란 바탕에 검은색으로 그린 웃는 얼굴의 만화 그림-옮긴이) 위에 손으로 쓴 전화번호 하나만 달랑 적힌 작고 하얀 명함이었다.

"휴대전화 갖고 있지?"

안젤리카가 물었다.

"응."

더스티는 대답만 할 뿐 전화번호를 가르쳐주지는 않았다. 더스티는 이 여자아이를 쓱 훑어보았다. 무척 상냥해 보였다. 그리고 아주 예뻤다. 금발에 파란 눈, 거의 모델 뺨칠 정도로 날씬한 몸매⋯ 벵골 미인처럼 가무잡잡한 카말리카의 모습과 묘한 대조를 이루었다.

빔이 왜 그렇게 안젤리카한테 관심을 보이는지 알 것 같다. 물론 빔이 썩 운이 좋을 것 같지는 않지만. 안젤리카 같은 여자아이는 남자아이들의 관심에 익숙한데다 남자친구를 사귀고 싶더라도 고르고 골라 아주 괜찮은 녀석을 사귈 게 틀림없으니까. 뭐 어쨌든 적어도 안젤리카는 친절한 아이이긴 했다.

"네 얘기 많이 들었어, 더스티."

"빔에게 들었다면 전부 거짓말이야."

"빔이 그러는데, 너 남학생들 럭비팀 대표선수로 있었다며."

"다미엔이 부상으로 못 뛸 때 딱 한 번 그랬을 뿐이야."

"다미엔이 누구야?"

"남학생 럭비팀의 정규 스크럼하프(럭비 포지션 중 하나로 스크럼에 공을 투입하고 공을 빼낸 후에 스탠드오프에게 공을 패스하는 역할 - 옮긴이). 예전에 한 번 다미엔이 막판에 경기에서 빠지는 바람에 내가 대신 그 자리를 메웠던 거야. 평소에는 여자팀 대표선수로 있어."

"남학생들 상대로 경기하는 거 위험하지 않았어?"

"경기장 바닥이 두꺼워서 그렇게 위험하지는 않아."

"더스티는 정말 잘했어."

빔이 안젤리카의 관심을 되찾기 위해 얼른 끼어들었다.

"어떤 부분에서는 정말이지 다미엔보다 훨씬 실력이 좋다니까. 다미엔만큼 빠르지는 않지만 패스는 더 원활해. 그리고 러크 상황(지면에 있는 공 주위에 양 팀 선수들이 몸을 밀착시켜 밀집해 있는 상태 - 옮긴이)에서도 진짜 겁이 없어."

더스티는 못마땅하다는 듯한 눈짓을 보냈다.

"언제 주먹이 날아올지 모르는 놈한테 칭찬을 듣다니 별 일을 다 보겠네."

여종업원이 커피를 내려놓고 갔다. 더스티는 설탕과 우유가 들어 있는 그릇을 손으로 만지작거렸다. 여전히 긴장이 더스티를 무겁게 내리누르고 있었다. 더스티는 맥 아저씨와 관계가 있다는 그 일에 대해 카말리카와 이야기를 나누고 싶은 마음이 굴뚝같았지만, 아무래도 안젤리카는 예의를 갖추기로 단단히 마음을 먹은 것 같았다.

"남학생들 틈에서 대표선수로 뛰다니 너 정말 대단한 것 같아."

"그래, 뭐."

더스티는 커피를 한 모금 마셨다.

"그나저나 넌 어디에서 살다 온 거야?"

"원래 태어난 곳은 버밍엄이야. 하지만 버밍엄에서 지낸 지는 아주 오래 됐어. 여기저기 이사를 많이 다녔지."

"여기는 작은 동네야. 특별한 일도 별로 없고."

"상관없어."

"너희 아빠는 무슨 일을 하셔?"

"돌아가셨어."

"아, 미안."

"괜찮아. 오래 전 일인걸."

"형제나 자매는 있어?"

"아니."

더스티는 머뭇머뭇 말을 꺼냈다.

"그럼 넌… 그러니까….."
"맞아, 엄마하고 같이 살아."
"그렇구나."
그들 사이에 희미한 미소가 오갔다. 더스티가 창밖으로 몸을 돌려, 아빠의 예상대로 다시 눈이 내리는 바깥 풍경을 내다보았다. 여전히 공기는 가물가물 흔들렸고 희미하게 빛이 깜빡거리고 있었다. 더스티는 특별히 누구에게랄 것도 없이 다시 입을 열었다.
"레이븐 산에서 봤다는 소년 이야기가 뭐야?"
카말리카가 대답했다.
"맥 아저씨가 어제 저녁 어둑어둑해질 무렵에 개를 데리고 황무지에 산책을 나갔는데, 글쎄 오르막길 저 위 커다란 바위들이 있는 주변으로 그 형체가 어슬렁거리면서 돌아다니더라는 거야. 맥 아저씨의 개가 그 형체를 향해 달려 올라갔는데, 형체가 있는 곳에서 한 15미터 떨어진 곳에 도착했을 때 갑자기 이상한 행동을 하기 시작하더래. 그 형체가 아니라 맥 아저씨의 개가 말이야."
"그게 무슨 말이야. 이상한 행동이라니?"
"낮은 소리로 구슬프게 울질 않나, 낑낑거리질 않나, 뭐 그러더라는 거야. 그러더니 걸음아 날 살려라 하면서 쏜살같이 달려오는데…."
"얼마나 정신없이 달리던지 세상에, 나도 지나쳐가면서 계속 달리더라고."
맥 아저씨가 말했다. 더스티가 깜짝 놀라 옆을 돌아보았다. 맥 아저씨가 다가오는지도 모르고 이야기에 몰두했던 것이다. 맥 아저씨는 소리 내어 웃었다.

"내 이야기를 다른 사람이 하게 할 수는 없지, 안 그래? 녀석이 아주 살짝 정신이 나갔더라니까. 녀석이 그러는 거 처음 봐. 물론 내 개가 평소에도 약간 멍청하긴 하지만 그래도 제법 싹싹하거든. 사람도 좋아하고. 그런데 그 사람은 영 마음에 안 들었나봐."

"그 사람이 누구였는데요?"

더스티가 물었다.

"모르겠어. 그 남자는 온통 눈으로 뒤덮인 바위들 옆에 서 있었는데 얼굴은 보이지 않았어. 더플코트를 입고 후드를 푹 눌러 썼거든."

더스티는 입술을 깨물었다.

"그런데 그 사람이 남자인지 어떻게 알아요? 여자였을 수도 있잖아요."

"하긴."

맥 아저씨는 잠시 이 문제를 곰곰이 생각하고 있었다.

"그러네, 여자였을 수도 있겠네. 하지만 전혀 여자 같지는 않았는걸. 체형이며 풍기는 분위기 같은 게 말이야. 아마 그래서였나 봐. 얼굴은 안 보였지만 대번에 남자라는 생각이 들었거든. 그리고 틀림없이 어른남자도 아니야. 오히려 열여섯 살쯤 된 남자아이에 가까웠어. 그런데 바로 그때 정말이지 귀신이 곡할 노릇이 벌어졌지 뭐야."

"귀신이 곡할 노릇이라니요. 그게 뭔데요?"

"내가 경사로 위에 있는 그 형체를 보고 있는데, 형체라고 말하는 게 더 정확하겠지? 내 개가 시속 90마일의 속도로 냅다 뛰어서 내 앞을 지나가는 거야. 내가 뒤돌아서 녀석한테 돌아오라고 소리를 쳤는데도 세상에, 이 녀석이 올 생각을 안 하지 뭐야. 그래서 내가 다시 그 형체를 보려고 뒤를 돌아봤는데 이미 가버린 거 있지. 아주 감쪽같이 사라져버렸더라고."

"바위 뒤로 걸어가고 있었겠죠."

"아니. 그럴 만큼 바위에 가까이 있지는 않았어. 내가 그 형체에서 눈을 뗀 건 1초도 안 됐는걸. 바위 뒤로 걸어가다니, 그럴 시간은 절대 없었던 거지."

"어둑어둑했다면서요."

빔이 말했다.

"날도 저물어가고요."

"그래도 그 정도는 똑똑히 볼 수 있어. 한 순간 그 자리에 서 있더니 다음 순간 없어진 거지. 난 귀신은 안 믿어. 그렇다면 이 일을 어떻게 생각해야 하는 걸까?"

아무도 대답이 없었다. 더스티는 창 쪽으로 몸을 돌려 밖을 응시했다. 무수한 영상들이 머릿속을 가득 메웠고 그 모든 영상들이, 심지어 조쉬 오빠의 영상들까지 자신을 위협하는 것만 같았다.

"그래서 경찰한테 말했어요?"

더스티가 물었다.

"물론이지. 그러는 게 좋겠다고 생각했거든. 무슨 말이냐면, 사실상 그 남자애가 딱 부러지게 뭘 잘못한 건 아니라는 걸 알지만 그래도 너무 이상했으니까. 내 말이 무슨 뜻인지 알지? 그 남자애한테는 정말 이상한 구석이 있었단 말이야. 내 개가 놀라서 펄쩍 뛰게 만들어놓고는 눈 깜짝할 사이에 사라졌잖아. 경찰한테 말할 때도 바로 그 점을 분명히 짚고 넘어갔지."

"그래서 경찰은 뭐라고 해요?"

"뭘 뭐라고 하겠어. 신경 써서 그 남자애를 지켜보겠다고 하더군. 경찰들 하는 말이야 다 뻔하잖아. 물론 그 남자애가 위험인물은 아닐지도 모르지만, 그래도 어쩐지 피해야 할 사람이라는 생각이 들어. 그러니까 내가 해주고 싶은 충고는 말이지, 경찰이 이 녀석의 정체를 밝혀내기 전까지는 황무지고 산이고 간에 가까이 가지 말라는 거야. 내가 사람들한테 죄다 이야기하고 다니는 것도 다 그래서라니까."

"아저씨 개는 어떻게 됐어요?"

안젤리카가 물었다.

"어, 그 녀석은 내가 차로 돌아오기를 기다리고 있더라고. 지금도 제정신이 아니야. 통 식욕도 없고. 절대 그런 녀석이 아닌데 말이지."

맥 아저씨는 그렇게 말하고 자리를 떴다. 더스티는 아무 말 없이 커피를 다 마셨다. 광장 저 끝에 몇몇 사람이 모여 있었다. 더스티는 실눈을 뜨고 그쪽을 바라보았다. 땅딸막한 남자 곁에는 두 사람이 더 서 있었다. 더스티는 잠시 경직되어 있다가 이내 긴장을 늦추었다.

다행히 포니테일로 머리를 묶은 남자와 그의 아들들이 아니었다. 그들은 학교 뒤편 주위에서 야영을 하는 여행객들 중 하나였다. 남자는 머리카락에 부분염색을 했고 소년 둘은 키가 크고 호리호리해 보였다. 그밖에도 두 사람의 모습이 더 눈에 띄었는데, 여행 동호회 사람은 아니었다. 학교 아이들이었다.

더스티는 불쾌한 표정으로 그들을 지켜보았다. 마음 같아선 데니와 게빈의 얼굴은 정말이지 절대로 보고 싶지 않았다. 게빈에게는 별로 반감이 없지만 데니는 문제가 달랐다. 도대체 왜 그렇게 데니를 싫어하는지 모르겠지만 어쨌든 데니가 너무 싫었고, 그건 데니도 마찬가지였다. 저 두 애들이 이리로 온다면 보나마나 싸움이 벌어질 게 뻔했다.

하지만 그들은 그럴 의사는 없는 듯 보였다. 그들은 광장을 가로질러 기념탑까지 어슬렁거리며 걸어가더니 갑자기 멈춰 서서 눈뭉치를 푹 퍼 올리기 시작했다. 그들이 누구를 겨냥하는 건지 즉시 알아챌 수 있었다. 비키 스펜스와 사라 문이 그들 반대편에서부터 광장을 가로질러 다가오고 있었다. 잠시 후 두 여자아이를 향해 눈덩이들이 날아오자 그들은 얼른 몸을 홱 구부렸다.

여자아이들도 직접 눈덩이를 퍼서 남자아이들에게 던지면서 응징을 가했다. 그들은 몇 분 동안 쉬지 않고 격렬하게 눈싸움을 하더니 갑자기 양쪽 모두 폭소를 터뜨렸고, 마침내 여자아이들이 자기들끼리 서로에게 눈을 던지자 남자아이들도 똑같이 따라했다.

그리고 잠시 후 모두들 눈싸움에 싫증이 났는지 기념탑으로 철수해, 눈이 내리는데도 근처에서 수다를 떨면서 빈둥거리고 있었다.

더스티는 그들을 바라보았지만 마음은 온통 딴 데 가 있었다. 자신이 창밖을 응시하는 동안 빔과 나머지 아이들이 계속해서 이야기를 나누고 있다는 사실을 어렴풋이 깨달았다. 그들이 하는 이야기가 하나도 귀에 들어오지 않았다. 자신이 저쪽 아이들과 떨어져 있는 것과 마찬가지로 여기 이 친구들과도 떨어져 있다는 느낌이 들었다. 그때 주머니에서 휴대전화가 울렸다.

"여보세요?"

긴 침묵이 이어지더니 마침내 목소리가, 대번에 누구인지 알 것 같은 목소리가 들려왔다.

"나도 떨어져 있는 느낌이야."

소년이 말했다.

10

더스티는 온몸이 딱딱하게 굳은 채 다른 아이들을 둘러보았다. 친구들은 무덤덤한 표정으로 더스티를 빤히 쳐다보았다. 더스티는 광장 밖으로 시선을 옮겨 데니와 그의 친구들이 아직도 기념탑 근처에서 서성거리는 모습을 보았다. 이제 그들도 더스티를 발견하고 그녀를 빤히 쳐다보았다. 마치 세상 사람들 모두가 그렇게 자신을 응시하고 있는 것만 같았다. 더스티의 귓가에 또다시 소년의 목소리가 들렸다. 그의 음성은 좀 따분한 것 같기도 하고, 심지어 완전히 지친 것 같기도 했다.

"난 모든 것으로부터 고립된 것 같은 기분이야. 이해할 수 있겠니?"

더스티는 대답하지 않았다. 대답을 할 수가 없었다.

"이 고통이 사라져주길 바라고 있어. 하지만 점점 더 심해질 뿐이야. 지금은… 지금은 정말이지 너무 고통스러워. 마치 떼어낼 수 없는 그림자와 함께 걷고 있는 기분이야. 새로운 환영도 보이는데,

도대체 이 환영의 정체가 뭔지 알 수가 없어. 다만 내가 짐작할 수 있는 건…."

소년이 거칠게 숨을 내쉬었다.

"아마도 빛과 관련이 있는 무언가가 아닐까 싶어. 대부분의 사람들 눈에는 보이지 않는 어떤 것 말이야. 하지만 너는 그것을 볼 수 있어. 넌 조쉬의 일이 가장 큰 수수께끼라고 생각하겠지. 하지만 아니야. 가장 큰 수수께끼는 다른 데 있어."

더스티는 거북한 표정으로 친구들을 둘러보았다.

"나 잠깐…."

더스티가 일어서며 말했다.

"잠깐 전화 좀 받고…."

하지만 더스티는 더 이상 말을 잇지 못했다. 친구들에게서 벗어나 전화기를 들고 커피하우스 입구로 다가갔다. 하지만 눈이 그치길 기다리느라 입구에서 서성거리는 손님들 때문에 이곳이라고 해서 은밀한 대화가 보장될 리 없었다.

더스티는 아예 문을 밀고 밖으로 나갔다. 기념탑 근처에는 데니와 게빈, 그리고 두 명의 여자아이들이 줄곧 더스티를 지켜보고 있었다. 그들은 한참 멀리 떨어져 있어 더스티의 목소리가 들릴 리 없었지만, 그럼에도 더스티는 전화기에 대고 목소리를 낮추어 말했다.

"난 네가 도대체 무슨 말을 하는지 하나도 못 알아듣겠어."

"상관없어."

"지금까지 일어난 모든… 일들이 다 그래."

"상관없어."

"어젯밤엔 무슨 일이 있었던 거야?"

"나도 모르겠어."

"네가 모를 리 없어. 넌 어제 과도한 양의 알약을 복용했어. 난 네가 죽는 줄 알았단 말이야."

소년은 아무 말 하지 않았다.

"듣고 있니? 네가 죽는 줄 알았다고."

"어쩌면 이미 죽어 있는지도 몰라. 잘은 모르겠지만."

"그건 또 무슨 소리야?"

"삶은 뭐고 죽음은 또 뭔지 난 더 이상 모르겠어."

더스티는 이 소년의 목을 졸라서라도 어떻게든 그가 한 말의 의미를 알아내고 싶었지만, 전화기만 손에 꼭 쥘 뿐이었다.

"내 휴대전화 번호는 어떻게 알았어?"

"모르겠어."

"모르겠다는 말은 이제 하지 마! 나를 상대로 장난칠 생각 말라고!"

"너한테 장난치는 거 아니야."

"그럼 내 전화번호는 어떻게 알았어? 우리 집 전화번호를 알아낸 것처럼 숫자를 조합했다느니 하는 그 따위 소리는 하지 마."

"나도 어떻게 알아냈는지 모르겠어. 난 그냥 네 생각이 나서 전화를 걸었을 뿐이야."

"그런 말도 안 되는 소리 하지 말랬지…."

"정말이야, 더스티. 그렇게 몰아붙이지 마. 내가 하는 일들 대부분을 나도 이해하지 못하니까."

더스티는 고개를 가로저었다. 이 소년은 미친 게 분명했다.

"네 생각이 맞아. 난 미쳤어."

자신의 생각을 똑같이 읽어내다니. 더스티는 순간 오싹해져서 온몸을 부들부들 떨었다.

"그런데 왜 자꾸 나한테 전화하는 거야?"

"난 무서워."

"왜 나한테 전화하는 거냐고?"

"네 정신력이 좋아. 내게 도움을 주거든."

더스티는 소년의 말을 믿지 않았다.

"내 말을 믿어야 해."

소년이 말했다.

"난 사실을 말하는 거야."

"내 생각을 똑같이 따라 말하는 거, 그만둬줄래?"

"난 네 생각을 따라서 말할 수밖에 없어."

"또 그러네."

"내가 그랬잖아. 나도 어쩔 수 없는 거라고."

"하지만 그건 자연스러운 일이 아니야. 그건… 정상적인 일이 아니란 말이야."

"뭐가 자연스러운 일이고 또 뭐가 정상적인 일인지 난 몰라. 넌 아니?"

더스티는 대답하지 않았다. 소년은 길게 한숨을 쉬었다.

"내가 아는 건… 이따금, 존재하는 모든 것들을 볼 수 있고 느낄 수 있는 것 같다는 거야. 전혀 아무것도 이해할 수 없을 것 같을 때도 있어. 겁이 날 때 그래. 바로 지금 같은 때 말이야."

"뭐가 그렇게 널 겁나게 하는데?"

"내가 되는 것."

더스티는 내리는 눈을 뚫어져라 바라보면서 또다시 조쉬 오빠 생각에 골몰했다.

"그가 어디에 있는지 모르겠어."

"내가 조쉬 오빠 생각하고 있다는 거, 알았어?"

"네가 조쉬를 생각하고 있다는 거, 알았어."

"그럼 조쉬 오빠가 누군지도 알겠네?"

"네 오빠일 거라고 짐작은 하고 있어."

"짐작하는 게 아니잖아. 넌 조쉬 오빠가 누군지 알고 있어. 오빠가 어디에 있는지도 알고 있고."

"아니야."

"넌 다 보인다며. 존재하는 모든 걸 볼 수 있다며."

"가끔은."

"거봐, 넌 조쉬 오빠를 볼 수 있는 게 틀림없어."

"지금은 안 보여."

"찾을 수는 있을 거 아니야."

"나는 사람을 찾지 않아. 사람들이 나를 찾는 거야. 지금 이 순간에도 나를 찾는 사람들이 있어."

'나처럼.'

더스티가 생각했다.

"그래."

소년이 말했다.

"너처럼."

더스티는 또다시 가슴이 선득해지는 기분이 들었다.

"더스티? 조쉬가 어디에 있는지 난 정말 몰라."

"네 말 못 믿겠어."

"조쉬가 어디에 있는지 난 몰라. 내가 해줄 수 있는 말은 그것뿐이야."

소년은 잠시 숨을 돌린 다음 다시 말을 이었다.

"하지만 네가 어디에 있는지는 알아. 너 밖에 나와 있지. 넌 눈이 내리는 바깥 어딘가에 서 있어."

더스티는 아무 말 하지 않았다.

"넌 지금 무슨 건물 같은 곳 바깥에 나와 있어. 넌 무언가를 사는 어떤 상점이나 뭐 그런 곳의 현관 아니면 출입문, 대충 그런 곳에 서 있어. 아마 먹을 것과 음료수를 파는 곳인 것 같아. 아니면 무슨 바 같은 곳이거나. 넌 지금 눈을 보고 있어. 화도 나고 또다시 약간 겁이 나기도 하지만, 환한 빛에 넋을 놓고 있어. 가까운 곳에 사람들이 있구나. 친구들인 것 같은데. 그리고…."

소년은 잠시 망설였다.

"그리고 다른 사람들도 있어. 네가 싫어하는 사람들. 근처에 말이야."

더스티는 불안하게 주위를 둘러보며 소년의 흔적을 찾아보려 했다. 그가 자기를 쫓아오지 않은 다음에야 이런 사실들을 속속들이 알 리가 없었다. 하지만 보이는 것이라고는 기념탑에서 자신을 지켜보고 있는 데니 무리들과 광장을 지나가는 사람들, 자동차들, 그리고 아까부터 여전히 내리고 있는 눈이 전부였다. 더스티는 다시 전화기에 대고 말했다.

"그리고 넌 더플코트를 입고 후드를 푹 뒤집어쓰고 있고."

또다시 긴 침묵이 흘렀다. 더스티는 자기가 먼저 이 침묵을 깨지는 않겠노라고 마음먹었다.

"네 말이 맞아."

마침내 소년이 말했다.

"난 더플코트를 입고 있어. 하지만 후드는 쓰지 않았어. 좀 더 편하게 전화를 받으려고 후드를 벗었거든."

더스티는 다시 휴대전화를 꼭 쥐었다. 그렇다. 이 소년이 바로 아빠와 맥 아저씨가 봤다는 그 형상이었다.

"그런데 네 전화기 점점 젖겠다."

더스티가 말했다.

"눈 때문에 말이야."

"내가 밖에 나와 있는 거 어떻게 알았니?"

"그냥 알아."

"넌 아는 게 아니야. 추측할 뿐이지."

더스티는 아무 대꾸도 하지 않았다.

"그리고 잘못 알아맞혔어. 난 공중전화 박스에 있으니까. 끊지 말고 기다려. 통화를 계속하려면 동전을 좀 더 넣어야 하니까."

잠시 침묵이 흐르더니 소년의 목소리가 다시 이어졌다.

"잘 들어, 더스티…."

"그런데 네 이름은 뭐니?"

더스티가 물었다.

"아마 나에 대한 소문을 듣게 될 거야."

"네 이름이 뭐냐고."

"나에 대한 소문을 듣게 될 거야."

"왜 네 이름은 말하지 않는 거야? 난 내 이름을 말해줬잖아."

"더스티, 잘 들어. 이름 같은 건 잊어버려. 그건 중요한 게 아니니까. 뭐든 네가 부르고 싶은 대로 불러. 그럼 내가 대답할게. 그보다도, 내 말 잘 들어. 넌 조만간 나에 대한 소문을 듣게 될 거야. 어쩌면 벌써 들었는지도 모르겠다. 네게 어떤 말은 믿고 어떤 말은 믿지 말라고 일일이 말해줄 수는 없어. 다만 내가 해줄 수 있는 말은, 난 절대로 사람들에게 해를 입힐 생각이 없다는 거야. 하지만 나 자신을 보호하려면 어쩔 수 없어, 알겠니?"

"도대체 그게 무슨 말이야?"

"난 개 두 마리를 죽였어. 투견들이었어. 나한테 다가오고 있었거든. 더스티, 내가 아까도 말했지. 나를 찾는 사람들이 있다고. 그런 사람들 중에 어떤 이들이 개를 데리고 있었어."

"그런 사람들 가운데 어떤 이들?"

더스티의 마음이 혼란스러워졌다. 그 개가 어떤 종류인지, 개 주인이 누구인지 대번에 알 수 있었다. 하지만 이 소년을 찾아다니는 사람들이 그들 말고도 더 있다는 말인가?

"너를 찾아다니는 사람들이라니, 어떤 사람들인데? 그 사람들이 대체 왜 널 찾아다니는 건데?"

"그들은 날 죽이려고 해."

"그런데…."

더스티는 송곳니와 눈동자와 떡 벌어진 체격을 떠올렸다.

"그런데 넌 어떻게 개를 죽인 거야?"

아무런 대답이 없었다. 더스티는 광장 너머 기념탑을 향해 시선을 던졌다. 데니와 게빈이 여전히 더스티를 바라보고 있었다. 비키와 사라 역시 마찬가지였다. 더스티는 커피하우스 안에서 자신을 바라보는 빔과 카말리카와 안젤리카의 눈빛을 느꼈다. 마침내 소년이 입을 열었다.

"모르겠어. 그냥 죽였어."

또다시 침묵이 흘렀다. 무겁고 고통스러운 침묵이었다. 더스티는 안젤리카가 출입문을 향해 걸어오는 것을 보았다. 카말리카와 빔은 여전히 테이블에 앉아 있었다. 빔은 안젤리카의 뒷모습에 시선을 고정시켰다. 안젤리카는 출입문 반대편에 멈추어 서서 유리를 통해 현관 앞에 서 있는 더스티를 보았다. 휴대전화에서 다시 소년의 목소리가 들렸다.

"누군가 네게 다가왔구나. 아니면 이제 막 다가오려 하거나. 넌 이제 더 이상 혼자 있을 수 없겠어."

더스티는 아무 말 하지 않았다.

"여자아이야."

소년이 말했다.

"여자아이라고. 그 아이가 느껴져. 하지만 아직 네 옆에 오지는 않았어."

안젤리카가 출입문을 열고 눈 속을 걸어왔다.

"그 아이가 가까이 다가오고 있어."

소년이 말했다.

더스티는 전화기를 단단히 쥐었다. 안젤리카는 아무 말 하지 않았다. 발소리도 거의 나지 않았기 때문에 소년의 귀에 그 소리가 들렸을 리 없었다.

"난 이만 끊을게."

"잠깐만."

하지만 전화는 이미 끊어졌다.

더스티는 안젤리카를 쏘아보았고, 안젤리카는 두세 발자국 정도 떨어진 곳에서 갑자기 멈춰 섰다.

"미안, 더스티. 난 그냥 바람 좀 쐬려고 나왔어. 전화 끊지 마."

"벌써 끊었어."

더스티가 맥없이 말했다.
"어머, 내가…."
안젤리카가 머뭇거리며 말했다.
"내가 방해한 게 아니라면 좋겠는데."
더스티는 아무 말 하지 않았다. 휴대전화에 소년의 전화번호가 남아 있는지 검색해보려 했다. 물론 전화번호가 찍혔을 거라고는 기대하지 않았다. 아마도 소년은 무척 신중하게 처신했을 테니까. 더스티의 짐작이 옳았다. 번호는 찍히지 않았다. 더스티는 얼굴을 찡그리고는 고개를 들어 아직도 자신을 지켜보고 있는 안젤리카를 올려다보았다.
"내가 방해한 게 아니라면 좋겠는데."
안젤리카가 되풀이해 말했다.
더스티는 뒤를 돌아 광장 건너편을 물끄러미 바라보았다. 기념탑 저편에서 데니가 눈을 뭉쳐 손으로 톡톡 치고 있었다.
"조쉬 오빠 이야기 들었어. 정말 안 됐어."
더스티가 홱 하고 돌아보았다.
"대체 네가 조쉬 오빠에 대해 어떻게 아는 거지?"
"네 오빠… 그러니까 저기…."
"네가 조쉬 오빠에 대해 어떻게 아느냐고?"
더스티가 안젤리카를 노려보았다. 안젤리카는 커피하우스 출입문을 향해 뒷걸음질 쳤다. 더스티는 입구의 유리문을 통해 빔이 이쪽을 주시하고 있는 걸 보았다. 그의 눈빛을 보니 안젤리카가 왜 갑자기 바람을 쐬러 나오려 했는지 짐작이 가고도 남았다. 하지만 그의 눈빛으로는 안젤리카가 조쉬 오빠 일을 어떻게 알게 됐는지 짐작이 가지 않았다.

"조쉬 오빠에 대해 어떻게 알았냐니깐?"

더스티가 다그쳐 물었다.

"기분을 상하게 하려는 건 아니었어."

"조쉬 오빠에 대해 무슨 애길 들은 거야?"

"2년 전 너희 오빠가 집을 나갔고, 그 후로 너희 오빠가 어떻게 됐는지 아는 사람이 없다는 정도. 그리고 너희 엄마… 그러니까… 너희 엄마가…."

"맞아. 우리 엄마는 신경쇠약에 걸려서 그로부터 6개월 후에 집을 나갔어."

더스티가 계속해서 안젤리카를 노려보며 말했다.

"그리고 또 무슨 애길 들었지?"

"그게 다야."

더스티는 아직도 잔뜩 화가 나 있었다. 더스티는 못마땅한 얼굴로 안젤리카를 쏘아본 다음 유리문을 통해 창가에 앉은 다른 친구들을 노려보았다.

"카말리카, 지가 무슨 권리가 있다고 함부로 조쉬 오빠 얘기를 해?"

더스티가 구시렁거렸다.

"카말리카가 말한 거 아니야. 빔이 말했어. 네가 바에서 카말리카와 이야기하는 동안 빔이 너에 대해 이야기해줬어. 그러면서 조쉬 오빠에 대해서도 말한 거고. 너를 화나게 했다면 미안해. 그럴 의도는 없었어."

더스티는 두 주먹을 불끈 쥐었다. 이제 상황이 어떻게 된 건지 이해가 갔다. 빔은 안젤리카의 관심을 끌어볼 욕심에 안젤리카와는 아무런 상관도 없는 한 가족의 비극에 대해 이야기한 것이다. 물론 안젤리카도 언젠가는 듣게 될 얘기이긴 했다. 그 당시 조쉬 오빠의 실종 소식이 뉴스를 통해 전해졌기 때문에 벡데일에 사는 사람이라면 거의 모두가 그 일을 알고 있었다. 하지만 그 사건은 여전히 오리무중이고, 이건 빔이 떠벌일 일이 아니다. 그런데 하필이면 이럴 때 짜증나게, 빔이 뭐가 좋다고 얼굴 가득 싱글싱글 미소까지 지으며 거구의 몸을 이끌고 그들을 향해 다가오고 있었다.

더스티는 험악한 얼굴로 빔을 바라보다가 분노와 당황스러움을 주체하지 못한 나머지 그를 향해 펄쩍 뛰어올라 발로 세게 한방 걷어차려던 참이었다. 그런데 더스티가 몸을 움직이려는 순간, 가까이에서 쿵 하는 소리와 함께 비명 소리가 들렸다. 더스티는 주위를 둘러보고 깜짝 놀랐다.

안젤리카가 몸을 구부린 채 두 손에 얼굴을 묻고 있었다. 안젤리카의 목이며 어깨 위로 눈뭉치가 부서지고 남은 흔적들이 흩뿌려져 있었다. 더스티가 안젤리카 가까이로 몸을 구부렸다.

"괜찮니?"

안젤리카는 흐느껴 울고 있었다.

"너 얼굴에 맞았구나, 그렇지?"

안젤리카는 아무 말도 하지 않고 계속 흐느껴 울기만 했다. 빔이 문을 밀어 열고 황급히 다가왔다.

"너 괜찮아?"

빔이 말했다. 안젤리카는 아무 대답도 하지 않았다.

"더스티? 어떻게 된 거야?"

더스티는 기념탑 쪽을 노려봤다. 데니와 게빈은 더스티에게 등을 보인 채 두 여자아이들과 이야기를 하고 있었다. 네 사람 모두 이쪽을 보지 않으려고 엄청 애를 쓰고 있는 듯 보였다.

"데니 짓이야. 그 자식이 던진 거야."

카말리카가 출입구로 다가왔다.

"안젤리카, 괜찮니?"

안젤리카는 몸을 일으킨 후 얼굴에서 손을 뗐다. 왼쪽 눈 밑에 상처가 깊게 났다.

"눈뭉치 하나로 이렇게 될 리가 없어."

더스티가 말했다.

"그게 무슨 말이야?"

빔이 말했다. 더스티는 벌써 바닥에 몸을 숙이고 눈뭉치 속을 유심히 살펴보고 있었다. 곧이어 무언가를 발견했다. 끝이 날카롭고 흉측하게 생긴 돌멩이였다. 더스티는 그것을 손에 쥐고 자리에서 일어섰다.

"여기."

더스티가 안젤리카 앞으로 그것을 내밀었다.

"눈뭉치 속에 들어 있던 거야. 이것 때문에 상처가 난 거라고."

더스티가 기념탑을 향해 몸을 돌렸다.

"순전히 날 맞추려고 그랬던 거야."

"더스티, 굳이 그럴 것까지는 없어."

안젤리카가 말했다.

"아니, 있어."

더스티가 빔을 흘긋 쳐다보았다.

"너도 갈래?"

"저기 저… 난 어떻게 해야 할지 잘 모르겠는데… 그러니까 말이야…."

"한심한 자식."

더스티는 눈길을 가로질러 기념탑 옆 무리들을 향해 힘껏 달렸다. 가뜩이나 어젯밤 이후로 몹시 화가 나 있는 상태인데다 오늘 아침 이런 일까지 겪었더니 오랜만에 제대로 열이 받았다. 자신이 데니를 덮치기도 전에 게빈과 나머지 여자아이들도 가세하리라는 걸 뻔히 알고 있었지만, 어느 정도 피해를 입는 건 감수할 수 있었다. 더스티는 곧바로 데니를 향해 달렸다.

"거기 잔머리 굴리는 남자애."

더스티가 데니를 부르며 가까이 다가갔다.

"눈뭉치 속에 돌을 넣으셨더군. 아주 잘 했어."

데니가 돌아서서 더스티를 보았다.

"무슨 소린지 모르겠는데."

더스티는 몸을 날려 발로 데니를 걷어찼다. 데니는 더스티가 이런 식으로 나오리라고 충분히 예상했었다. 하지만 막상 충격이 가해지자 바닥에 그대로 나동그라지고 말았다. 데니는 재빨리 정신을 수습하고 더스티를 밀어내려 애썼지만, 더스티는 이미 양쪽 주먹으로 그의 얼굴을 강타하고 있었다.

"나쁜 자식! 이 나쁜 자식!"

더스티가 데니에게 계속해서 주먹을 날렸다. 조만간 다른 아이들이 싸움을 말리러 모여들 거라는 걸 알고 있었지만, 녀석을 피가 나도록 패주고 말리라 결심했다.

"애 좀 떨어뜨려 줘!"

데니가 그의 친구들에게 고함쳤다. 더스티는 게빈의 주먹이라고 짐작되는 무언가가 자신의 얼굴을 강타하는 느낌이 들었고, 바로 그때 자신을 데니에게서 떼어놓기 위해 여러 개의 팔들이 자신을 잡아끌고 있다는 걸 알 수 있었다. 더스티는 그들에게서 벗어나려고 몸부림을 치는 와중에도 계속해서 데니에게 주먹을 날렸다. 하지만 데니는 이제 더스티에게 저항하며 반격에 들어갔고, 엄청난 힘으로 더스티를 눈 위에 자빠뜨렸다.

더스티는 자신이 궁지에 몰렸다는 걸 알았다. 지금 도망치지 않으면 데니는 정신을 잃을 정도로 두들겨 팰 게 분명했다. 게빈이 자신을 향해 다가오는 모습을 보았다. 사라와 비키도 보였다. 약이 바짝 오른 데니가 얼굴은 피로 얼룩져서는 쓰러져 있는 자기 위로 다가오는 모습도 보였다. 마침내 자신을 향해 내려오는 데니의 주먹도 보였다. 더스티는 재빨리 몸을 옆으로 비틀었고, 그 바람에 주먹은 눈 쌓인 땅을 향해 그대로 질주해 내리꽂혔다.

"젠장!"

데니가 소리쳤다.

그때 오른쪽에서 거구의 몸이 커다란 소리를 내며 달려들었다. 빔이 데니를 향해 돌진해왔다. 빔의 몸이 더스티에게서 데니의 몸을 떼어냈고, 두 녀석은 서로를 향해 사납게 주먹을 날리면서 한 덩어리가 되어 눈 위를 굴렀다. 곧이어 게빈이 달려와 두 녀석 위로 몸을 날렸다. 카말리카가 제발 그만 싸우라고 소리쳤지만, 사라나 비키와 마찬가지로 약간 떨어져 서서 주춤주춤 어쩔 줄 몰라 할 뿐 싸움에 끼어들지는 않았다. 안젤리카는 보이지 않았다.

더스티는 급히 몸을 일으켜 앞으로 달렸고, 게빈과 빔은 서로 질세라 주먹질을 교환하며 자리에서 일어섰다. 데니는 아직도 몸을 일으키기 위해 애를 쓰고 있었다. 더스티는 데니 위로 뛰어 올랐고 두 사람은 다시 한 번 눈길 위로 쓰러졌다.

그때 사라와 비키, 카말리카가 더스티를 끌어내고 데니를 끌어내면서 이제 제발 좀 그만하라고 한 목소리로 소리를 질렀다. 그렇게 싸움은 끝나고 데니는 두 여자아이들과 함께 광장을 가로질러 거의 비틀거리다시피 걸어갔다. 게빈은 한 손을 머리에 얹은 채 몇 미터 떨어져 걷고 있었다.

11

빔은 꼼짝도 않고 서서 그들이 가는 모습을 지켜보다가 더스티를 향해 돌아섰다.

"너 괜찮아?"

빔이 쉰 목소리로 물었다. 더스티는 속으로 구시렁거렸다. 괜찮냐니, 그럴 리가 있겠어? 머리는 지끈거리고, 온몸 여기저기 안 쑤시는 데가 없는 것 같은데. 하지만 마음속 상처에 비하면 그 정도는 아무것도 아니었다. 여전히 속에서는 부글부글 분노가 끓고 있었다. 여전히 마음속은 혼란으로 가득 찼다. 여전히 두려움은 떠날 줄 몰랐다.

아무것도 변한 것이 없었고… 조쉬 오빠는 가까이에 없었다.

"난 괜찮아."

더스티가 웅얼거리며 말했다. 더스티는 멍하니 주위를 둘러보았다. 아직도 눈이 내리고 있었다. 눈이 오는 걸 미처 느끼지 못했다니 희한한 일이다. 광장에 사람이 얼마 없다니, 그 역시 희한한 일이다. 문득 이곳이 아주 으스스하고 외진 곳처럼 느껴졌다. 더스티는 맥 아저씨의 커피하우스를 쳐다봤다. 마치 이제는 더스티 일행을 보려는 사람이 아무도 없다는 듯 사람들 시선이 일제히 커피하우스 내부로 향해 있는 걸 확인했다.

"안젤리카는 갔어."

빔이 말했다.

"난 안젤리카를 탓하고 싶지 않아."

카말리카가 말했다.

"그 애는 아마 다시는 우리하고 어울리려 하지 않을 거야. 아마 우리가 말썽만 일으키는 아이들이라고 생각하겠지. 적어도 더스티에 대해서는 말이야."

더스티가 주위를 둘러보았다.

"나?"

"응, 너."

카말리카가 가늘게 실눈을 뜨고 말했다.

"그리고 나 역시 같은 생각을 하기 시작했어."

"아이고, 고마우셔라. 데니가 나한테 돌멩이를 넣은 눈뭉치를 던졌어. 난 나를 지키기 위해 싸운 거야. 그런데 넌 고작 한다는 말이, 내가 말썽만 일으킬 뿐이라고?"

"눈뭉치가 안젤리카를 맞힌 거지, 널 맞힌 건 아니잖아."

"나를 목표로 던진 거였어. 데니는 오래 전부터 나한테 감정이 많았다고."

"너도 옛날부터 데니한테 감정이 많았잖아."
"그게 무슨 말이야?"
"말 그대로야, 너도 옛날부터 데니한테 감정이 많았잖아."
"데니는 불쾌한 자식이야."
"그리고 조쉬 오빠를 닮았지."
더스티는 카말리카를 노려보았다.
"한 번 더 말해봐."
"데니는 조쉬 오빠를 닮았어."
"그러니까, 조쉬 오빠가 불쾌한 사람이었단 말이야?"
"그런 뜻은 전혀 아니야."
"카말리카 말은…."
빔이 끼어들었다.
"네가 왜 그렇게 데니를 싫어하는지 아직도 너 스스로 이유를 파악하지 못했다는 거지."
"내가 말했잖아. 그 자식은 불쾌하다고. 아하, 그런데 넌 그렇게 생각하지 않는다 이 말씀이지?"
"아니, 나도 너하고 같은 생각이야. 데니는 밥 맛 없는 애니까."
빔이 잠시 숨을 돌린 후 다시 말을 이었다.
"게다가 하필이면 그 녀석 하는 행동이 옛날 조쉬 형하고 비슷한 면도 있고."
더스티는 성난 얼굴로 빔을 쏘아보았다. 빔이 하고 싶은 말은 단 한 가지뿐이라는 것을 잘 안다. 그것만으로도 충분히 커다란 충격으로 다가왔다. 하지만 빔이 의도하지 않았던 다른 한 가지 의미가 더스티에게 더욱더 큰 충격을 던져주었다.

"넌 마치 조쉬 오빠가 죽은 것처럼 말한다."

더스티가 비난하듯 말했다.

"그런 의도로 한 말이 아니라…."

"옛날 조쉬 형하고 비슷하다니. 네가 그렇게 말했잖아. 하필이면 그 녀석 하는 행동이 옛날 조쉬 형하고 비슷하다며."

"그래, 뭐, 그랬어. 하지만 그건 단지 평소 내 말버릇일 뿐이야. 네가 지나치게 확대해석하는 거라고."

"오빠는 살아있어. 알아들어? 오빠는 살아있다고."

더스티가 버럭 소리를 질렀다. 빔은 잠시 동안 더스티의 눈을 가만히 들여다보더니 손을 올려 자신의 입가에 묻은 눈을 닦아냈다. 눈은 코에서 새어나오는 피로 얼룩져 있었다.

"나중에 보자."

빔은 조용히 말하고 나서 육중한 몸을 움직이며 걸어갔다. 카말리카는 빔이 가는 모습을 지켜보더니 더스티에게 돌아서서 말했다.

"너도 그렇게 생각하겠지만 빔의 말이 맞아. 데니는 조쉬 오빠를 꼭 닮았어."

"난 지금까지 한 번도 그렇게 생각해본 적 없어."

"아니, 아마 너도 그렇게 생각했을 거야."

더스티는 아무 말 하지 않았다.

"난 이만 가봐야겠다. 점심시간에 맞춰 돌아가기로 약속했거든."

카말리카가 말했다. 더스티는 시선을 떨어뜨렸다. 카말리카는 거짓말에 영 젬병이지만, 참을 수 없을 만큼 괴로운 건 그녀의 거짓말이 아니었다. 정말로 괴로운 일은, 단 한 순간도 자신과 같이 있는 걸 못 견디게 싫어하는 친구의 모습을 보아야 하는 것이었다.

"있잖아. 나 좀 이상한 전화를 받았어. 그 남자애 전화야. 그 남자애가 누군지는 모르겠는데, 어쨌든 그 애가 내 번호를 알아내서 전화를 걸었어. 내 생각에…."

더스티가 잠시 망설이다 말을 이었다.

"맥 아저씨가 산에서 봤다는 형체가 바로 그 남자아이인 게 틀림없어."

"그럼 너희 아빠한테 말해보지 그러니."

카말리카의 목소리는 얼굴 표정만큼이나 딱딱하고 무심하고 무성의했다.

"아니면 경찰한테 알리거나. 아니면 양쪽 다한테 얘기하든지."

"그 애는 아무것도 잘못한 게 없는걸. 난 그 애가 위험한 사람이라는 생각은 안 들어. 뭐랄까, 좀 자포자기 상태에 있는 것 같아."

"그게 무슨 말이야?"

"그 남자애가 처음 전화를 걸었을 때 아주 많은 양의 알약을 복용했었어. 자살을 하려고 말이야. 그런 걸로는 신고를 할 수가 없잖아. 내가 말한 그 애가 레이븐 산에 있었던 그 형체와 같다는 걸 입증할 방법도 없고."

"그러면서 그 두 사람이 같은 사람인 것 같다고 말한 이유는 뭐야?"

이번에도 역시 딱딱한 말투였다. 카말리카는 이런 대화가 영 마음에 들지 않는 것 같았다. 더 이상 대화를 계속하는 것은 별 의미가 없을 듯싶었다. 더스티는 억지로 미소를 지어 보였다.

"모르겠어… 난 그냥… 단지 너한테 이 이야기를 하고 싶었던 것 같아. 그 일 때문에 약간 스트레스를 받고 있거든. 데니한테 발끈 화를 낸 것도 어쩌면 그래서인지도 모르겠어."

"그럴지도 모르지."

그들은 아무 말 없이 서로를 바라보았고, 잠시 후 카말리카가 고개를 끄덕였다.

"이제 가봐야겠다."

"그래, 나중에 보자."

카말리카가 더스티를 가만히 바라보았다.

"그러자."

카말리카는 이렇게 말하고 돌아섰다.

더스티는 카말리카가 가는 뒷모습을 바라보았다. 하마터면 눈물이 쏟아질 뻔했는데, 그런 자신의 모습이 마음에 들지 않았다. 모든 일이 엉망으로 돌아가고 있었다. 이상한 이야기를 하는 소년이 나타나더니 곧이어 싸움이 터졌고, 지금은 친구들과도 사이가 틀어져버렸다. 더스티는 물끄러미 손을 내려다보았다. 데니를 쳤던 손가락 관절 주위가 쿡쿡 쑤셨고, 손은 점점 차가워졌다. 바지 주머니에 손을 넣어 장갑을 꺼냈다. 무언가가 펄럭이며 바닥에 떨어졌다.

종이 한 장.

어젯밤 더스티가 그린 얼굴이었다. 창유리로 자신을 빤히 쳐다보던 그 얼굴처럼, 종이 위에 그려진 얼굴이 떨어지는 눈을 맞으며 자신을 빤히 올려다보고 있었다. 더스티는 그림을 뚫어져라 내려다보았다. 종이 위의 얼굴은 내리는 눈송이에 벌써 흠뻑 젖어버려 조만간 흔적도 없이 사라질 터였다. 주머니에 다시 장갑을 밀어 넣은 다음, 손을 뻗어 종이를 집어 들었다. 아직 얼굴 형태는 살아 있었지만 점점 희미해지기 시작했다.

아무리 그래봤자 종이 위의 얼굴은 눈으로 보는 것처럼 또렷하게, 아니 어쩌면 그보다 더 선명하게 마음속에 남아 있었다. 그 얼굴이 조쉬 오빠와 닮았다는 생각이 다시 한 번 머리를 스쳤다. 더스티는 주머니에 손을 넣어 늘 가지고 다니던 그것을 꺼내 들었다. 오빠의 마지막 사진, 더스티가 정원에서 찍어주었던 오빠 사진이었다. 사진 속의 오빠는 웃음기 없는 무표정한 얼굴에 무언가를 곰곰 생각하는 것 같은 눈빛으로 마치 저 멀리 수평선을 바라보기라도 하듯 카메라 너머를 바라보고 있었다.

오빠의 사진 위에도 눈이 떨어져 내렸다.

더스티는 주머니 속에 사진을 밀어 넣고, 그림도 다시 주머니 속에 구겨 넣었다. 여전히 화가 나고 혼란스럽고 눈물이 날 것만 같다. 그것 말고도 뭔가 다른 기분이 가슴을 꽉 메웠다. 그때 누군가 자신을 지켜보고 있다는 느낌이 강하게 들었다. 더스티는 주위를 둘러보다가 스테이션 로드 근처에 있는 광장 저 끝에서 어떤 움직임 하나를 포착했다.

하지만 별 것 아니었다. 그저 아노락(후드가 달린 방한 방풍용 재킷 - 옮긴이)을 입고 눈을 맞지 않기 위해 머리에 후드를 올려 쓴 채 길을 건너고 있는 사람의 형체였다. 더스티는 소년일 거라는 생각에 얼굴을 찌푸렸지만 그 형체는 소년이 아니었다. 그저 지나가는 한 남자일 뿐이었으며, 그것도 꽤 나이가 많은 남자였다. 그런데 스테이션 로드로부터 몇 집 아래 떨어진 곳에서 또 다른 움직임을 포착했다.

짙은 청색 비옷을 입은 사람이었고, 역시 비옷에 부착된 후드를 올려 썼다. 그 사람 역시 소년이 아닐까 하고 짐작할 만한 구석은 어디에도 없었다. 어디를 봐도 소년은 아니었고 그렇다고 포니테일로 머리를 묶은 남자도, 그의 아들 가운데 한 명도 아니었다. 위험해 보이는 구석은 조금도 없었다. 더스티는 맥 아저씨의 커피하우스를 흘긋 돌아보았다.

눈 때문에 창문에 습기가 서려 있었지만 안을 들여다보기에는 전혀 지장이 없었다. 더스티와 친구들에게 커피를 나르던 여종업원이 그들이 앉았던 테이블을 치우고 있었다. 아무도 밖을 내다보지 않았고, 맥 아저씨의 모습도 보이지 않았다.

더스티는 장갑을 끼고 주먹을 꽉 쥐었다. 손은 여전히 쑤셨고, 여전히 차갑게 느껴졌다. 이제 뭘 해야 할지 도무지 생각이 나지 않았다. 아무래도 집으로 가는 버스를 타야겠다고 생각했다. 여기에 더 있어봐야 뾰족하게 할 일도 없을 것 같았다. 〈피리 부는 사나이〉에 가볼까도 생각해봤지만, 자신이 그곳에 나타나는 걸 아빠는 절대로 원하지 않을 터였다. 그래봤자 아빠가 실력을 발휘하는 데 방해만 될 테니까. 그렇다고 집에는 가고 싶지 않았다.

더스티가 원하는 건….

더스티가 원하는 건 자기 앞에 조쉬 오빠가 서 있는 걸 두 눈으로 똑똑히 보는 것이었다. 세상 그 무엇보다도 오빠의 모습을 보고 싶었다. 평소에 그러던 것처럼 혹시 무슨 흔적은 없는지, 오빠가 왜 어디로 갔는지 설명해줄 무슨 단서는 없는지 주위를 둘러보면서 유심히 살펴보았다. 하지만 아무 소용없는 짓이라는 걸 잘 알고 있었다. 더스티는 광장을 가로질러 걷기 시작했다.

자신이 어디로 가고 있는지 알 수 없었다. 스테이션 로드를 벗어나기만 한다면 아무래도 상관없었다. 왜 그런지 이유는 모르겠지만 이상하게도 스테이션 로드에만 들어서면 기분이 나빴다. 어쨌든 이 방향으로 가면 최소한 버스 정류장이 나올 터였다. 자신이 향해야 할 곳은 바로 그곳이라는 생각이 들었다. 더스티는 얼굴에 눈이 맞지 않도록 고개를 살짝 숙이고서 광장을 뒤로 하고 길을 나섰다.

눈발이 시시각각 거세지고 있었다. 더스티는 어깨너머로 스테이션 로드 입구를 흘끔 바라본 다음, 여전히 후드를 쓰고 있는 짙은 청색 비옷의 형체를 다시 보았다. 그리고는 두 입술을 앙다물었다. 자신의 옷에도 후드가 달려 있지만 후드를 쓸 생각은 조금도 없었다.

마음속에서는 여전히 소년을 향한 분노, 카말리카와 빔을 향한 분노, 데니를 향한 분노, 심지어 조쉬 오빠를 향한 분노가 부글부글 끓어올랐다. 걸음을 옮길 때마다 이 분노가 눈을 향한 깊고도 뜬금없는 저항감으로 변해가는 걸 느낄 수 있었다. 더스티는 맹렬하게 퍼붓는 눈송이를 올려다보았다. 제아무리 눈이 쏟아져 내려봤자 자신을 무너뜨리지는 못할 것이다. 가고자 하는 곳이 어디든 이 눈송이들이 걸음을 막을 수는 없을 것이다. 아니, 오히려 눈송이들은 자신을 더 활기차게 만들어주고, 생각을 더 또렷하게 만들어줄 것이다.

하지만 내리는 눈송이는 더스티를 점점 춥게 할 뿐이었고, 아빠를 성가시게 하지 않기로 결심했음에도 자기도 모르게 〈피리 부는 사나이〉 밖에 와 있었다. 이곳에 와서는 안 된다는 걸 잘 알고 있었다. 까딱 잘못하면 아빠에게 애써 찾아온 행운이 한순간에 달아날지도 모른다. 하지만 지금 이 순간 아빠가 몹시 보고 싶었다. 한달음에 달려가 아빠를 끌어안고 싶었다. 아빠가 자신을 잡아주길, 지금과는 다른 모습의 아빠가 되어주길 바랐다. 아빠가 강한 사람이 되어주길 바랐다.

더스티는 유리를 통해 안을 들여다보았다. 대부분의 테이블이 손님으로 꽉 차 있었고, 웨이터들이 비현실적으로 보일 만큼 침착한 태도로 음식점 내부를 돌아다니고 있었다. 아빠의 모습은 보이지 않았다. 더스티는 그 자리를 떠나 길을 따라 내려와 마침내 버스 정류장에 도착했다. 정류장에는 아무도 없었다. 비바람을 막을 차양도 없이 기다란 의자 하나만 덩그러니 놓여 있었고, 의자 위에 눈이 소복하게 쌓였다.

더스티는 의자 한쪽으로 눈을 쓸어내고 그 위에 앉았다. 바지 밑으로 느껴지는 의자의 표면이 여전히 축축했지만 개의치 않았다. 어차피 온몸이 다 젖은 상태였다. 더스티는 으스스 몸을 떨며 버스가 오기를 기다렸고, 눈은 그칠 줄 모르고 쏟아져 내렸다.

생각이 멈췄다. 아니, 그렇게 느껴졌다. 추위와 습기가 더스티의 몸속이 아닌 사고력 구석구석으로 퍼져 스며드는 것 같았다. 주머니에 손을 집어넣어 구깃구깃한 종이를 더듬거리며 찾았다. 아직도 주머니에 들어있었다. 그것을 꺼내 쫙 펴서 흐릿해진 얼굴을 다시 억지로 들여다보았.

사방으로 느껴지는 오싹한 빛 때문에 종이 위의 얼굴 그림은 발그레 홍조를 띤 것 같았다.

더스티는 종이를 다시 구겨 주머니에 집어넣은 다음 주변을 유심히 살폈다. 어젯밤 꿈에서 본 킬버리 무어 황무지처럼 온 사방이 눈부시게 하얬다. 꿈에서처럼 너무나 환하고 또 너무나 하얘서 위험한 느낌마저 들었다. 눈부시게 번쩍거리는 이 환한 빛이 자신의 몸과 마음을, 자신의 깊은 곳을 베어내는 것만 같았다. 잠시 메스꺼운 느낌이 드는 사이, 마치 눈 속에 덮여 사라진 소년의 발자국처럼 몸이 차츰차츰 지워져버리는 것 같은 기분이 들었다.

"제발…"

알아들을 수 없을 만큼 작은 목소리로 중얼거렸다.

"제발."

자신이 무슨 말을 하려는 건지 알 수 없었다. 그때 도로 끝에서 덜그럭거리는 소리가 들렸고, 버스가 자신을 향해 다가오는 것이 보였다. 무언가에 의해 시각과 청각이 자극을 받게 되자 비로소 정신이 깨어났다. 더스티는 당장이라도 자신을 지워버릴 것만 같은 이 환한 광채와 싸우며 자신의 육체에 단단히 달라붙으려 애썼다. 와이퍼가 휙휙 소리를 내고 엔진이 그르렁대면서 버스가 가까이 다가왔다. 더스티는 고개를 뒤로 젖혀 하늘을 향해 얼굴을 들어올렸다. 그렇게 앉아 세차게 퍼붓는 눈을 맞고 있으니 다시 정신이 번쩍 들었다.

더스티는 공기를 쭉 들이키면서 여전히 두 눈 위로 눈송이들이 떨어져 내리도록 내버려둔 채 거리 저편을 다시 유심히 바라보았다. 버스는 이제 도로 옆에 서 있다. 버스 안에서 이리저리 움직이는 사람들이 보였다. 문이 열리자 운전기사가 빤히 내다보는 것도 보였다. 더스티 역시 운전기사를 말똥말똥 쳐다보았지만, 몸을 움직일 수도 말을 할 수도 없었고 거의 아무런 생각도 할 수가 없었다.

승객들이 버스에서 내리고 있었다. 더스티는 그들을 보았지만 더스티 쪽을 보는 사람은 아무도 없었다. 모두들 그저 우산을 펴거나 후드를 쓰고 시내 중심가를 향해 서둘러 걸음을 옮길 뿐이었다. 다시 운전기사를 보았다. 운전기사는 여전히 더스티를 지켜보고 있었다.

"탈거냐?"

더스티는 잠시 생각한 다음 고개를 저었다.

"어디 몸이 불편한 건 아니니?"

"아니에요."

"눈도 오는데 왜 밖에 앉아 있는 거냐?"

더스티는 아무 말 하지 않았다.

"그렇게 있는 게 썩 괜찮은 생각 같지는 않구나."

눈이 쉴 새 없이 내리고, 내리고, 또 내렸다. 더스티는 두 눈을 감고 조쉬 오빠를 생각했다.

"너 정말로 괜찮은 거냐?"

더스티는 눈을 떴다.

"아빠를 기다리고 있어요."

"아."

운전기사의 목소리에서 이제야 안심할 수 있겠다는 속마음을 대번에 읽을 수 있었다. 운전기사는 더스티를 향해 재빨리 싱긋 웃어보였다.

"그럼 조심하고 눈에 옷 젖지 마라."

버스가 출발해 도로 모퉁이를 돌아 이내 시야에서 사라졌다. 더스티는 그 자리에 우두커니 서서 묵묵히 주위를 둘러보았다. 여전히 눈은 펑펑 쏟아져 내리고 있었다. 어느 곳을 돌아보아도 사방이 온통 하얗게 보였다. 마치 자신이 눈으로 채워지는 것 같은, 눈으로 만들어지는 것 같은 느낌이 들었다. 하지만 견딜 수 없을 정도로 환한 이 광채는 적어도 다시 생각이라는 걸 할 수 있을 정도까지 그 빛이 희미해졌고, 덕분에 이제 더스티의 마음에는 단 한 가지 생각만이 떠올랐다.

"조쉬 오빠."

더스티가 낮게 중얼거렸다.

그리고는 레이븐 산을 향해 터벅터벅 걸음을 옮겼다.

12

 왠지 모르겠지만 그곳으로 향하는 것이 아주 당연한 일처럼 여겨졌다. 어쩌면 마음속 어딘가에서는 처음부터 줄곧 그리로 가려고 작정하고 있었는지도 모른다. 스스로도 자신이 왜 이러는지 알 수가 없었다. 지금 이 순간 자신이 무슨 생각으로 이러는 건지 도저히 이해할 수가 없었다. 그저 터벅터벅 걸을 뿐이었다. 조쉬 오빠를 찾을 실마리는 오직 하나이고, 그것은 바로 소년이다. 물론 소년이 조쉬 오빠의 행방에 대해 전혀 아는 바가 없다고 딱 잡아뗀다면 소년을 만나봤자 별 도움이 되지 않겠지만.
 더스티는 소년의 그 말을 믿을 수가 없었다. 아무리 독심술이 뛰어나다 하더라도 조쉬 오빠로부터 직접 그런 말을 듣지 않은 다음에야 어젯밤 통화를 했을 때 오빠가 사라지기 전에 했던 마지막 말을 똑같이 되풀이할 수는 없는 일이었다. 어떤 식으로 만났는지는 알 수 없지만 두 사람이 만났거나 이야기를 나누었거나 했던 게 틀림없다. 소년은 짐작으로 알았을 뿐이라고 주장했지만, 더스티의 집 전화번호와 휴대전화 번호를 짐작으로 알았다는 게 도대체 말이 안 되는 것처럼, 조쉬 오빠의 마지막 말을 짐작으로 말했을 뿐이라는 해명도 있을 수 없는 일이었다.

비록 실낱 같은 희망이지만 더스티는 그 희망을 좇을 수밖에 없었다. 레이븐 산이 정말 있기는 할까 하는 생각이 들 만큼 마음은 온통 두려움으로 가득 찼지만, 맥 아저씨가 레이븐 산 중턱에서 소년을 봤으니 레이븐 산은 존재하는 산임이 틀림없었다. 소년이 그곳에 있을 거라든지 그곳에서 어떤 실마리를 찾게 될 거라는 기대는 하지 않지만 어쨌든 지금 당장 발길을 향해야 할 곳은 바로 그곳이었다.

그나마 눈발이 조금 잦아들고 있었지만 여전히 춥고, 여전히 으스스 몸이 떨렸으며, 여전히 분노와 두려움과 당혹감으로 혼란스러웠다. 이 와중에 이번에도 역시 누군가 자신을 지켜보고 있다는 느낌, 심지어 뒤를 따라오고 있다는 느낌까지 더해 마음은 더욱 어지러웠다. 더스티는 어깨너머로 뒤를 돌아보았다.

거리 뒤편으로 눈에 띄는 사람은 아무도 없지만, 그럼에도 누군가 자신을 따라오는 것 같은 기분을 지울 수가 없었다. 어쩌면 순전히 상상에 불과한지도 모른다. 지금 자신이 지나치게 감성적이라는 걸 더스티도 알고 있다. 상상이라 할지라도 더스티는 자신의 두려움을 조금씩 믿기 시작했다. 어젯밤 창문 위에 눈송이로 만들어진 얼굴의 존재를 느꼈을 때 자신의 느낌이 옳았던 것처럼, 지금 누군가 자신을 지켜보고 있다는 느낌 또한 충분히 있을 수 있는 일이었다. 이제 학교 가까이까지 왔다. 이 근처에 데니의 집이 있다. 오늘 우발적이지만 그런 싸움까지 일어난 마당에 어느 누구도 더스티를 친절하게 대할 리 없었다.

더스티는 학교 운동장 가장자리에 경계의 표시로 둘러친 울타리 앞에서 걸음을 멈추었다. 선택할 수 있는 길이 두 갈래로 나뉘어지는데 사실상 어느 쪽도 딱히 끌리지 않았다. 지름길로 가려면 좁은 길을 따라 여행객들이 야영하는 오래된 이동주택 주차장을 지나서 들판을 가로질러 가거나(이 길을 택하면 데니가 사는 집 주변을 지나야 한다) 학교를 지나 머크웰 호수의 수원水源을 향해 쭉 따라 달려야 했다. 그 길 역시 위험하기는 마찬가지다. 양쪽으로 높은 담이 둘러쳐 있어 만일 데니와 그 일당들이 양쪽 출구를 막아서기라도 한다면 도망갈 방법이 없었다.

더스티는 후자로 결정했다. 잘하면 데니는 집에 있을 테고, 제아무리 위험인물일지라도 이렇게 궂은 날씨에 좁은 길 주변을 어슬렁거릴 리는 없을 터였다. 더스티는 다시 걸음을 재촉해 학교 정문을 지나 좁다란 길 초입에 멈춰 섰다. 이 길은 정말 마음에 들지 않지만, 맥 아저씨가 개를 데리고 갔을 경로를 따라 레이븐 산에 도착하려면 어쩔 도리가 없었다.

"그래, 가보는 거야. 가자, 가자고."

더스티가 혼잣말로 중얼거렸다.

더스티는 좁은 길을 따라 내려가기 시작했다. 어쨌든 한참 앞까지 또렷하게 보이긴 했다. 길을 죽 따라 내려가 호수의 수원 앞 긴 돌제(突堤, 물 깊이를 고르게 하기 위해 육지에서 강이나 바다로 길게 내밀어 만든 둑 - 옮긴이)까지 훤히 내다보였다. 더스티는 얼른 이 좁다란 길을 지나 다시 탁 트인 땅으로 나가고 싶은 마음에 좀 더 빨리 걸음을 재촉해 걷고 또 걸었다. 양쪽으로 둘러쳐진 벽은 더스티의 키보다 높아 빛은 물론이고 눈송이까지 차단시켰다. 더스티는 아까처럼 여전히 누군가 자신을 뒤쫓고 있는 것 같은 느낌을 의식한 채, 길 저 끝을 주시하며 계속해서 걸음을 재촉했다.

그러다가 문득 어깨너머로 뒤를 돌아보았다.

아무도 없었다.

이번에는 다시 앞쪽을 살펴보았다.

역시 아무도 없었다.

더스티는 거의 뛰다시피 하며 길을 서둘렀다. 그때 길 끝에서 형체 하나가 나타났다. 더스티는 걸음을 멈추어 그것을 빤히 쳐다보았다. 기다란 코트를 입은 형체. 후드 달린 더플코트. 이번에는 어깨너머로 뒤를 돌아보았다. 또 다른 형체. 짙은 청색 비옷에 역시 후드가 달린, 아까 보았던 그 형체였다. 두 형체 모두 얼굴을 드러내지 않았고 움직임도 없었다.

이쪽저쪽을 둘러보았다.

더플코트를 입은 형체가 벽의 맨 끝 뒤쪽으로 모습을 드러냈다 사라졌다. 곧이어 짙은 청색 비옷을 입은 형체가 앞쪽으로 서서히 다가오기 시작했다. 더스티는 호수를 향해 돌아서서 달리기 시작했다. 비옷을 입은 사람이 누구든 자신은 소년과 할 말이 있었다.

좁은 길을 따라 속력을 내어 달리자 벽이 뒤로 휙휙 지나갔다. 더스티는 눈이 그쳤다는 사실을 어렴풋이 깨달았다. 굳이 뒤를 돌아 비옷을 입은 형체를 볼 생각은 없었다. 더스티가 원하는 형체는 바로 소년이었고… 이번에도 소년은 또 사라져버렸다. 하지만 이번에는 그리 멀리 가지 못했을 것이다.

좁은 길 끄트머리까지 거의 다 왔지만, 눈 쌓인 땅은 한걸음 내딛을 때마다 미끄러져 넘어질 정도로 걸음을 방해하고 있었다. 마침내 벽이 끝나고 탁 트인 지면이 나타났다. 좁은 길 끝에서 시작하는 돌제 저 너머로 넓게 펼쳐진 머크웰 호수가 보였다. 커다란 호수 왼편에는 학교 운동장의 경계 구역이 있고, 데니의 집을 지나 구불구불 이어진 길이 있었다. 오른편에는 자동차 주차장이 있고, 호숫가 주변을 돌아 킬버리 무어 황무지를 가로질러 레이븐 산으로 올라가는 길이 있었다. 저 멀리 봉긋 솟아오른 레이븐 산의 눈 덮인 봉우리가 보였다.

더스티와 몇 미터 떨어지지 않은 곳에서 더플코트를 입은 형체가 주차장에 서 있는 자동차 안으로 들어갔다. 문이 쾅 닫혔고, 이제 막 엔진이 작동되기 시작했다. 더스티는 앞으로 달려가 자동차가 자신을 향해 방향을 트는 걸 보았다. 자동차 앞에 멈추어 서서 운전자를 바라봤다. 후드가 뒤로 젖혀져 있어 얼굴이 똑똑히 보였다. 소년이 아니었다. 자동차 안에 있는 사람은 더스티가 너무나 잘 아는 여자, 바로 교장선생님이었다.

더스티 옆으로 차가 멈춰 섰고 운전석 창문이 내려졌다.

"더스티니?"

더스티는 마음을 가라앉히려 애썼다.

"안녕하세요, 윌크스 선생님."

"이런데서 뭘 하고 있는 거니?"

"아마 선생님하고 비슷한 이유일걸요."

윌크스 선생님은 핸드브레이크를 당기고 엔진을 껐다.

"아무래도 좀 수상한걸."

더스티는 아무 말 하지 않았다. 곁눈질로 보니 짙은 청색 비옷이 주차장을 가로질러 가고 있었다. 여전히 후드를 쓰고 있어서 얼굴을 보기가 불가능했다. 위험한 사람인 것 같지는 않고, 그저 산책을 나온 사람이거나 바람이나 좀 쐬고 싶은 사람인지도 모른다.

청색 비옷은 주차장 맨 끝에서 걸음을 멈추어 담장에 기대서더니, 황무지 오른쪽 가장자리를 굽이굽이 돌아 8킬로미터쯤 떨어져 있는 스톤웰 공원까지 죽 이어진 승마길을 가만히 응시하고 있었다. 윌크스 선생님은 산책하는 사람에게도 승마길에도 아무런 관심이 없었다.

"난 호수를 보러 왔어, 더스티. 호수가 얼었는지 보고 싶었거든."

"네."

"아직 얼지는 않았더구나. 하지만 너는 그런 이유로 여기에 온 것 같지는 않은걸."

"그냥 산책 나왔어요."

"그건 아닌 것 같은데. 아, 물론 내가 상관할 일은 아니지만 말이다."

"그건 아니에요."

"그건 아니라니, 그럼 내가 상관할 일이란 말이냐? 아니면 산책을 나온 게 아니란 말이냐?"

더스티가 어깨를 으쓱해 보였다.

"둘 다인가보구나."

윌크스 선생님은 계속해서 더스티를 관찰하고 있었다.

"그래 뭐 좋아. 지금은 방학 중이니까 나를 달갑게 여기지 않는 일에 괜히 참견하고 싶진 않다. 학교 밖에 나와서까지 네 교장선생은 아니니까. 하지만 이렇게 황량한 장소에서 차를 몰고 있는 성인 여자로서, 열다섯 살 여자아이가 저 혼자 밖에 나와 있는 걸 보고 어떻게 걱정을 안 할 수 있겠니."

"아까 말씀드린 것처럼 전 그냥 산책을 하고 있는 거예요."

더스티가 담장에 기대어 구부정하게 서 있는 형체를 보며 말했다.

"저기 있는 저 사람처럼 말이에요."

"내가 보기에 넌 전혀 산책하는 사람 같지 않은걸. 차라리 물에 빠진 생쥐 같구나. 눈언저리도 퍼렇게 멍이 들어가고 있잖아."

"문에 부딪쳤어요."

"아까 우연히 사라 문을 만났다."

두 사람은 잠시 아무 말 없이 서로를 바라보다가 마침내 윌크스 선생님이 못마땅하다는 듯한 얼굴을 하며 먼저 입을 열었다.

"내 차로 집까지 데려다주마."

"전 괜찮아요."

"넌 안 괜찮아."

"괜찮은데요."

"그럼 네 아빠한테 전화라도 해야겠다. 와서 널 데리고 가시라고 말이야."

"아빠는 나가셨어요."

"그럼 어떻게 집에 가려고 그러니?"

"아빠가 저를 데리러 오실 거예요."

"아빠를 어디에서 만나기로 했는데?"

"시내에서요."

"그런데 여기 돌아다니면서 뭘 하고 있는 거니?"

더스티는 눈길을 피했다. 윌크스 선생님은 자신이 하려는 말을 곧이듣지 않으리라는 걸 잘 알았다. 뭐라고 말하면 좋을지 알 수가 없었다. 더스티가 다시 선생님을 향해 눈길을 돌리며 말했다.

"아까 데니하고 싸웠어요. 사라가 그 일을 선생님께 말했겠죠."

"싸웠다고 하더구나."

"그래서 머리 좀 식히려고 이리로 온 거예요. 그러다가 눈 속에 갇히게 된 거고요. 아빠는 시내에서 꼼짝 못하세요. 면접을 보고 계시거든요. 하지만 곧 끝날 거예요. 아빠하고는 한 시간쯤 후에 만나기로 했어요."

윌크스 선생님의 표정만 보아서는 제일 마지막 거짓말이 제대로 효과를 발휘했는지 어땠는지 감을 잡을 수가 없었다. 교장선생님은 잠시 아무 말 없이 더스티를 살펴본 다음 어깨를 으쓱해 보였다.

"좋아, 더스티. 아까도 말했지만 이 일은 내가 상관할 바가 아니야. 하지만 한 가지 말해도 될까? 아니, 두 가지를 말해야 할 것 같구나. 먼저, 네가 데니를 왜 그렇게 껄끄러워하는지 네 스스로 알아야 한다고 생각한다."

"네, 알고 있어요. 데니는 조쉬 오빠를 닮았거든요."

"그래, 너도 그걸 알고 있니?"

"네. 빔이 툭하면 그렇게 말해주는 걸요. 카말리카도 그렇고요."

"그래, 좋아."

"하지만 데니가 누굴 닮았든 그 녀석은 여전히 멍청이에요."

윌크스 선생님이 엷게 미소를 지었다.

"그래, 네가 데니를 어떻게 생각하든 관계없이 데니와 너 사이의 가장 큰 문제는, 아마도 데니가 네 오빠를 닮아서일지 모른다는 사실을 이제 너도 인정할 때가 됐어."

더스티는 또다시 눈길을 돌렸다. 그 형체가 여전히 담장에 기대서서 승마길 너머를 응시하고 있었다. 더스티가 다시 윌크스 선생님을 돌아보았다.

"말씀하시고 싶은 두 번째 사항은 뭐예요?"

"킬버리 무어 황무지와 레이븐 산에 가까이 가지 마라. 특히 호수의 이쪽 끝으로 오는 건 더더욱 위험해. 이곳은 네가 올 곳이 아니란다."

"선생님은 오셨잖아요."

"난 차를 타고 왔고, 단지 호수를 보려고 왔을 뿐이야. 하지만 나 혼자 걸어서 여길 오지는 않았을 거다. 이 근처를 서성거리는 무시무시한 형체에 대해 시내에서 말들이 많아. 경찰이 그 형체에 대해 조사하고 있는 것 같다. 걱정할 일이야 있겠냐만 그래도 조심해야 해. 자유로운 영혼이 되는 것과 무모한 인간이 되는 것은 별개의 일이니까. 내가 너라면 이런 곳에 가까이 오지 않을 거다. 적어도 경찰이 그 형체의 신원을 파악하기 전까지는 말이야."

더스티는 주머니를 더듬어 구겨진 종이를 찾았다. 조그맣게 뭉쳐진 종이가 손에 잡히자 이상하게 안심이 됐다. 더스티는 장갑에서 손을 빼 손으로 종이를 감싸 쥐었다. 이상하게도 느낌이 따뜻했다. 이제 종이를 놓고 다시 주머니에서 손을 꺼내 장갑을 벗었다. 쌀쌀한 바람에 잠시 노출시켰더니 손바닥이 아려왔.

윌크스 선생님이 다시 엔진의 시동을 걸었다.

"이리 와라, 더스티. 차 안으로 들어와. 최소한 시내까지는 태워 다줄게."

"전 괜찮아요."

"너 혼자 여기 있는 거, 내가 싫어."

"저 혼자 아니에요. 저기 다른 사람도 있는걸요. 그리고 저 사람도 여자어른이에요."

"저 사람이 여자라는 걸 어떻게 아니?"

"핸드백을 들고 있었어요. 제가 봤어요."

윌크스 선생님이 청색 비옷을 입은 형체를 자세히 살펴보았다.

"네 말이 맞구나. 그래도 난 너하고 같이 시내로 갔으면 좋겠는데."

더스티는 아무 말 하지 않았고, 마침내 윌크스 선생님이 포기했다.

"정말 괜찮다면 좋을 대로 해라. 하지만 황무지와 산에 가까이 가지 말라고 했던 내 말은 꼭 기억해주길 바란다."

"그럴게요."

"그리고 있잖니… 학교에서 대화가 필요하다 싶으면 언제든지 교장실로 찾아오렴. 내 말 알겠니?"

"고맙습니다."

더스티는 억지로 미소를 지어 보였다.

"그럴게요. 그리고 아까 그 말씀도 기억하겠습니다."

"그럼 조심해라."

"네."

윌크스 선생님은 다소 걱정스런 표정을 지으며 차를 몰고 갔다. 윌크스 선생님이 사라지자마자 비옷을 입은 형체가 뒤돌아섰다. 그 순간 더스티는 너무 놀라 입이 다물어지지 않았다.

그 형체는 다름 아닌 엄마였다.

13

"더스티."

엄마가 말했다.

하지만 더스티는 벌써 뒤돌아서서 좁은 길을 따라 허둥지둥 내려가고 있었다.

"더스티, 기다려!"

더스티는 기다리지 않았다. 아니, 오히려 속도를 더해 황급히 내달렸다.

"더스티! 기다려줘!"

엄마도 달리기 시작했다.

"더스티!"

더스티는 뒤도 돌아보지 않고 계속 달려갔다. 엄마의 목소리가 울려 퍼졌다.

"멈추지 않으면 집으로 찾아갈 거야!"

더스티는 가쁜 숨을 몰아쉬며 그 자리에 멈춘 다음, 뒤를 돌아 엄마를 빤히 쳐다보았다. 엄마는 윌크스 선생님의 차가 주차되어 있던 자리에 서 있었는데 어딘가 좀 애처로워 보였다. 아마도 윌크스 선생님과 너무 대조적이어서 그런지도 몰랐다. 교장선생님은 무척 자신만만해 보였고 자기관리도 뛰어난 것 같았다. 반면에 엄마는 18개월 전 마지막으로 봤을 때와 하나도 달라진 게 없었고, 오히려 그때보다 모습이 더 형편없었다.

두 사람은 잠시 말없이 서로를 바라보았다. 곧이어 엄마가 앞으로 다가왔다. 더스티는 덫에 걸린 듯한 이런 느낌을 영 못마땅해하면서 엄마가 다가오길 기다렸다. 엄마가 없는 삶은 정말이지 견디기 힘들었지만 엄마가 돌아온 이후의 삶, 특히 아빠가 이제야 겨우 스스로를 추스르기 시작한 이 마당에 엄마가 돌아온다는 것은 전혀 예상하지 못한 일이었다.

엄마는 겨우 몇 미터 떨어지지 않은 곳까지 가까이 다가왔다. 엄마의 얼굴은 여러 감정이 한꺼번에 들고 일어나 전쟁을 치르고 있는 것 같았다. 엄마의 얼굴에 드리워진 감정들의 정체가 무엇인지 더스티는 알 수 없었다. 하긴 엄마의 얼굴 표정에서 감정을 읽으려 애쓰는 따위의 일은 이미 포기한 지 오래였다. 엄마가 더스티 앞에 멈춰 섰다.

"더스티, 많이 안 좋아 보이는구나."

"엄마도 그래."

"눈가에 검게 멍도 들고 온몸이 흠뻑 젖었어."

"괜찮아."

"무슨 일 있었니?"

"엄마가 걱정하지 않아도 돼."

"하지만…."

"싸웠어."

엄마가 고개를 저었다.

"아직도 싸우고 다니다니. 자꾸 그러면 못 써."

"나한테 무슨 얘기를 하고 싶은 건데?"

"널 봐서 좋다, 더스티."

"나한테 무슨 얘기를 하고 싶은 거냐고."

"모르겠어. 그냥… 너하고 얘기를 하고 싶어."

"무슨 얘기?"

"더스티, 부탁이야. 너무 삐딱하게 생각하지 말아줘."

엄마가 손으로 한쪽 주머니를 더듬거리더니 잠시 후 찌그러진 담배 한 개비를 꺼냈다. 그리고 주머니를 좀 더 깊숙이 뒤져 성냥갑 하나를 찾았다. 엄마는 담배에 불을 붙인 후 연기를 들이마셨다.

"엄만 그냥 얘기를 하고 싶을 뿐이야, 알겠니? 일부러 네 생활을 망칠 작정으로 돌아온 게 아니란 말이야."

"다행이네. 하긴 엄마는 이미 내 생활을 망칠 만큼 다 망쳤는 걸 뭐."

엄마는 천천히 담배 한 모금을 빨았다.

"알아."

엄마가 나직하게 말했다.

"그래서 그 생각을 하면 마음이 안 좋아. 있잖니, 저기 모퉁이에 엄마 차가 주차되어 있어. 엄마가 손 코티지까지 태워다주면 어떨까?"

"싫어."

"집 안으로 들어가지는 않을게. 네가 싫다면 안 들어갈게. 아니, 골목 앞까지도 가지 않을게. 가다가 집이 안 보이는 자리에 너를 내려주고 엄만 그냥 곧바로 방향 돌려서 갈게. 그럼 엄마가 너랑 같이 간 거, 네 아빠가 절대 모를 거야. 네가 아빠한테 말하지 않기로 마음먹는다면 말이야."

"그래도 싫어."

엄마가 더스티를 지그시 바라보았다.

"엄마가 부끄러워서 그러니? 아니면 아빠가 아직도 날 사랑할까 봐 걱정돼서 그래?"

"이런 얘기 하고 싶지 않아."

"더스티…."

"엄마가 집까지 태워주는 거 바라지 않아."

하지만 더스티는 자신의 속마음이 얼굴에 그대로 드러나버렸다는 걸 알았다. 너무 추운 나머지 도저히 추위를 감출 수가 없었다.

"어쨌든 일단 차 안으로 들어와서 좀 앉아 있어. 몸부터 녹여. 그런 다음 네가 원하는 대로 결정하면 되잖아."

"내가 뭘 원하는지 벌써 알고 있어. 난 엄마가 아주 가버려서 다시는 돌아오지 않았으면 좋겠어."

엄마는 호수를 향해 멍하니 시선을 던졌다.

"엄마가 너한테 단단히 상처를 줬구나, 그렇지? 나를 얼마나 끔찍하게 생각했으면."

엄마가 다시 더스티를 바라보았다.

"저쪽 모퉁이를 돌면 엄마 차가 있어. 엄마하고 같이 가서 잠깐 차에 앉아 몸을 녹이고 싶다거나 집까지 차로 돌아가고 싶으면 그리로 와. 강요하는 건 아니야."

엄마는 이렇게 말하고 좁은 길을 따라 급히 걸어 내려갔다.

더스티는 몹시 화가 나서 엄마의 뒷모습을 노려보았다. 강요가 아니라니, 젠장 그렇게 말해놓고 강요가 아니라니. 그게 강요가 아니면 대체 뭐가 강요란 말이야. 그래 좋아. 차로 집 앞까지 가지 않고 아빠 인생을 또다시 혼란스럽게 만들지 않겠다는 것만 확실하게 해준다면 따라가 주지.

더구나 지금 난 추워서 얼어 죽을 지경이니까.

더스티는 엄마의 뒷모습을 쏘아보며 골목을 따라 걸음을 옮겼다. 엄마는 뒤를 돌아보지 않았다. 그저 골목과 도로가 만나는 곳까지 죽 따라 걸어 내려간 다음, 학교 정문을 향해 오른쪽으로 돌았다. 더스티도 골목까지 간 다음 같은 방향으로 돌았다.

차는 골목 저쪽에 주차되어 있었다. 엄마가 벌써 운전석에 앉아 아까 피우다 만 담배에 불을 붙이는 모습이 보였다. 엄마는 더스티를 보고 조수석 문으로 오라고 손짓을 했다. 더스티는 자동차 문을 열었지만 골목에 선 채 안으로 들어가지는 않았다.

"그렇게 골초처럼 담배를 피워댈 거면 나 차 안 타. 담배 냄새가 옷에 밸 텐데, 집에 도착하면 아빠가 냄새를 맡을 거 아냐."

"네 친구가 담배 핀 줄 알겠지, 안 그래? 네 친구들 중에 담배 피는 애들도 있을 거 아니니. 자, 그러지 말고 어서 들어와."

더스티는 얼굴을 돌렸다. 아무래도 엄마가 꾸민 게 분명한 듯한 이 음모의 세계 속으로 주춤주춤 발을 들여놓고 있는 것만 같은 기분이 들었다. 고작 5분 만에 벌써부터 아빠에게 둘러댈 거짓말을 꾸미려 하고 있으니까.

"좋아. 고작 담배 한 개비 때문에 우리가 틀어지는 건 나도 원하지 않아."

엄마가 창문을 내려 담배를 내던졌다. 담배꽁초가 땅에 떨어지자 눈 속에서 쉭 하는 소리가 났다. 엄마가 다시 창문을 올렸다.

"자, 됐지. 이제 들어와, 더스티."

더스티는 마지못해 차 안으로 들어갔다.

"잠깐만 앉아 있을 거야. 금방 갈 거라고. 그러니까 아무 데도 데려다 주지 마."

더스티는 차 내부를 대충 훑어보았다. 엄마만큼이나 초라하고 너저분해 보였다. 집을 나간 후로 엄마가 뭘 하면서 살았는지 모르겠지만, 제대로 돈을 벌면서 지내지 않았다는 것만은 확실하게 알 수 있었다. 엄마는 수척해 보이기까지 했다. 더스티는 눈살을 찌푸렸다.

"18개월 동안 제대로 먹지도 않고 살았나 봐."

"그런 걸 걱정해주다니, 정말 고맙구나."

"그런데 머리카락에 염색을 했네."

"마음에 들어?"

"별로."

"전에 그 색깔이 더 괜찮았니?"

더스티는 엄마로부터 얼굴을 돌렸다. 분명히 무슨 꿍꿍이속이 있다는 건 알겠는데 그게 뭔지 알 수가 없었다.

"꿍꿍이속 같은 거 없어, 더스티."

엄마가 말했다.

더스티가 다시 엄마를 보았다. 방금 엄마의 그 말은 어쩐지 소년을 연상시켰다. 더스티의 생각을 또렷하게 말해 사람을 당황하게 만들던 소년의 습관이 떠올랐다.

"엄만 꿍꿍이속 같은 거 없어. 정말로 그런 거 없어."

엄마가 말했다.

"나 데려다 줄 수 있어?"

"네가 싫어하는 줄 알았는데."

"그러게. 하지만 지금은 괜찮아. 사실 나 지금 너무 추워서 자동차 히터를 좀 틀었으면 좋겠거든. 그러려면 차를 몰아야 하잖아."

"어디로 데려다 주면 좋겠니?"

"기왕이면 집까지 데려다 주면 좋고. 엄마가 집 안으로 들어가지만 않는다면⋯."

"그래. 골목 중간쯤 이상으로는 가지 않을게. 걱정 마. 네 아빠가 나를 볼 일은 없을 거야."

 엄마가 자동차 열쇠를 돌리자 엔진이 작동하면서 푸푸 소리를 냈다. 윌크스 선생님의 매끈한 자동차에서 나던 엔진 소리와 완전히 딴판이었다. 이번에도 더스티는 자기도 모르게 두 여자가 정반대라는 사실을 떠올리고 있었다.

 "안전벨트 매."

 엄마가 안전벨트를 매면서 말했다.

 더스티는 말없이 벨트를 맸고, 엄마는 차를 출발시켰다.

 "눈 때문에 운전이 위험하겠어. 안전벨트를 꽉 매는 게 좋겠다. 차가 살짝 미끄러질지도 모르니까."

 "히터 좀 켜도 돼?"

 엄마가 조종 장치들을 손으로 만지작거렸다.

 "조금 있으면 히터가 작동될 거야."

 "지금 막 작동되기 시작했어."

 히터가 으르렁거리며 살아났다. 더스티는 어서 이 한기가 가시길 바라며 몸을 움츠린 채 의자에 앉았다. 엄마는 골목에만 온 신경을 집중하는 것 같았다. 정말이지 운전하기에는 불안한 날씨였다. 눈은 그 어느 때보다 깊이 쌓여 가는 곳마다 어디가 도로이고 어디가 보도인지 분간하기 어려울 지경이었다. 더스티는 엄마의 침묵이 단지 운전에 집중해야 하기 때문만은 아닌, 뭔가 다른 이유가 더 있다는 걸 알 수 있었다.

 "난 엄마가 뭔가 얘기를 하고 싶어 하는 줄 알았는데."

"맞아. 하지만 지금은 겁이 나."

"뭐가?"

"모르겠어. 어쩌면 너를 겁내는 건지도 모르지."

아까보다 더 무거운 침묵이 흘렀다. 어쨌든 히터가 돌아가기 시작했다. 더스티는 창문 밖을 응시했다. 깨끗하고 하얀 비탈들 사이에 우뚝 솟아오른 레이븐 산이 선명하게 눈에 들어왔다. 맥 아저씨가 더플코트를 입은 형체를 보았다는 바위들까지 똑똑히 볼 수 있었다. 지금 그곳에는 아무런 형체도 없었다. 적어도 더스티가 보기에는 그 어떤 형체도 있을 것 같지 않았다. 찬바람이 쌩쌩 몰아치고 온통 눈으로 뒤덮인 그곳에, 더플코트를 입은 소년이 몸을 피할 만한 장소가 있을 리 없었다. 마침내 엄마가 입을 열었다.

"더스티?"

"응?"

"잘 지내고 있는 거니? 정말로 궁금해서 그래."

"잘 지내."

엄마가 더스티를 물끄러미 바라보았다.

"엄마가 어떻게 지내는지 알고 싶지 않니?"

"어차피 말해줄 건데 뭘."

"그래도 알고 싶지 않아?"

"뭐, 그다지."

"엄만 네가 보고 싶었어. 네 아빠도 보고 싶었어. 엄만…."

"아빠는 요즘 다른 사람 만나."

"아."
"아주 괜찮은 사람이야."
엄마는 입술을 깨물었다.
"다행이구나."
마침내 엄마가 말했다.
"어떤 사람인데?"
"여자야."
"그건 나도 알아. 그래서 누군데?"
"말했잖아. 여자라고. 거기까지만 알아둬."
"더 말해줘도 되잖니, 안 그래?"
"내가 왜 그래야 해? 어차피 엄마가 상관할 일 아니잖아."
"어떤 사람인데?"
"말했잖아. 괜찮은 사람이라고. 아빠가 아주 만족스러워해."
"절대 만족스러워하지 않을 걸."
"지금은 그래."
"그 여자 이름이 뭔데?"
"엄마가 상관할 일이 아니라니까."
"더스티, 그러지 말고! 그거 말해준다고 무슨 큰 일이 나는 것도 아니잖니. 그러니까 내 말은, 그 여자가 어떤 사람인지 따위를 엄마가 안다고 해서 문제가 되지는 않을 거라는 뜻이야. 왜, 엄마가 난리라도 칠까 봐? 그 여자 집 근처로 쳐들어가서 갑자기 덮치기라도 할까 봐?"

"아니, 엄마는 그럴 배짱도 없잖아."

"고맙구나."

"또 모르지. 그 여자한테 가서 욕을 퍼붓고 올지도. 아니면 한바탕 난리를 친다든지. 그런 식으로 그 여자가 아빠를 만나고 싶지 않게 방해할지도 모르는 일 아니겠어."

"너 정말 엄마가 그럴 거라고 생각하는 거니?"

"누가 알겠어, 혹시 그럴지."

"세상에, 난 안 그래."

엄마가 더스티를 빤히 쳐다보았다.

"더스티, 엄만 그냥 그 여자에 대해서 알고 싶을 뿐이야."

"난 엄마한테 아무것도 말하지 않을 거야."

"엄마한테 허세를 부리고 있는 거라서?"

"그게 무슨 말이야?"

"너 지금 엄마를 속이고 있잖아. 사실은 너도 그 여자에 대해 제대로 알지 못하면서 말이야."

"나 그 여자 정말 잘 알거든."

"아니, 여자 같은 건 아예 없을지도 모르지. 그래, 어쩌면 단지 네가 지어낸 이야기일지도 모르겠네."

"그렇게 생각하는 게 마음 편하면 그렇게 믿으시든가."

"그래, 두 사람이 만난 지는 얼마나 됐어?"

"아주 오래 됐지, 아마."

"그게 무슨 말이야?"

"무슨 말이냐면, 이제 엄마가 화제를 바꿀 때가 됐다는 말이야."

엄마는 얼마간 아무 말이 없었지만 몹시 혼란스러워하는 표정이 역력했다. 더스티는 곁눈질로 엄마를 살폈다. 엄마는 핸들을 꼭 붙잡고서 머리를 연신 이쪽저쪽으로 홱홱 움직였고 줄곧 입술을 깨물고 있었다.

"왜 그래, 엄마? 담배 필요해?"

"아니야."

"담배가 필요하면 한 대 피워."

"담배 안 필요해."

"엄마, 굉장히 초조해 보여."

아까보다 무거운 침묵이 흘렀다. 엄마는 백데일 도로 중심부로 차를 몰다가 시내 밖으로 빠져나가려는 차량과 합류했다. 더스티는 백미러로 옆 차량을 흘끔 보다가 그만 온몸이 경직되어버렸다. 흰색 차량이 엄마 차를 추월하고 있었다. 엄마가 얼핏 더스티를 보더니 입을 열었다.

"정작 초조해 보이는 사람은 넌데?"

더스티는 아무 대꾸도 하지 않고 애써 침착해 보이려 애썼지만, 잘되지 않으리라는 걸 알고 있었다. 더스티는 좌석을 꽉 붙잡았다. 차량이 오른쪽 옆으로 따라붙는 것이 느껴졌다. 더스티는 차마 그 장면을 볼 수가 없었다. 엔진의 굉음이 들렸고, 잠시 후 엄마가 창문을 내려 외치는 소리가 들렸다.

"거기 그렇게 바짝 붙지 마세요! 지나가든지 뒤로 빼든지 하시라고요!"

더스티는 그제야 옆으로 고개를 돌려 차량을 보았다. 정원 손질용 기구들을 잔뜩 실은 스테이션왜건에 나이 지긋한 부부가 앉아 있는 것을 확인하자 비로소 안심이 됐다. 노부부는 추월하려고 열심히 애쓰더니 마침내 저 앞으로 휭하니 달려갔다.

"망할 농부들 같으니라고."

엄마가 다시 창문을 올리며 구시렁거렸다.

"저 사람들 농부 아니야. 상점에 자기들 진열대를 갖고 있는 걸 본 적이 있어."

"뭐가 됐든, 자기들이 불안하다 싶으면 운전을 하질 말았어야지."

더스티는 차츰 긴장이 풀어졌지만, 엄마는 한층 더 안 좋아 보였다. 신경이 곤두서기도 하고 그만큼 기분도 상한 것 같았다. 두 사람은 불편한 침묵 속에서 어느덧 손 코티지로 들어가는 골목에 다다랐다.

"괜찮으면 여기에 내려줘도 돼."

"그게 좋겠어?"

"그냥 말해본 거야."

"골목 중간까지 가기로 합의 봤잖니. 거기까지 간 다음 엄만 방향 돌려서 나올게."

"그래. 좋을 대로 해."

두 사람은 아무런 말도 나누지 않은 채 골목을 따라 들어갔다. 앞으로 울타리 계단이 보였고, 천천히 그 앞을 지났다. 엄마는 그러고도 몇 분 동안 계속해서 차를 몰았다.

"이제 됐어."

더스티가 말했다.

"조금만 더 가."

"안 돼."

"여기에서는 차를 돌리기가 쉽지 않아. 좀 더 위로 가면 넓은 길이 나오잖아."

더스티가 재빨리 엄마를 보았다.

"그러다 내처 집까지 가면 안 돼."

"안 간다니까."

"약속했다."

"알았어. 그러니까 걱정 붙들어 매셔."

엄마는 몇 백 미터 더 가서야 골목 옆으로 차를 댔다. 더스티는 주위를 둘러보았다. 여기라고 해서 조금 전 그 길보다 차를 돌리기가 쉬워 보이지는 않았지만, 어쨌든 손 코티지가 보이지 않는 곳에 차를 멈추긴 했다. 엄마는 엔진을 끈 다음 좌석 깊숙이 기대앉았다.

"더스티, 엄마가 왜 집을 나갔는지 알지. 그렇지?"

"엄마는 원래 차갑고 냉정한 여자잖아."

"아니야, 그래서가 아니라…."

엄마는 잠시 말을 잇지 못했다.

"너도 잘 알다시피… 그 당시 엄마는 몸도 마음도 많이 쇠약해져서….”

"엄마는 여전히 차갑고 냉정한 여자야."

"그래, 우리… 우리 이제 와서 그런 걸로 싸울 필요 없지 않겠니. 만일 너도 정신적으로 약해진다면 항상 제정신으로 지내기가 어려울 거야."

엄마는 두 손을 쥐었다 펴면서 또다시 입술을 깨물었다.

"더스티, 저… 엄마…."

"알았어. 그 놈의 담배 실컷 피워, 피우라고!"

"고맙다."

엄마는 다급히 담배에 불을 붙인 다음 창문을 내려 담배를 피웠다.

"조쉬가 집을 나갔을 때 우린 아무도 그 애한테 무슨 일이 있었는지 알지 못했어, 안 그러니?"

"당연히 몰랐지."

"그리고 지난 18개월 동안… 넌 아무것도 알아내지 못했어… 그러니까 내 말은 그동안 아무 소식도 듣지 못했을 거라는 뜻이야. 그렇지?"

"그걸 엄마가 어떻게 알아? 여기에 살지도 않았으면서."

"그래, 하지만… 무슨 소식이 있었다면 누구든 내게 말해줄 거라고 생각했어."

"참내, 대체 우리가 왜 엄마한테 그런 걸 말해주겠어? 제 발로 집을 나간 사람한테."

"더스티, 나도 내가 왜 그랬는지 이유를 알아내려 애써왔어. 이 지긋지긋한… 신경쇠약이, 이 몹쓸 병이… 엄마를 완전히 기진맥진하게 만들었단다. 그 일이 있고부터 지금까지 죽 제정신으로 지내지 못했어. 지금도 여전히 정상이라고는 할 수 없어. 엄마를 좀 봐. 엄마가 이렇게 담배 피우는 모습 언제 본 적 있니?"

더스티는 아무 말 하지 않았다. 엄마는 담배를 몇 모금 더 빤 다음 자동차 벽면에 비벼 껐다.

"그런데 너나 네 아빠한테 말하지 않은 게 있어."

엄마가 망설이며 말을 이었다.

"조쉬가 집을 나간 후 몇 달이 지나도록 돌아오지 않던 어느 날, 엄마는 심령술사를 찾아갔단다. 그 심령술사 말이 조쉬는 죽었다고 하더구나. 그 여자가 영의 세계에서 조쉬하고 이야기를 했다는 거야."

"그런 건 말을 해줬어야지."

"엄만 너나 네 아빠가 희망을 잃는 걸 원하지 않았고 나도… 그러니까… 엄마 역시 그럴 가능성을 정면으로 받아들일 자신이 없었어. 엄만 조쉬의 죽음을 부인했으니까. 그 바람에 정신이 완전히 나가버렸지. 더스티, 엄마 말 잘 들어…."

엄마가 더스티의 팔을 잡았다.

"지금은 어떤 확신이… 완전한 확신이 생겼어… 조쉬가 아직 살아 있다는 확신이 말이야."

더스티는 눈 덮인 들판 너머로 시선을 돌렸다.

"엄마가 그걸 어떻게 알아?"

"이상한 소년을 만났어."

순간 더스티가 재빨리 엄마를 돌아보았다.

"어떤 소년?"

"나도 몰라. 제대로 보지는 못했어. 너무나 순식간에 일어난 일이었거든."

"조쉬 오빠였어?"

"아니, 조쉬는 분명히 아니야. 그리고 그 소년은 내가 뭘 물어볼 기회도 주지 않았어."

"대체 무슨 일이 있었는데?"

"몇 주 전이었어. 나는 차 안에 있었어."

"어디에서? 이 근처에서?"

"아니, 별채 근처에서. 너도 알다시피 엄만 그동안 여기저기 떠돌아다니면서 지냈는데, 어느 땐 외할머니 댁에서 지내기도 했거든. 외갓집 별채에서…."

"그래서 무슨 일이 있었는데?"

"그때 엄만 조쉬를 생각하고 있었어. 하긴 언제 조쉬를 생각하지 않은 적이 있나? 아무튼 그러면서 울고 있었지. 차를 운전하는 중이었는데 신호에 걸려 꼼짝 못하는 상태였어. 엄만 창문을 내리고 소리 내어 엉엉 울었단다. 도저히 울음이 그치질 않더구나. 그때 어디에선가 불쑥 그 형체가 나타난 거야… 더플코트를 입은 소년이었는데… 몸을 구부리고는 이렇게 말하지 뭐니. '울지 마세요,

어마마마. 다 괜찮아요'라고 말이야. 그리고는 내가 정신을 차리기도 전에 저만치 걸어가 모퉁이에서 사라져버렸어. 어마마마라니. 조쉬가 나를 어마마마라고 불렀잖니! 그건 바로 조쉬가 엄마한테 불러줬던 별명이었어!"

"그러게."

"게다가 그 소년의 목소리도 조쉬 목소리하고 비슷했단다. 조쉬만 아니었다 뿐이지 조쉬하고 똑같았다고."

"어떻게 생겼어?"

"제대로 볼 새도 없이 사라졌어. 하지만 어딘가 좀 이상했어. 뭐랄까, 눈처럼 새하얀 형체라고나 할까. 그렇게 왔다가는 또 금세 가버렸어. 신호가 바뀌자마자 소년을 찾으려고 우회전을 했는데 소년의 모습이 온데간데없더구나. 더스티, 엄만 그게 일종의 메시지라고 믿어. 엄마는 조쉬가 살아 있다고 믿는단다."

더스티는 주머니에 손을 넣어 동그랗게 구겨진 종이를 꽉 쥐었다. 아까처럼 지금도 이상하리만치 따뜻한 느낌이 전해졌다. 그때 엄마가 갑자기 더스티 쪽으로 손을 뻗어 보조석 방향의 차문을 열었다.

"집에 들어가라, 더스티. 이제 들어가 봐야 하잖니. 아, 그리고 이거 받아."

엄마가 명함 한 장을 내밀었다. 더스티는 그것을 물끄러미 쳐다보았다.

"이동 미용사? 엄마 언제부터 이동 미용사로 일했어?"

"자격증을 받은 다음부터지. 엄만 열심히 살려고 애쓰고 있어. 정말 열심히 노력하고 있어. 그런데 있잖니… 엄마하고 한 가지 약속해줄래?"

"뭐?"

"명함에 휴대전화 번호가 적혀 있어. 살면서 언제든 다시 엄마가 필요해지면 엄마한테 전화하겠다고 약속해줄래?"

"내가 그럴 일이 뭐가 있겠어? 그건 엄마하고 아빠 사이의 문제잖아."

엄마가 고개를 가로저었다.

"아니야. 엄만 네 아빠를 잘 알아. 네 아빠는 더 이상 아내로서 나를 원하지 않을 테고, 더구나 누군가 다른 사람을 찾고 있다면 더더욱 그럴 거야. 하지만 나를 용서해주긴 할거야. 친구로도 받아줄 테고. 네 아빠가 그래줄 거라고 믿어. 네 아빠는 정말 따뜻한 사람이니까."

"맞아, 아빠는 좋은 사람이야."

"그래. 하지만 네 용서는 그것과 별개의 문제잖니. 네가 엄마를 용서하지 않으면 엄마는 다시 돌아오지 못할 거야."

더스티는 엄마의 명함을 받아 주머니 속 종이뭉치 옆에 밀어 넣었다.

"더 이상 아무 말 마. 네가 혼란스러울 거라는 거 알아. 하지만 이거 하나는 기억해줘… 절대 잊어버려서는 안 돼… 언제든 엄마가 필요할 때, 엄마 휴대전화 번호를 갖고 있다는 사실 말이야."

엄마는 더 이상 아무 말 없이 자동차 시동을 걸었다. 더스티는 차에서 내려 잠시 망설이다가 다시 차 안으로 몸을 기울여 엄마의 뺨에 입을 맞추었다. 엄마는 팔을 뻗어 더스티를 끌어당긴 다음 재빨리 더스티에게 입을 맞추고는 더스티를 놓아주었다.

"이제 가, 어서."

엄마가 낮은 목소리로 말했다. 더스티는 자동차 문을 닫고 곧바로 집으로 향했다. 차 안에 남은 엄마는 또다시 담배에 불을 붙였다. 두 사람은 다시 한 번 시선을 마주쳤고, 엄마는 더스티에게 어서 가라고 손짓을 했다. 더스티는 뒤돌아보지 않고 서둘러 골목을 따라 내려갔다. 저 뒤편으로 자동차 바퀴가 눈 속에서 겉도는 소리가 들렸다.

더스티는 여전히 바퀴가 겉도는 소리를 들으며 앞으로 앞으로 걸어갔다. 마침내 엄마가 차를 돌려 벡데일 도로를 향해 되돌아가는 소리가 또렷하게 들렸다. 더스티는 마음속 긴장과 싸우면서 걷고 또 걸었고, 얼른 손 코티지에 다다르고 싶어 견딜 수 없는 지경이 됐다. 하지만 막상 집에 도착하자 불안한 마음만 더욱 커질 뿐이었다.

집 앞에 경찰차 한 대가 서 있었던 것이다.

14

"이런 세상에, 더스티!"

아빠가 현관 앞에 서서 더스티를 빤히 쳐다보았다.

"대체 네 눈이 왜 이런 거니?"

더스티는 아빠 뒤쪽의 현관 마루를 가만히 들여다보았다. 경찰들이 와 있는 것 같은 흔적은 없었지만 주방에서 목소리가 들렸다. 아빠가 더스티를 안으로 끌고 들어와 문을 닫았다.

"너 싸웠구나! 또 싸웠니, 또 싸웠어!"

"응."

아니라고 해봐야 소용없을 것 같았다. 이상한 소년이나 조쉬 오빠에 대해서, 혹은 엄마나 그 밖의 희한한 일들에 대해서는 아직 말할 준비가 되지 않았지만, 데니하고 있었던 일은 그런 일들과 아무 관계가 없었다.

"시내에서 데니하고 한판 붙었어."

"맙소사, 더스티. 몇 번을 말해야 알겠니? 아무리 마음에 들지 않는 사람들이라도 일일이 싸움을 걸고 다니면 안 된다고 말이야. 더군다나 데니하고는 툭하면 이렇게 싸움질이니 정말 지긋지긋하다. 어디 다친 데는 없어?"

"없어."

"말은 잘한다."

아빠가 더스티를 훑어보았다.

"몸은 다 젖어가지고는."

"눈 속에서 굴렀어. 걱정하지 마. 그건 그렇고, 일 시작하기로 했어?"

"몰라도 돼."

"그러지 말고. 시작하기로 했어?"

"그래, 하기로 했어. 그나저나, 있잖니."

아빠가 목소리를 낮추어 말을 이었다.

"경찰이 와 있어."

"집 앞에 경찰차 서 있는 거 봤어. 왜 온 거야?"

"아빤 네가 알고 있을 줄 알았는데. 경찰들이 여기 온 지는 몇 분 안 됐어. 우리 둘이 같이 있을 때 이야기를 하고 싶대. 경찰들한테는 네가 아주 늦게야 돌아올 거라고 했는데, 우리 이렇게 하자. 만일 네가 경찰들 앞에 나타날 거라면, 저 사람들이 여기에서 잠깐 시간만 보내다 가게 하는 거야. 아빤 지금 저 사람들한테 차 한 잔 대접해주려던 참이었어. 그런데 대체 무슨 일이니?"

"나도 모르지."

아빠가 도무지 이해할 수 없다는 듯한 표정으로 더스티를 바라보았다.

"좋아, 무슨 일인지는 모르겠지만… 네가 샤워하고 세수하는 시간 정도는 경찰도 기다려주겠지. 어휴, 대체 꼴이 이게 뭐냐. 도저히 눈 뜨고 못 봐주겠다. 게다가 어디서 담배 냄새까지 배가지고는."

"카말리카가 친구를 데리고 왔는데, 그 여자애가 계속 담배를 피우잖아."

"알고 싶지도 않다. 어서 가, 2층으로. 아빤 경찰들한테 네가 곧 내려올 거라고 말할게. 가만… 얼마나 기다리라고 할까? 몇 분 후쯤 내려올 수 있니?"

"10분."

"좋아, 15분으로 하자."

하지만 더스티가 다시 아래층으로 내려갈 때까지 족히 20분이 걸렸다. 마침내 주방문 밖에 선 더스티는 온몸을 깨끗이 씻고 닦은 다음 따뜻하고 편안한 옷으로 갈아입었지만, 가슴은 사정없이 뛰고 있었다. 경찰이 관계하지 않더라도 지금 당장 자신이 처한 고민만으로도 벅찰 지경이었다. 게다가 여전히 얼굴은 꼴이 말이 아니었고.

주방문 반대편에서 여러 사람의 목소리가 들렸다. 굵고 꺼끌꺼끌한 남자의 목소리와 발음이 명확하지는 않지만 맑은 여자의 목소리, 그리고 다소 긴장한 듯한 아빠의 목소리였다. 이렇다 할 대화는 나누지 않았고, 황무지에 눈이 왔다느니 하는 시간을 때우기 위한 가벼운 대화만 오갔다. 더스티는 세 사람 모두 부자연스럽게 예의를 갖추고 앉아 몹시 조바심을 내고 있다는 걸 느꼈다.

더스티가 문을 밀어 열었다.

그들은 식탁 앞에 앉아 차를 마시고 있었다. 모두가 더스티를 향해 돌아보았다. 아빠는 창백한 얼굴로 안절부절 못하고 있었다. 남자경찰관과 여자경찰관의 태도는 좀처럼 가늠이 되지 않았다.

"얘가 더스티입니다."

"고맙습니다, 선생님."

남자경찰관이 말했다.

"반갑다, 더스티."

더스티는 고개를 끄덕여 인사했지만 아무 말 하지 않고 식탁 앞에 앉았다.

"아마 우리를 처음 볼 거다. 우리는 이 지역 관할 경찰서 소속이 아니란다. 이 지역 동료 경찰관들을 도와주러 왔지. 그들이 너희 집에 대해 우리에게 자세히 알려주었단다. 물론 나는 조쉬, 그러니까 너의… 음… 너의 오빠에 대해 말하고 있는 거다."

"고맙지만 조쉬 오빠가 누군지는 저도 알아요."

더스티는 아빠가 경고조의 눈짓을 보내는 걸 알아차렸지만 못 본 척 무시했다. 남자경찰관이 어깨를 으쓱해 보였다.

"그래, 뭐. 아무튼, 난 브렛 경감이라고 한다."

"난 샤프 경위란다."

여자경찰관이 말했다. 더스티는 그녀를 슬쩍 훑어보며 생각했다. 이름처럼 성격도 예리하겠군(영어로 'sharp'에는 예리하다는 뜻이 있다 - 옮긴이). 남자경찰관에게 소개를 양보하긴 했어도 권위의식 하나는 확실하겠어.

"그런데 더스티, 눈가에 멍이 심하게 들었구나."

샤프 경위가 말했다.

"네."

"어쩌다 그랬니?"

"오늘 시내에서 싸움이 붙었어요."

"오, 저런. 다친 데는 없고?"

"괜찮아요."

"더스티는 도대체 겁내는 사람이 없어요. 그저 아무하고나, 심지어 남자아이들하고도 상대할 걸요."

아빠가 끼어들었다.

"그래요?"

샤프 경위가 별로 대수롭지 않다는 듯한 목소리로 말했다.

"어쨌든 저희는 더스티의 잘못을 가지고 뭐라고 하지는 않을 거예요. 몇 분 정도 시간을 할애해 주신다면, 그냥 필요한 일반적인 질문 몇 가지만 여쭤보고 끝낼 겁니다."

"당연히 시간을 내드려야지요. 무슨 일 때문에 그러시나요?"

아빠가 말했다.

"남자아이 한 명을 찾고 있습니다."

샤프 경위는 이렇게 말하면서 더스티에게 시선을 고정시켰다.

더스티는 침을 꿀꺽 삼켰다. 시선이 너무 강렬해 자신을 찌를 것만 같았다. 더스티는 최대한 멍한 눈빛으로 그녀의 시선을 받으며 아무런 내색도 하지 않으려 애썼다.

"어떤 소년인데 그러세요? 학교 남학생인가요?"

아빠가 말했다.

"그건 아닙니다만… 저희가 꼭 찾고 싶어 하는 아이지요. 보통 남자아이들하고는 좀 다른 면이 있는 아이에요. 아마 보시면 절대로 잊어버리지 못할 겁니다."

브렛 경감이 말했다.

"이름이 뭔가요?"

두 경찰관이 서로 시선을 주고받았다.

"실은 저희도 모릅니다."

"모른다고요?"

"이상하게 생각하실지 모르지만, 그 소년 자체가 좀 희한해요. 사람들에게 여러 이름으로 불리는 것 같기도 하고, 어쩌면 자신이 여러 이름으로 돌아다니는 것 같기도 합니다. 하지만 본래 이름이 무엇인지는 전혀 알 수가 없어요."

"몇 살인가요?"

"그것 역시 확실하지 않은데, 대략 댁의 따님 나이쯤 되지 않을까 싶습니다."

"더스티는 열다섯 살인데요."

이번에도 더스티는 자신을 응시하는 샤프 경위의 시선을 느꼈다. 자신을 뚫어지게 바라보는 그 시선이 불편하게 여겨졌다. 더스티는 고개를 돌려 창문 밖을 내다보았다. 밖은 아무런 움직임이 없었다. 반짝반짝 빛나는 대기 속에서 또다시 눈이 내리는 것 말고는. 그때 소년의 목소리가 귓가에 들려왔다.

이건 빛 때문이야. 대부분의 사람들 눈에는 잘 보이지 않지. 하지만 네 눈에는 보일 거야.

더스티는 감탄하는 눈빛으로 창밖을 바라보았다.

"더스티."

샤프 경위가 말했다.

더스티가 뒤를 돌아 다시 샤프 경위를 마주보았다.

"좋은 이름이구나. 내가 제일 좋아하는 가수 이름도 더스티인데."

더스티는 아무 대꾸도 하지 않았다. 아무래도 샤프 경위의 눈빛이 신뢰가 가지 않았다. 너무나 많은 것을 알고 있는 것 같았다.

"그 소년한테 무슨 문제가 있는 건가요?"

아빠가 물었다.

"딱히 뭐라고 말씀드릴 수는 없습니다. 저희도 그 아이에 대해 별로 아는 게 없기 때문이지요. 하지만 다른 지역에서 발생한 몇몇 사건에도 그 소년이 연루되어 있어서 소년과 꼭 한 번 이야기를 나누어봤으면 합니다."

브렛 경감이 대답했다.

"어떤 사건이 발생했나요?"

"죄송합니다만 그것까지는 말씀드릴 수가 없습니다. 하지간 한시 바빠 그 아이와 꼭 이야기를 나누어야 합니다."

"그런데 왜 더스티나 제가 그 아이에 대해 뭔가를 알고 있을 거라고 생각하시는 건가요?"

"지난 며칠 동안 이 지역에서 그 소년이 발견되었습니다. 어제 저녁에도 어떤 남자가 한 소년을 봤다고 제보했는데, 그 소년과 인상착의가 일치했지요. 그래서 그 아이가 이 남자의 휴대전화를 훔치지 않았을까 추측하고 있습니다."

"그걸 어떻게 아시죠?"

"저희도 몰라요. 혹시 그런 것이 아닐까 추측할 뿐이에요. 그 남자가 자기 집 밖에 놓인 커다란 빗물 통 위에 휴대전화를 놓아두었다고 했거든요."

"빗물 통이라고요?"

더스티가 말했다.

"그래."

"혹시 그 남자 집이 다 쓰러져가는 그런 집 아닌가요? 낡은 오두막 같은 집이요."

"그럴지도 모르지."

"할아버지고요? 충치도 있고 머리는 다 빠진?"

"그럴지도 모르고."

단박에 사일러스 할아버지가 떠올랐다. 더스티는 사일러스 할아버지가 사람들에게 방해받는 걸 굉장히 싫어한다는 걸 알고 있었다. 할아버지는 경찰이 찾아가 이것저것 물어보는 걸 좋아하지 않았을 것이다. 할아버지는 더스티를 비롯해 누구하고도 이야기하는 걸 썩 좋아하지 않았다.

"사일러스 할아버지가 휴대전화를 갖고 있다니 상상이 안 돼요. 할아버지가 휴대전화를 사용할 줄 알 거라고는 생각도 못했어요."

"그 분을 아주 잘 알고 있나보구나."

"더스티는 모르는 사람이 없어요. 한두 사람 몰랐으면 싶은 사람들까지 죄다 아는걸요."

아빠가 말했다.

"사일러스 할아버지는 아주 좋은 분이세요. 파리 한 마리도 못 죽이실 걸요."

더스티가 말했다. 아빠가 다시 두 경찰관을 향했다.

"그래서 그 노인이 소년을 봤답니까?"

"저희 생각은 그래요. 콕 집어서 그렇다고 말한 건 아니지만, 소년이 노인 집에서 멀지 않은 황무지 주변을 어슬렁거렸다고 하더군요. 얼마 후 그분의 휴대전화가 없어졌고요. 그 노인은 자신이 틀림없이 빗물 통 위에 휴대전화를 놓고 왔다고 확신하고 있어요. 휴대전화를 놓고 온 게 생각나서 가지러 나갔더니 휴대전화가 없어졌다는 거예요. 그런데 바로 그때 그 소년이 황무지 쪽으로 달려가고 있더랍니다."

"그 일이 우리하고 무슨 관계가 있는 거지요?"

"노인이 휴대전화를 잃어버렸다고 제보한 후 그 전화로 통화한 번호들을 조회해보았습니다. 그런데 지금까지 딱 한 가지 번호가 조회됐어요. 어젯밤 11시 40분에 통화를 했더군요. 이 집 전화번호로 말이에요."

더스티는 아빠가 자신을 보면서 두 눈을 껌벅거리는 모습을 보았다. 두 경찰관도 더스티를 지켜보고 있었다. 더스티는 생각을 정리하려 애썼다. 만일 그 소년이 뭔가 잘못을 저지른 거라면 소년과의 모든 일들을 지금 경찰들에게 말해야 했다. 하지만 수화기 저편에서 들려온 소년의 목소리만 귓가에 맴돌 뿐이었다. 소년은 죽고 싶어 했고, 자신을 잡으려는 사람들을 두려워했다. 소년이 범죄를 저질렀을 수도 있지만 왠지 그런 것 같지는 않았다. 소년의 상황이 몹시 절망스러운 것 같다는 생각이 들었다.

더스티는 눈길 속에서 희미하게 사라져가는 발자국들을 떠올렸다. 이 소년에 대한 모든 일이 수수께끼였지만, 어쩐지 소년이 조쉬 오빠에 대해 알고 있거나 최소한 조쉬 오빠와 어떤 관련이 있을 것만 같았다. 더스티는 두 경찰관을 바라보았다. 그들은 그들 나름의 의무가 있고, 소년의 적이 될 수밖에 없다. 일단 소년이 둘 중 누구의 눈에 띄기라도 한다면 소년은 다시는 더스티에게 나타나지 않을 테고, 그렇게 되면 조쉬 오빠에 대해 알아볼 수 있는 일말의 가능성마저 사라져버릴지 모른다.

지금 당장은 더스티가 알고 있는 내용을 고스란히 알려줄 수가 없었다.

"그 전화에 대해서는 말씀드렸을 텐데요. 어젯밤 아빠는 외출하고 안 계셨어요. 그런데 전화가 온 거죠. 받았는데 아무도 아니더라고요. 그래서 전 다시 수화기를 내려놓았어요."

샤프 경위의 눈빛이 멍해진 것 같았다. 하지만 곧이어 브렛 경감이 입을 열었다.

"그럼 수화기에서 아무런 목소리도 듣지 못했단 말이냐?"

"네."

"그냥 침묵만 흘렀다고?"

"네."

"무슨 잡음도 없었어? 숨소리도? 음악 소리는? 차 소리도 들리지 않았니?"

"아무 소리도 못 들었어요."

"그래서 수화기를 내려놓은 거고?"

"네."

이제 샤프 경위가 질문을 시작했다.

"그럼 왜 즉시 전화를 끊지 않았니, 더스티?"

"그게 무슨 말씀이시죠?"

"질문 그대로야. 왜 즉시 전화를 끊지 않은 거니?"

더스티는 잔뜩 긴장했다. 어딘가 자신이 가고 싶지 않은 방향으로 끌려가는 것 같은 기분이 들었다. 샤프 경위가 수첩을 꺼내 물끄러미 바라보았다.

"우리가 수집한 정보에 따르면, 전화통화는 14분 28초 동안 지속됐어. 그런데 넌 아무런 소리도 듣지 못했다고 말하는구나. 정말 궁금해서 그러는 거야. 왜 그 시간까지 전화를 끊지 않았던 거니?"

"모르겠어요. 전 그냥… 수화기를 잡고 있었을 뿐이에요. 아마 누군가 말을 할지도 모른다고 생각했을 거예요."

"그런데 아무 말도 하지 않았다는 거지?"

"네."

"수화기를 들고 있으면서 뭔가 좀 이상하다고 생각하지는 않았니?"

"무슨 뜻이죠?"

"글쎄, 상대방이 말을 할지 안 할지 알아보느라 1,2분 정도 수화기를 들고 있었다면 이해를 하겠어. 아마 친구라고 생각했거나 밤늦은 시간에 위급한 일이라도 생긴 게 아닐까 걱정했을지도 모르니까. 아버지가 외출하고 집에 안 계셨다고 했지? 어쩌면 통화를 하려는 사람이 아버지라고 생각했을 수도 있겠구나."

"맞아요. 그래서 전화를 끊지 않고 있었던 거예요."

"14분 28초 동안이나?"

"네."

더스티는 인상을 썼다. 경찰관 누구도 자신의 말을 믿지 않는 게 분명했다. 더스티는 다시 그럴 듯한 이유를 대보려 애썼다.

"전 단지… 어떻게 해야 할지 잘 몰랐던 거예요. 어젯밤 그 시간에 전화벨이 울렸어요. 어쩌면 아빠일지 모른다고 생각했지요. 그 무렵 다시 눈이 오기 시작했고 아빠는 생각보다 늦었거든요. 안 그래도 아빠가 집에 오는데 애를 먹거나 무슨 문제가 있는 건 아닌가 걱정하고 있던 참이었어요. 그때 마침 전화가 걸려온 거지요.

그래서 그냥… 수화기를 들고 있었던 거예요. 어쩐지 그래야 할 것 같아서요."

한참 동안 침묵이 흘렀고, 곧이어 샤프 경위가 다시 말을 꺼냈다.

"그렇게 방어하려 애쓰지 않아도 된다, 더스티. 넌 무슨 의심을 받고 있는 게 아니야. 우린 단지 그날 있었던 일을 종합해보려고 하는 거란다."

샤프 경위는 잠시 숨을 돌린 다음 말을 이었다.

"그래서 14분이 넘도록 전화를 끊지 않고 있었다는 거지? 다음엔 어떻게 된 거니? 네가 먼저 전화를 끊었니 아니면 상대방 전화가 끊어진 거니?

"상대방 전화가 끊어졌어요."

"그 다음엔?"

"저도 수화기를 내려놓았어요."

"좋아. 그럼 넌 누가 전화를 걸었는지 전혀 몰랐겠구나."

"네, 전혀 몰랐어요."

거슴츠레한 눈초리가 더스티를 주시했다.

"저, 그런데 전 이상한 소년을 봤습니다."

아빠가 말했다. 두 경찰관이 아빠를 돌아보았다. 더스티는 비록 잠시 동안이라 할지라도 샤프 경위의 주의에서 벗어나게 된 걸 다행으로 여기며 안도의 숨을 내쉬었다.

"보신 그대로 저희에게 말씀해주십시오, 선생님."

브렛 경감이 말했다.

아빠는 그들에게 더플코트를 입은 형체에 대해 말했다.
"선생님은 그 형체가 소년이라고 확신하시는 건가요?"
샤프 경위가 말했다.
"후드를 썼고 골목 반대편으로 걸어가고 있었지만, 틀림없이 소년이라는 말씀이지요?"
"네, 그러니까 전 그냥… 맞아요. 그냥 소년이라고 생각했어요. 어쩌면 걸음걸이 때문인지도 모르겠어요. 정확하게 기억나지는 않지만요. 이런, 정보라기에는 너무 빈약한 것 같군요."
"아닙니다, 전혀 빈약하지 않습니다. 저희가 사람들을 통해 수집한 인상착의와 일치해요."
"뭐라고요? 더플코트를 입은 형체가요?"
"그렇습니다."
아빠가 더스티를 보았다.
"봤지? 내 말이 맞잖니. 그건 남자아이 형체였다고."
"그럴지도 모른다는 거예요."
샤프 경위가 아빠의 말을 바로잡았다.
"아직은 그저 추측일 뿐입니다. 그렇다 하더라도 선생님 말씀은 정보를 수집하는 데 대단히 큰 도움이 되었습니다."
"저, 그런데 그 소년에 대해서 말입니다. 두 분은 그 소년이 무슨 짓을 저질렀는지, 몇 살인지, 이름은 뭔지 전혀 아는 바가 없다고 하셨지요. 그렇다면 소년의 생김새는 아시나요? 한 번 보면 쉽사리 잊히지 않는 모습이라고 하셨잖아요. 혹시 소년의 사진을 갖고 계십니까?"

아빠가 말했다. 더스티는 두 경찰관이 난처해하는 시선을 주고받으며 처음으로 약간 자신없는 태도를 보이는 걸 눈치챘다.

"그 아이 사진은 없습니다. 이상하게 들리실지 모르겠지만…."

잠시 후 브렛 경감이 말했다.

"그래요, 사진이라고 할 만한 건 갖고 있지 않습니다. 어찌 됐든 이렇다 하게 단서가 될 만한 사진은 아니니까요."

"그게 무슨 말씀이신지?"

두 경찰관 사이에 또다시 난처한 시선이 오갔다.

"아까도 말씀드렸다시피… 그 소년은 어딘가 좀 이상한 면이 있습니다. 저희 두 사람도 아직 소년을 직접 본 적이 없어요. 저희로서는 다른 사람들이 제공한 소년의 인상착의에 의지해 사건을 수사하는 수밖에 도리가 없습니다. 다만, 생김새가 워낙 특이해서 한 번 본 사람은 아이의 모습을 결코 잊지 못하는 것 같습니다."

샤프 경위가 말했다.

"어떤 식으로 특이하다는 건가요?"

"그 남자아이는 눈처럼 하얘요."

더스티는 다시 창가로 얼굴을 돌려 환하게 빛나는 눈송이들이 하늘에서 내려오는 모양을 응시했다.

"그렇다면 백색증(선천적으로 멜라닌 색소가 부족해 피부, 눈동자, 털 등이 하얀 증상 – 옮긴이)에라도 걸렸다는 말씀인가요?"

더스티의 귀에 아빠가 말하는 소리가 들렸다.

"그보다 더 하얗습니다."

브렛 경감이 말했다.

"저희도 여러 백색증 유형들을 사진으로 보았습니다만, 이 소년은 그런 증상과는 좀 다른 것 같습니다. 머리카락도 피부도 온통 새하얗거든요. 사람들 말로는 눈동자 색깔이 아주 창백하다는군요. 게다가 또….."

브렛 경감의 목소리가 점점 희미해졌다. 더스티는 여전히 창밖을 응시하고 있었다.

"또 뭔가요?"

더스티 뒤에서 아빠가 물었다.

"그게, 저… 얼굴과 체형이 보통 아이들과 조금 다른 것 같습니다. 그러니까 말하자면, 이걸 뭐라고 표현해야 하나. 남성과 여성이 합해진 모습이라고 해야 할까요."

"그 아이는 소년이잖아요, 아닌가요? 경감님도 그 아이를 줄곧 소년이라고 말씀하시지 않았습니까? 그렇다면 분명 어딘가 그렇게 느끼도록 만드는 구석이 있다는 뜻 아닙니까?"

"아, 물론 저희도 그 아이가 남자아이라고 확신합니다. 그 아이를 본 사람이라면 열이면 열 전부 소년이라고 부르고요. 이 자리에서 밝힐 수는 없지만, 저희 나름대로도 그 아이가 남자아이라고 주장할 만한 아주 결정적인 근거를 어느 정도 가지고 있기도 합니다. 물론 샤프 경위가 방금 말했다시피, 우리들 가운데 누구도 그 아이를 직접 목격한 적이 없고, 벡데일 지서에 있는 동료 경찰관들 중에도 아무도 그 아이를 본 적이 없는 건 사실입니다. 현재로서는 전국에 있는 일반 시민들의 진술에 의지하고 있는 실정이에요."

"전국이라고요?"

"그렇습니다."

샤프 경위가 대답했다.

"전국 각지에서 그 아이가 목격되었고 그 아이로 인해 빚어진 사건이 한둘이 아닙니다. 저희는 그 아이와 이야기하길 무척 바라고 있습니다."

더스티는 엄마가 신호등 앞에서 보았다던 형체에 대해 생각했다. 도대체 소년은 어디에서 살고 있는 걸까? 대체 얼마나 많은 장소에 모습을 드러낸 걸까? 그가 혼란에 빠뜨린 사람들이 나 말고도 더 있다는 건가?

더스티는 여전히 창밖을 응시하고 있었다. 눈이 오는데도 하늘은 어두웠고, 으스스한 느낌이 드는 광채가 여전히 정원과 들판 위에 드리워져 있었다. 더스티는 도저히 묻지 않을 수 없었다.

"그 남자아이가 위험인물인가요?"

"우리도 확실히는 알 수 없단다."

샤프 경위가 대답했다.

"하지만 어떤 사건이… 아주 특별한 어떤 사건이 발생했다는 주장들이 있어서… 최대한 신속하고 철저하게 진상을 조사해야 하지. 아직은 절대 가까이 접근해서는 안 되는 인물이긴 해."

창문에서 뒤돌아선 더스티는 자신을 주시하는 샤프 경위와 다시 시선을 마주쳤다.

"그러니까 혹시 그 아이와 마주치게 되거든 멀찍이 거리를 두어야 한다. 네 아버지 말씀대로 네 성격이 아무리 드세다 해도, 지금 내가 하는 말 반드시 명심해야 해. 절대로 그 아이에게 가까이 다가가서는 안 된다. 혹시라도 무슨 일이 생기면 경찰에 알려주고. 그럼 우리가 해결할 테니까. 내 말 알겠니?"

"네."

"이 소년은 네가 상대할 수 있는 대상이 아니야. 네가 겁내지 않고 남자아이들하고 싸우는 건 얼마든지 괜찮아. 하지만 이건 다른 문제야. 이해하겠니?"

"더스티는 이해할 겁니다."

아빠가 말했다.

"저는 더스티에게 묻고 있습니다."

"이해해요."

더스티가 말했다.

"그래, 좋다."

샤프 경위는 고개를 끄덕이는 브렛 경감을 흘끔 바라보았다.

"저희가 너무 많은 시간을 빼앗았군요. 시간 내주셔서 감사합니다."

브렛 경감이 말했다

"별로 도와드린 것도 없는걸요."

"아닙니다, 많은 도움이 됐습니다. 어젯밤 전화통화에 대해 설명해주셨잖아요. 전화를 건 사람이 그 소년일 경우, 소년이 어떻게 이 집 전화번호를 알게 됐는지는 여전히 밝혀지지 않았지만 단서 하나를 더 찾은 것으로도 만족합니다."

"저 그럼, 만일 저희가 그 소년을 보게 되면… 소년에게 가까이 가지 않고 경찰에 제보하면 되는 건가요?"

"그래주십시오."

"소년의 생김새를 전혀 모르는데도요?"

"네."

브렛 경감이 미소를 지으며 말했다. 두 경찰관이 자리에서 일어섰다. 아빠도 그들과 함께 일어섰다.

"조사가 잘 이루어지길 바랍니다."

"고맙습니다."

더스티는 자신의 의자로 자리를 옮겼다.

"그런데 사진에 대해서는 아직 설명 안 해주셨잖아요."

이번에도 더스티는 두 경찰관들이 서로 난처해하며 시선을 주고받는 걸 눈치챘다.

"아까 그러셨지요. 소년의 모습이 찍힌 사진이 없다고 말이에요."

더스티가 말을 이었다.

"그런 다음 또 이렇게 말씀하셨어요. '어찌됐든 이렇다 하게 단서가 될 만한 사진은 아니니까요'라고 말이에요."

"그래, 그건…."

"그게 무슨 뜻이에요?"

경감이 헛기침을 했다.

"그게 말이다, 현재 우리가 이 사건을 조사하는 단계는, 뭐랄까, 다소 공상적이라고 여길 만한 수준에 불과하단다. 만족할 수준은 못 되는 거지. 어쩌면 대부분의 단서들이 터무니없을 수도 있어. 아니, 보나마나 그럴 거야. 모든 단서들이 순전히 소문을 통해 수집됐기 때문이야."

"그게 무슨 말씀인가요?"

아빠가 물었다.

"저희가 직접 목격한 게 아니라서 확실하게 말씀드릴 수는 없습니다만…."

경감이 샤프 경위를 흘긋 보았지만, 그녀는 아무 말도 하지 않았다. 경감이 다시 헛기침을 한 후 말을 이었다.

"그러니까… 에… 사실은 그 소년이 경찰에 수감된 적이 한 번 있습니다. 벡데일 관할 경찰서는 아니고 다른 지역 경찰서에요. 그래서 조사를 받고 사진도 찍혔지요."

"그럼 그 아이 사진이 있다는 거네요."

더스티가 말했다.

"그런데 유감스럽게도 그렇지가 않단다."

샤프 경위가 말했다.

"어떻게 그럴 수 있는지 정말 모를 일이지만, 사진이 제대로 나오지 않았거든."

"뭐라고요? 그럼 아무것도 안 찍혔단 말인가요?"

아빠가 말했다.

"아닙니다. 사진은 아주 선명하게 나왔습니다. 소년을 제외하고 다른 건 모두 선명해요."

"그 소년은 어떻게 나왔는데요?"

"소년은 아예 나오지 않았습니다. 마치 소년만 쏙 빼놓고 그 나머지를 찍은 사진처럼 말이에요. 마치 유령처럼 사진에는 그 아이의 모습이 전혀 나타나지 않았습니다."

샤프 경위가 잠시 숨을 돌리고 다시 말을 이었다.

"다만 그 아이가 유령이 아니라는 게 문제지요. 그 아이는 경찰에서 준 음식도 먹었고, 경찰에서 준 차도 마셨어요. 몸도 단단하고요. 그 아이를 다루었던 경찰들은 그 아이가 눈송이로 만들어진 사람처럼 어딘가 좀 묘한 구석이 있는지는 몰라도 분명히 살아 있는 사람이라는 걸 확인했습니다. 모두가 그렇게 확인했어요."

더스티는 소년이 처음 전화를 걸었을 때 수화기 너머로 들려온 소리들을 떠올렸다. 귀에 거슬리는 숨소리, 구역질하는 소리. 그렇다, 소년은 유령이 아니었다. 그의 몸은 단단했다. 그는 실제로 존재하는 사람이었다.

하지만 소년의 실체는 더스티가 지금까지 상상했던 모습과 달랐다. 더스티는 마음속으로 소년의 모습을 그려보려 애썼다. 눈처럼 새하얀 모습에, 어쩌면 일부분 여성스럽기도 할 것 같았다. 소년에게 이상한 구석이 있을지라도, 수수께끼 같은 아이라 할지라도, 조금은 위험한 면이 있다 할지라도, 어딘가 불가사의한 아름다

움도 함께 갖추고 있을 것 같았다.

"이제 정말 가봐야겠습니다."

샤프 경위가 말했다.

"저희가 선생님 시간을 너무 많이 빼앗았어요. 협조해 주셔서 다시 한 번 감사드립니다. 그리고 무슨 일이든 생기면 지체 없이 저희에게 연락을 주십시오. 두 분 가운데 어느 분이든 깜박 잊고 미처 말하지 못한 일이 기억나시면 무슨 내용이든 좋으니 바로 연락 주시고요."

더스티는 자신을 향한 가벼운 눈짓을 받았지만 단지 그뿐, 더 이상 의심의 눈초리는 아니었다.

15

 아빠는 경찰관들을 배웅한 후 곧바로 돌아왔고, 더스티는 이제 무슨 일이 닥칠지 잘 알고 있었다.
 "자, 이제 솔직하게 말해봐. 아빠한테 뭐 숨기는 거 있지?"
 더스티는 아빠를 올려다보았다. 뭔가 대답할 말을 필사적으로 생각해내야 했다. 아빠까지 덩달아 흥분하며 다그치는 모습은 정말이지 보고 싶지 않았다.
 "아무것도 없어, 아빠."
 "정말이야?"
 "정말로 아무것도 없어."
 "그런데 왜 아빠는 너를 못 믿겠지?"
 "그걸 내가 어떻게 알아."
 "아빠를 가지고 놀지 마라, 더스티."
 "난 아빠를 가지고 놀지 않아."
 아빠가 더스티를 빤히 처다보았다.

"개인적인 일이라면 네가 나한테 뭘 숨기든 상관하지 않아. 네 사생활은 내가 상관할 일이 아니니까. 하지만 위험한 일이거나 법으로 금지된 일이라면 아빠가 상관해야겠다."

"알아."

"그래, 아빠한테 해야 할 말이 아무것도 없다 이거지?"

"아무것도 없어, 아빠. 그나저나 면접 본 얘기 좀 해봐."

"다음에."

"하지만 무지무지 궁금한걸. 언제부터 출근해?"

"월요일. 그 얘기는 다음에 하는 게 어떨까? 아빠는 생각할 것들이 좀 있는데."

"오늘 밤 헬렌 아줌마를 위해 무슨 요리를 할까, 뭐 그런 거?"

"그래. 헬렌이 채식주의자라는 게 지금 막 생각났어."

"이따가 내가 방해 안 되게 자리를 비켜줄까?"

"아니. 난 네가 헬렌을 만나봤으면 해. 헬렌도 너를 만나면 좋겠고."

"좋아."

더스티가 몸을 굽혀 아빠의 뺨에 입을 맞추었다.

"이따가 봐."

아빠는 얼굴을 찡그린 채 아무 말 하지 않았다.

더스티는 자기 방으로 들어가 침대에 누워 잠을 청해보았다. 하지만 소용없는 일이었다. 마음속의 온갖 생각들이 요동을 치고 있었다. 아래층에서는 아빠가 덜그럭 덜그럭 소리를 내며 주방을 부산스럽게 오가는 소리가 들렸다. 더스티는 침대에서 일어나 창가 쪽을 두리번거렸다. 눈이 그치고 땅거미가 내려앉고 있었지만, 이제는 제법 익숙해진 타오를 듯한 붉은빛이 변함없이 대기 위를 드리우고 있었다. 더스티는 붉은빛을 응시하며 소년의 말을 다시 한 번 곰곰이 생각했다.

이건 빛 때문이야.

"그런데 뭐가? 대체 뭐가 빛 때문이라는 거지?"

그때 마치 더스티의 의문에 대한 반응이기라도 한 듯, 소년의 응답이 아닐까 싶은 말이 마음속에 떠올랐다.

넌 네 자신에게 가장 큰 수수께끼가 조쉬라고 생각하지? 하지만 그렇지 않아. 가장 큰 수수께끼는 다른 거야.

"다른 거, 뭐?"

더스티가 낮게 속삭였다. 이번에는 아무 대답이 없었다.

더스티는 붉게 물든 황혼을 물끄러미 바라본 다음 커튼을 치고 다시 침대로 다가갔다. 이젠 정말로 잠을 자고 싶었다. 더스티는 조쉬 오빠의 사진을 꺼내 몇 분간 뚫어져라 바라본 후 제 자리에 놓고 다시 잠을 청했다. 정신을 차리고 보니 방문 두드리는 소리가 들렸다. 더스티는 깜짝 놀라 침대에서 일어나 앉았다. 얼마나 잤는지 알 수 없었다. 또다시 노크 소리가 들리더니 곧이어 아빠가 큰소리로 더스티를 불렀다.

"더스티? 안에 있니?"

더스티가 대답하기도 전에 문이 열리고 아빠의 얼굴이 나타났다.

"휴우, 방에 있었구나."

아빠는 초조해 보였고 더스티를 약간 조심스럽게 대하는 것 같았다.

"그럼 내가 어디에 있는 줄 알았어?"

"모르겠어. 아빤 그냥…."

아빠가 어깨를 으쓱해 보였다.

"아빤 그냥 네가 어디 놀러나갔나 했지. 아빠는 네가 어디 나가는 거 탐탁지 않아, 알겠니? 오늘 밤은 아무 데도 나가지 않았으면 좋겠구나."

"자고 있었어."

"아, 이런. 깨워서 미안."

아빠가 기운을 차리며 말했다.

"괜찮아. 나한테 뭐 부탁하러 온 거 아니야? 아니다, 날 감시하려고 올라왔구나?"

"아니야, 당연히 뭘 좀 부탁하고 싶어서 왔지. 평소처럼 아빠 좀 도와줄 수 있겠어?"

"무슨 말이야?"

"침대 위에 옷가지들을 올려놓았어. 그런데 도대체 뭘 입어야 할지 알 수가 있어야지…."

"아, 물론이지. 어디 한번 봐봐."

더스티는 아빠의 침실로 따라가 셔츠며, 재킷, 바지들이 침대 위에 잔뜩 펼쳐진 걸 보았다. 아빠가 침대 한편에 배합해 펼쳐놓은 옷들을 고갯짓으로 가리켰다.

"아빠 생각에는 이 셔츠하고 이 바지에 이 재킷을 입으면 어떨까 싶은데?"

"어우, 말도 안 되는 소리 하지 마. 그렇게 입으면 어떻게 해."

"뭐가 어때서?"

"그렇게 입으면 촌스럽고 요란해 보인단 말이야. 기다려봐."

더스티는 옷가지들을 잠시 찬찬히 살펴보았다.

"내가 선물한 파란색 셔츠는 어쨌어?"

"옷장에 있지."

"꺼내봐."

"뭐라고?"

"꺼내보라고."

아빠가 더듬더듬 옷장 속을 뒤지더니 마침내 셔츠를 끄집어냈다. 더스티는 청바지를 들고 있었다.

"청바지 위에 이 셔츠를 입어."

"그건 너무 평상복처럼 보이지 않겠어?"

"격식 없이 편하게 보이고 싶은 거잖아. 저녁은 집에서 먹을 거니까 재킷은 안 입어도 돼."

"재킷도 입지 마?"

"절대 입지 마. 너무 격식 차리는 거 아빠도 싫잖아. 저 바지에 이 셔츠. 아빠한텐 이 차림이 딱이야."

"그럼 신발은?"

"운동화 있잖아. 저 운동화 말고, 제일 좋은 운동화로."

"너 지금 장난치는 거지."

"이렇게 입어. 아빠한테 아주 잘 어울려."

"네가 정 그렇다면야. 그런데 넌 뭘 입을 거니?"

"그냥 지금 입고 있는 거 입지 뭐."

"그래도….'

"아빠, 난 아빠하고 아줌마랑 같이 저녁 안 먹을 거야."

"물론 그러시겠지."

"바보같이 그러지 마. 오늘은 헬렌 아줌마하고 단둘이 오붓하게 보내. 난 괜히 끼어봤자 방해만 될 테니까."

"그래도 네가 헬렌을 만났으면 하는데."

"만날게. 아래층에 내려와서 공손하게 인사한 다음, 두 분을 남겨두고 조용히 올라가면 되잖아."

"밖에는 나가지 않았으면 좋겠다. 더구나 오늘 밤에는. 조금 전에도 말했지만 말이야."

"내 방에 있을게."

"좋아, 그럼 지금 내려와서 뭐라도 좀 먹어. 헬렌이 집에 와 있는 동안 너를 굶길 수는 없잖니."

두 사람은 아래층으로 내려갔고, 아빠는 더스티에게 콜리플라워 치즈(콜리플라워에 체다치즈를 올려 오븐에 가열한 일종의 그라탕 - 옮긴이)를 만들어주었다. 더스티는 아빠가 여전히 불안해하고 있다는 걸 의식하면서 또한 자신의 마음속에 한 가지 생각이 점점 커지고 있다는 사실을 인식하면서, 아무 말 없이 음식을 먹었다. 아까 경찰이 했던 말, 잠시 까맣게 잊고 있었는데 아무래도 그 말의 의기가 무엇인지 끝까지 추적해야 할 것 같았다. 비록 오늘 밤엔 나가지 말라고 아빠가 신신당부를 하긴 했지만, 그럼에도 불구하고 모종의 결정을 내리게 될 터였다.

그때 더스티의 휴대전화에서 문자메시지 신호음이 울렸다. 더스티는 카말리카가 보냈을 거라고 예상하며, 둘은 여전히 친구라는 사실에 안도하면서 손을 뻗어 전화기를 집었다.

'빔이 네 전화번호 알려줬어 먼저 가버려서 미안 난 싸움이 무서워 너 괜찮니? 안젤리카'

"누구한테 온 거니?"

아빠가 조리대 위로 몸을 구부리며 말했다. 더스티가 막 대답하려는 순간, 현관 벨이 울렸다. 아빠는 깜짝 놀라며 현관을 향해 몸을 휙 돌렸다.

"이를 어째! 헬렌이 너무 빨리 왔는걸!"

"오, 좋은 징조인데."

"아무 준비도 못했는데 좋은 징조는 무슨 좋은 징조."

"내가 문 열어드릴까?"

"그래 줄래?"

아빠는 잔뜩 흥분해서 손으로 머리카락을 쓸어 넘기랴 옷이 묻은 먼지를 털어내랴 정신이 없었다. 그러다가 문득 동작을 멈추고는 더스티를 바라보며 말했다.

"아니다, 내가 문을 열어주지 않는다고 예의 없다고 생각하지 않을까?"

"아빠, 괜찮아. 내가 문 열어드릴게. 아빠는 몸단장이나 해."

"너 식사는 어떻게 하고?"

"다 먹었어. 볼래?"

더스티는 다 먹은 접시를 아빠에게 건네주고, 현관 마루로 걸어 나와 현관문을 열었다. 계단 위에는 엄마가 서 있었다.

"안녕, 더스티!"

더스티는 할 말을 잃은 채 멍하니 그녀를 바라보다가 간신히 마음을 추슬렀다. 어쨌든 이 사람은 엄마가 아니었다.

"내 이름은 헬렌이야."

엄마와 닮은, 그것도 겁이 날 정도로 아주 똑같이 닮은 여자였다. 하지만 엄마하고는 달랐다. 머리카락은 좀 더 길고, 얼굴은 좀 더 동그랗고, 웃는 모양도 달랐다. 미소는 엄마보다 더 따뜻하고 덜 복잡했다.

"만나서 반갑다."

목소리도 달랐다. 더 낮고 차분했다. 아빠가 성큼성큼 다가왔.

"헬렌, 왔어요?"

"안녕하세요."

헬렌이 아빠의 볼에 입을 맞추었다.

"잘 지내셨지요?"

"그럼요. 고마워요. 정말 반가워요. 주방으로 들어오세요. 아무래도 식사를 준비하려면 한참 걸릴 것 같아요."

"아빠는 전형적인 요리사라니까요."

더스티가 말했다. 헬렌이 소리 내어 웃었다.

"준비하느라 서두르지 마세요. 전 길에 미끄러져 눈 더미 속에 차를 처박지 않고 무사히 여기에 도착한 것만으로도 천만다행이라고 생각하니까요."

모두들 현관을 지나 주방으로 향했다.

"앉아요."

"고마워요."

헬렌이 식탁 앞에 앉았다.

"하던 요리 마저 해도 괜찮겠어요?"

"물론이지요."

헬렌은 잠시 주방을 두리번거리더니 더스티에게 시선을 고정시켰다.

"문 앞에서 날 봤을 때 조금 놀라는 것 같더구나."

"죄송해요. 무례하게 굴려던 건 아니었어요."

"아, 정말 괜찮아. 내가 네 엄마하고 너무 닮아서 많이 놀랐나보구나."

더스티는 헬렌 아줌마를 물끄러미 바라보다가 아빠를 빤히 쳐다보았다. 아빠는 고개를 저었다.

"아직 더스티한테 아무 말도 안 했어요."

아빠가 헬렌을 보며 말했다.

헬렌은 묘하게 전염성 있는 특유의 웃음으로 소리 내어 웃더니 고갯짓으로 방 한구석을 가리켰다. 더스티는 고개를 돌려 같은 곳을 바라보았다. 이내 헬렌이 왜 그러는지 이해했다. 냉장고 위에 가족사진이 걸려 있었던 것이다. 네 식구 모두 모여 찍은 마지막 가족사진이었다. 불과 2년 전만 해도 엄마는 분명 헬렌 아줌마와 아주 비슷했다. 더스티도 어려 보였지만 아빠는 눈에 띄게 젊어 보였다. 조쉬 오빠는 더스티가 늘 마음에 간직하고 있는 2년 전 모습 그대로였다.

"미안해요, 헬렌. 진즉에 사진을 떼었어야 하는데."

"사진을 떼다니요. 그런 생각 하지 마세요. 당신 가족은 당신 인생의 일부예요. 전 아직도 거실에 전남편 사진을 걸어놓은걸요."

"그 사람이 밉지 않으세요?"

더스티가 물었다.

"그가 아줌마를 버렸잖아요."

"더스티."

아빠가 말했다.

"그건 좀 개인적인 질문인 것 같구나."

"아니에요, 괜찮아요. 당신도 더스티도 궁금한 것이 있으면 무엇이든 물어보세요."

헬렌이 더스티를 보며 말을 이었다.

"전남편을 미워하지는 않지만 그렇다고 사랑하지도 않아. 그를 사랑하지 않은 지 몇 년 됐단다. 전남편이 다른 사람과 같이 떠나버린 것도 아마 그래서일 거야. 그 사람은 올 연말에 재혼할 거란다."

"아."

"이젠 그 사람하고 연락할 일도 별로 없어. 그는 내 아들과 함께 뉴질랜드에 살거든."

"그와는 잘 지내나요? 아, 그러니까, 아줌마 아들하고요."

"그럼, 아주 잘 지내지. 하지만 그 애는 그 애 나름의 삶이 있고, 아마도 뉴질랜드에 정착하게 될 것 같아. 난 정말 괜찮단다. 내겐 여전히 리디아가 있으니까."

"리디아는 아줌마 딸이에요?"

"응. 지금 대학생이란다."

더스티는 자기 앞에 있는 이 여자를 관심 있게 지켜보았다. 헬렌 아줌마에게는 사람을 기분 좋게 만드는 산뜻함과 솔직함이 있었다. 아줌마의 말은 평소 엄마가 그랬던 것과는 달리 숨은 저의로 가득 차 있는 것 같지 않았다. 아빠는 안절부절 못했다. 더스티와 헬렌 두 사람과 한자리에 있는 것이 이만저만 거북한 게 아닌 모양이었다. 더스티가 손을 내밀었다.

"만나서 반가웠어요."

"나도."

헬렌 아줌마가 더스티의 손을 꼭 잡으며 말했다.

"저녁 맛있게 드세요."

"고맙다."

"지금 작별인사까지 해야 할 것 같아요."

"오늘 밤엔 다시 못 보는 거니?"

"아마도 제가 오늘은 일찍 잘 것 같아서요."

더스티는 아빠가 자신을 쳐다보고 있는 걸 느꼈다.

"내 방에 있을게, 아빠."

더스티는 이렇게 말하고 서둘러 주방을 나왔다. 그런 다음 문을 닫고 얼굴을 찡그리며 주방 앞에 멈춰 섰다. 이제 곧 실행할 계획을 떠올리니 겁이 난데다 또다시 아빠를 속여야 한다는 생각에 죄책감이 더했다. 어쩌면 소년에 대한 단서를 얻을 수 있는 절호의 기회일지도 모른다. 이 일은 확실히 위험을 감수할 만한 가치가 있었고, 신속하고 조용하게 움직인다면 자신이 밖에 나간 걸 아빠가 눈치채기 전에 집에 돌아올 수도 있을 터였다.

더스티는 최대한 시끄럽게 쿵쿵거리며 계단을 올라간 다음, 침실 밖 층계참에 그대로 선 채 침실 문을 열어 소란스럽게 문을 닫았다. 그리고는 현관 마루로 다시 살금살금 내려갔다. 닫힌 주방문 밖으로 아빠와 헬렌 아줌마의 목소리가 들렸다. 리디아의 대학생활에 대해 대화를 나누고 있었다.

더스티는 천천히 숨을 내쉬고 코트를 입었다. 주방에서는 여전히 똑같은 어조의 목소리가 흘러나왔다. 더스티는 목에 목도리를 두른 후, 허리를 숙여 부츠를 집어 들었다. 여기에서 부츠를 신다간 발각되기 십상이었다. 부츠 속에 발을 집어넣으려면 약간 힘을 줘야 하는데 그러다가 까딱하면 소리를 낼지도 모른다.

더스티는 부츠를 들고 거실을 빠져 나와 문이 닫힐 때 찰칵 소리가 나지 않도록 거실문을 반만 닫았다. 아빠는 현관문 닫는 소리를 귀신같이 알아챌 테고, 아빠가 듣지 못한다 하더라도 헬렌 아줌마가 알아챌 게 분명했다.

더스티는 부츠를 잡아 당겨 신고, 코트의 단추를 채우고, 목도리를 단단히 두른 다음, 혹시 무슨 소리라도 나서 들키지는 않을지 걱정이 되어 가만히 귀를 기울여보았다. 아무 소리도 나지 않았고, 심지어 아빠와 헬렌 아줌마의 목소리조차 들리지 않았다. 그제야 조금 안심이 됐다. 두 사람의 목소리가 더스티의 귀에 그처럼 아련하게 들린다면, 그들 역시 창문 열리는 소리를 거의 듣지 못할 터였다.

더스티는 창문의 손잡이를 만지작거렸다. 가볍게 짤깍하는 소리가 났지만 창문은 더 이상 아무런 문제를 일으키지 않고 캄캄한 어둠을 향해 살며시 열렸다. 더스티 앞으로 눈 덮인 골목이 넓게 펼쳐져 있었다. 더스티는 열린 창문 밖으로 나와 창문이 거의 닫힐 때까지 뒤로 밀어낸 다음, 헬렌의 차를 지나 스톤웰 공원으로 들어가는 정문을 향해 달리기 시작했다.

16

눈이 상당히 깊이 쌓였다. 지금은 더 이상 눈이 내리지 않지만 공기는 어느 때보다 차가운 것 같았다. 더스티는 지금 이 일에 온 신경을 집중하려 애썼다. 이렇게 다시 혼자 밖에 나오는 것이, 특히나 어둠이 짙게 내려앉은 이런 시간에 밖에 나오는 것이 얼마나 위험한 짓인지 잘 알았다. 소년의 주장대로 소년에게 적대적인 사람들이 그렇게 많다면, 더스티 역시 온갖 부류의 불쾌한 사람들과 부딪칠 수도 있으며, 어쩌면 그들 가운데 소년 자신이 가장 위험한 인물일지도 몰랐다.

경찰은 소년을 가까이 하지 말라고 말했었다. 하지만 그런 말에도 불구하고 더스티는 그럴 수 없으리라는 걸 잘 알았다. 두려움이 아무리 클지라도 소년을 찾아야 한다. 소년이 조쉬 오빠에 대한 수수께끼의 해답을 알고 있다고 누군가 속삭이는 것만 같았다. 하긴 어쩌면 다른 일에 대해서도, 그것이 무엇이건 소년이 말했던 더 큰 수수께끼에 대해서도, 소년은 해답을 쥐고 있을지 모른다.

더스티는 주차장 정문에 도착해 울타리 사이를 비집고 들어갔다. 추격을 당했던 일, 뒤쫓아 오던 개들, 남자들과의 맞닥뜨림 등 어젯밤의 기억들이 물밀듯 밀려왔지만 그 모든 기억들을 털어내고 숲을 향해 서둘러 걸음을 옮겼다. 온 사방에 부드러운 눈송이들이 쌓여 있었다. 어디를 둘러봐도 발자국 하나 찍힌 곳이 없다. 어느덧 작은 숲에 다다랐고, 숲 사이로 계속해서 걸음을 옮겼다. 여전히 그 어디에도 사람의 흔적은 찾아볼 수 없었다. 사방이 고요했다. 숲 끄트머리에 멈춰 서서 주변을 둘러보았다.

고요함, 순백의 눈, 정적인 공기. 한밤중의 서늘한 조각물. 어둠에 기대어 어슴푸레 빛을 반사하는 땅. 더스티는 어린이 놀이터를 가로질러 승마길로 이어지는 정문을 향해 걸었다. 자신의 발 밑 반짝이는 눈 위에서 점점 줄어들었다 마침내 사라져버린 발자국들을 마음속으로 그려보았다. 정문 아래, 바로 이곳에서 발자국이 완전히 끝이 났었다. 더스티는 정문까지 죽 걸어가 그 앞에서 멈추었다.

또다시 밤의 침묵이 시작됐다. 더스티는 정문의 쇠 문살 사이로 그 너머를 응시했다. 승마길은 부드럽고 새하얀 눈으로 뒤덮였으며, 적어도 더스티의 눈길이 닿는 곳까지는 발자국 하나 없이 매끄러웠다. 승마길 저 너머 황무지가 장막처럼 드넓게 펼쳐졌다. 더스티는 정문을 타고 넘어갔다. 장갑에 닿는 쇠의 느낌은 차가웠고, 좀 더 굵은 쇠 문살들 위에 쌓인 눈 때문에 장갑이 흠뻑 젖었다. 더스티는 정문 반대편 땅 위에 미끄러지듯 안착한 다음 노울로 이어지는 좁은 길을 향해 승마길을 따라 달렸다.

추위가 살을 엘 듯 매서웠다. 사방에 뒤덮인 눈은 너무도 환해서 마치 감각의 세계로부터 고립된 삶의 한 구석에 갇혀버린 것 같은, 자기 자신으로부터 분리되어버린 것 같은 느낌이 들 정도였다. 더스티는 걷고 또 걸었다. 아득히 멀리서 웅웅거리는 소리가 들려왔다. 아마도 한밤중 도로를 달리는 차량 소리인 듯싶었지만 확실하지는 않았다. 마치 정신이 육체로부터 이탈해 자기 외에는 아무것도 움직이지도 숨을 쉬지도 않는 어떤 장소를 빠져나가고 있는 듯한 느낌이었다.

하지만 이런 느낌도 잠시, 걸으면 걸을수록 점점 깊은 환상 속을 헤매는 것 같은 기분이 들었다. 새까만 하늘과 어스레하게 빛나는 눈, 콧구멍을 살며시 드나드는 차가운 공기, 심지어 잠잠하던 자신의 생각들까지 주변의 모든 것들이 깨어 일어나 자신을 주시하고 의식하는 것 같았다. 또다시 밤의 정적이 더스티를 향해 밀어닥쳤다.

이제 노울로 이어지는 좁은 길에서 걸음을 멈춰 주변을 둘러보았다.

사방 어디에도 사람의 흔적은 보이지 않았다. 더스티는 여전히 침묵과 정적을 경계하며 계획했던 대로 승마길을 따라 걸음을 재촉했고, 그렇게 걷는 내내 혹시 저 앞에 위험이 도사리고 있지는 않은지 확인했다. 눈 때문에 사방이 환하게 번쩍거리기까지 해서 몸을 숨길 만한 장소를 꼼꼼히 알아보기가 불가능했지만, 어쨌든 주위에는 아무것도 없는 것 같았다. 승마길은 제법 넓었다. 하지만 눈 덮인 관목들이 양 옆으로 길게 늘어서 있어서 한 사람 정도는 얼마든지 숨을 수 있었다.

더스티는 다시 두려움과 싸우면서 연신 눈동자를 움직이며 계속해서 걸음을 옮겼다. 이제 얼마 남지 않았다. 두 주먹을 꽉 쥐고 걷고 또 걸어 마침내 승마길의 굽은 길을 돌아 사일러스 할아버지가 살고 있는 낡은 오두막을 발견했다.

더스티는 오두막을 빤히 쳐다보았다. 지붕은 군데군데 덧댔고, 사방 벽은 허름하고 지저분한 벽돌로 아무렇게나 쌓아 올렸으며, 창문은 안팎으로 덧문을 달아놓은 방 하나짜리 누추한 시골집이었다. 단 한 번도, 심지어 여름철에도 이 집에 창문이 열려 있는 걸 본 적이 없지만, 웬일인지 지금은 집 가장자리로 언뜻언뜻 가느다랗게 빛이 새어 나왔고 굴뚝 위로 조금씩 연기도 피어오르고 있었다.

어쩐지 시작부터 예감이 좋았다. 더스티는 할아버지가 혹시 외출하지는 않았을까 걱정했었다. 사일러스 할아버지에게 무슨 환영을 받으리라고는 기대하지 않았다. 누구도 할아버지에게 그런 걸 받아본 적이 없으니까. 하지만 할아버지를 잘만 구슬리면 할아버지가 보았다는 소년에 대해 뭔가 정보를 얻을 수 있을지도 모른다. 더스티는 서둘러 집 앞으로 가서 문을 두드렸다.

"사일러스 할아버지!"

더스티가 할아버지를 불렀다. 대답은 없었지만 오두막 안에서 사람이 움직이는 소리가 들렸다. 다시 한 번 할아버지를 불러보았다.

"사일러스 할아버지!"

"썩 꺼져!"

"사일러스 할아버지! 저예요! 더스티예요!"

"누군지는 알어. 썩 꺼지래도!"

"그 소년에 대해 여쭤보고 싶어서 왔어요."

"소년이고 나발이고 난 그런 거 몰러."

"할아버지 휴대전화로 전화 걸었던 소년 말이에요."

안에서 움직이는 소리가 아까보다 더 많이 들렸지만 할아버지가 밖으로 나오는 것 같은 기척은 전혀 없었다. 더스티는 문에서 한 걸음 뒤로 물러났다. 이런 일들이 전부 시간낭비일지도 모른다. 사일러스 할아버지는 최근 몇 년 동안 사람들을 대하는 태도가 점점 더 까다로워졌다. 워낙에 무던한 성격도 아니었지만, 요즘에는 툭 하면 싸우려 들어서 벡데일에 있는 대부분의 술집에서는 할아버지의 출입을 금지시킬 정도였다.

더스티가 다시 할아버지를 불러야 될지 말아야 될지 망설이고 있을 때, 놀랍게도 문이 빠끔히 열리더니 할아버지가 가만가만 밖을 내다보았다.

"사일러스 할아버지, 저예요."

더스티가 재빨리 말했다.

"나도 안다니께. 누가 아니라고 했나?"

할아버지는 더스티를 위아래로 훑어보았다. 집안의 꺼져가는 불꽃에 할아버지의 대머리가 반짝반짝 빛나고 있었다.

"여하튼 네가 너라고 했잖여. 나를 바보로 아는 거여?"

"아니에요."

"뭣 때문에 왔냐?"

"할아버지 휴대전화를 슬쩍한 남자아이 있잖아요…."

"난 휴대전화 같은 거 없다. 남자아이도 본 적 없고."

"그 말씀이 사실이 아니라는 거 알아요."

"본 적 없다니께 그러네. 아무것도 본 적 없단 말이여. 그리고 혹시 개 몇 마리를 끌고 다니는 사람들이 너한테 뭘 물어보러 오거든, 내가 암 말도 하지 않더라고 대답해라."

더스티는 눈살을 찌푸렸다. 그럼 그렇지. 그 남자와 그의 아들들 역시 무언가를 물어보러 왔던 것이다. 사일러스 할아버지가 예민하게 반응하는 것도 당연했다.

"사일러스 할아버지, 제 말 좀 들어보세요…."

"난 더 할 말 없다."

"할아버지를 성가시게 하려고 온 건 아니에요."

"더 할 말 없다니께."

"사일러스 할아버지, 개들은 죽었어요."

할아버지는 아무 말 하지 않았지만 그렇다고 문을 닫지도 않았다. 그는 눈동자를 이리저리 빠르게 움직이며 그 자리에 서 있었다.

"개들은 죽었다고요."

할아버지는 여전히 눈동자를 움직이며 어둠 속을 유심히 살피더니, 문득 더스티에게 시선을 고정시키며 말했다.

"개들이 죽는 걸 봤냐?"

"저, 꼭 그런 건 아니지만…."

"그래, 개들이 죽는 걸 봤어? 이를테면 개의 시체나 뭐 그런 걸 봤냐고."

"아니요, 하지만…."

"그럼 아무것도 아는 게 없는 거잖여. 어디서 소문만 듣고서는."

다시 한 번 침묵이 엄습해왔다. 할아버지의 눈동자가 또다시 어둠 속을 살피기 시작했다. 이제는 더스티의 눈동자 역시 어둠 속을 살피기 시작했다. 눈, 승마길, 눈 속에서 반짝이는 황무지. 아무래도 또 하룻밤을 꼬박 새게 될 것 같았다.

"할아버지한테 무슨 일이 있었는지는 모르지만… 그 사람들은 지금 여기에 없어요."

"네가 몰라서 그려."

할아버지가 더스티 뒤쪽을 살펴보았다.

"그놈들은 갑자기 나타난다거나, 뭐 그런단 말이여. 지금 당장은 여기에 없다가도 어느새 돌아보면 나타난다니께. 게다가 놈들이 데리고 다니는 개들이 어찌나 시끄럽게 짖어대고 으르렁대는지."

"개들은 죽었다니까요."

"개들이 죽었다 한들 뭐가 달라지겠냐? 그 놈이 죽지 않았는데. 그 못생긴 아들놈들도 버젓이 살아 있고."

"대체 그 사람들이 할아버지한테 무슨 짓을 한 거예요?"

"무슨 짓을 한 건 없어. 그냥 질문만 퍼붓고 갔지. 예의라고는 눈곱만큼도 없는 놈들. 하긴 경찰도 예의가 그 모양인데 뭐 할 말 있겠냐. 포니테일로 머리를 묶은 사내놈이 찍소리도 못하게 겁을 주고 갔다니께."

"그 남자가 할아버지를 위협했다면 경찰한테 말해야 하잖아요."

"그거야 당연허지. 안 그래도 그럴 거여."

할아버지가 문을 닫으려 했다.

"이제 너한테 더 할 말 없다."

"그 남자아이가 할아버지 휴대전화로 저한테 전화를 걸었어요."

할아버지는 동작을 멈춘 채 문고리를 꽉 붙잡았다.

"경찰이 저희 집에 왔었어요. 남자경찰 한 명하고 여자경찰 한 명이요. 브렛 경감하고 샤프 경위였어요. 할아버지가 말한 경찰이 그 두 사람 맞아요?"

"그럴지도 모르고, 아닐지도 모르고."

"경찰들이 손 코티지에 왔었어요. 할아버지 휴대전화로 우리 집에 전화를 건 통화 내역을 추적했대요."

더스티가 잠시 머뭇거리다가 말을 이었다.

"제가 어젯밤 늦게 그 소년한테 온 전화를 받았거든요. 그 아이가 우리 집 전화번호를 어떻게 알았는지 모르겠어요. 아무튼 우리 집에 전화를 걸었더라고요. 그 아이가 뭐라고 말했는지는 말씀드리고 싶지… 않아요. 아무한테도, 심지어 저희 아빠한테도 그 말은 안 했어요. 아빠하고 경찰은 제가 말 없는 전화를 받은 줄 알고 계세요. 하지만 그 아이는 제게 뭔가를 말했고, 전 그 말이 무슨 뜻인지 그 아이에게 물어봐야 해요."

할아버지는 아무 말 하지 않았지만 이제 차분한 눈동자로 더스티를 찬찬히 관찰하고 있었다.

"할아버지가 휴대전화 도둑맞은 걸 신고했다고 경찰이 말해줬어요. 할아버지가 전화기를 빗물 통 위에 놓아두셨다면서요."

더스티는 빗물 통을 흘긋 쳐다보았다.

"할아버지가 전화기를 두고 온 걸 떠올리고 가지러 갔을 땐 이미 전화기가 없어졌고, 그때 마침 소년이 황무지 저쪽으로 달아나는 걸 보셨다는 말도 해줬어요."

"난 아무것도 본 게 없다니께 그러네. 개미 새끼 한 마리 본 게 없어. 더구나 휴대전화고 뭐고 그런 건 가져본 적도 없어."

더스티는 한숨을 쉬었다. 사일러스 할아버지가 거짓말을 하고 있다는 걸 알았지만, 할아버지가 말하고 싶어 하지 않는데 억지로 입을 열게 할 수는 없는 노릇이었다. 할아버지는 포니테일로 머리를 묶은 남자가 자신에게 무슨 짓을 할지 몰라 겁에 질려 있는 게 분명했다. 어쩌면 할아버지는 소년도 무서워하고 있는지 모른다.

"알았어요, 강요하지 않을게요. 귀찮게 해드려서 죄송해요."

더스티는 승마길을 따라 돌아가기 위해 걸음을 옮기기 시작했다. 그런데 몇 발자국 떼기도 전에 할아버지가 뒤에서 자신의 이름을 부르는 소리가 들렸다.

"그건 우리 형하고 통화하려고 마련한 거여."

더스티는 걸음을 멈추고 뒤를 돌아봤다.

"뭐라고요?"

할아버지가 현관문 틈으로 더스티를 바라보고 있었다.

"우리 형하고 통화하려고 마련한 거라고."

할아버지가 나지막하게 중얼거렸다.

"할아버지한테 형님이 계신 줄은 몰랐어요."

"나한테 형이 있는지 아무도 몰라. 형은 평생 병을 달고 살았지. 몇 년 동안 집에서 같이 살다가 호스피스 병원으로 옮겼어. 난 40년 동안 단 한 번도 형을 보지 못했어. 그래서 휴대전화를 샀던 거여. 전화를 걸고 싶을 때 공중전화를 찾아 밖에 나가지 않아도 언제든지 호스피스 병원에 전화를 걸어 소식을 들을 수가 있으니까."

사일러스 할아버지는 더스티를 보면서 말을 이었다.

"그런데 한 번 써보지도 못했어. 전화를 건다 건다 하면서 자꾸 미루기만 했지. 호스피스 병원도 싫었지만 형이 다 죽어가네 어쩌네 하는 소리를 듣고 싶지 않았거든. 그렇다고 형을 찾아가 보지도 않았어. 심지어 병원 쪽에서 형이 도저히 회복될 기미가 보이지 않는다고 했는데도 말이여. 속으로는 갈 거다, 갈 거다, 골백번도 더 말했지. 그래놓고 한 번도 안 가본 거여. 그리고는 큰 맘 먹고 겨우 한 번 전화를 걸었는데, 그땐 이미 너무 늦어버린 거여. 아, 그 망할 형이 나를 두고 먼저 저 세상에 가버렸지 뭐여. 이제 난, 내가 형한테 뭘 원했는지 말할 기회를 영영 놓쳐버렸단 말이여."

할아버지는 코를 훌쩍였다.

"그러던 참에 휴대전화가 없어졌는데, 어떻게 된 게 오늘 보니 빗물 통 위에 다시 있더라니까."

더스티는 깜짝 놀랐다.

"뭐라고 하셨어요?"

"다시 찾았단 말이여. 누군지 모르겠지만, 휴대전화를 훔쳐갔다가 다시 제자리에 갖다놓은 거여. 그런데 전화기가 좀 이상해졌어."

"그게 무슨 말씀이세요?"

"전화기 전원을 켰더니만 이상한 소리들이 막 나는 거여. 전에는 한 번도 그런 적이 없었는데. 뭔가 단단히 문제가 생긴 거 같어."

"제가 좀 봐도 될까요?"

할아버지는 경계의 눈빛으로 더스티를 훑어보았다.

"뭐허게?"

"전화기 함부로 만지지 않을게요. 어쩌면 도와드릴 수 있을지도 몰라요."

할아버지는 잠시 망설이더니 집안으로 모습을 감추었다. 그러고는 잠시 후 문 앞에 다시 나타났다.

"옛다."

할아버지가 휴대전화를 내밀면서 퉁명스럽게 말했다. 더스티는 다시 집 쪽으로 다가가 전화기를 건네받았다.

"전화기에 아무 짓도 허면 안 된다."

할아버지가 경고했다.

"무슨 짓이요?"

"뭔진 모르것다만. 더 망가뜨린다든지 뭐, 그러지 말란 말이여."

전화기의 전원을 켜자 사일러스 할아버지가 이상한 소리를 듣게 된 원인이 무엇인지 즉시 알 수 있었다.

"그 이상한 소리 좀 내보세요."

"그게 무슨 말이여?"

"할아버지가 들은 소리를 흉내내보시라고요. 최대한 비슷하게요."

사일러스 할아버지는 더스티가 시키는 대로 소리를 내보았다. 어설프게 끽끽 소리를 냈지만 그만하면 충분했다.

"문자메시지가 온 거예요."

"문자 뭐?"

"문자메시지요. 문자메시지가 왔다는 걸 알려주려고 삑 하는 소리가 난 거예요. 액정 위에 보이는 이 표시 있잖아요. 이것도 문자메시지가 왔다는 걸 알려주는 거예요. 이해하시겠어요?"

사일러스 할아버지는 전화기를 보지 않았다. 그저 더스티의 얼굴만 물끄러미 쳐다보고 있었다.

"대체 뭔 소리여?"

"누군가 할아버지한테 메시지를 보냈단 말이에요."

"뭔 메시지?"

"이 버튼을 누르면 내용을 읽으실 수 있어요."

"네가 대신 읽어봐라."

"제 메시지가 아니라 할아버지 메시지인데요. 그럼 제가 메시지가 나오도록 할 테니까 할아버지가 직접 읽으세요."

"네가 대신 읽으라니까. 큰 소리로 읽어봐."

"정말로 제가 읽어도 되겠어요?"

"읽으라니까 그러네."

할아버지의 목소리에서 두려운 기색이 느껴졌다. 더스티가 액정 위에 메시지를 띄웠다.

"오늘 온 거네요."

"뭐라고 보냈는지 말해봐."

메시지는 짧았고 발신인을 밝히지 않았다. 더스티는 고요함이 감도는 한밤중에 큰소리로 메시지를 읽었다.

'휴대전화 가져가서 미안 이봐 힘 내 절대로 절망하면 안 돼'

그때 코를 훌쩍이는 소리가 들렸다. 더스티는 사일러스 할아버지를 쳐다보았다. 놀랍게도 할아버지가 엉엉 소리 내어 울고 있었다.

"왜 그러세요?"

"조나 형이 자주 하던 말이여."

"조나 형이요?"

"우리 형 말이여. 어렸을 때, 그러니까 형이 병에 걸리기 전에 우리는 수시로 이렇게 말하고 다녔어. '이봐 힘 내. 절대로 절망하면 안 돼.' 우리가 자주 이야기를 나누던 시절에 말끝마다 이 말을 붙이곤 했지. '이봐 힘 내. 절대로 절망하면 안 돼'라고 말이여. 넌 그 남자아이가 이 메시지를 보냈다고 생각하는 거여?"

"네."

"그런데 우리 형이 자주 하던 말을 그 녀석이 어떻게 아는 거지? 난 세상사람 아무한테도 그런 말을 한 적이 없는데."

더스티는 고개를 저었다.

"저도 어떻게 된 영문인지는 모르겠어요. 그 아이는 저한테 일어난 일들도 알고 있어요. 아마 다른 사람들의 삶도 알고 있는 것 같아요. 그런데 사일러스 할아버지, 저…."

사일러스 할아버지는 갑자기 경계심을 풀고 얼굴을 가까이 들이밀었다.

"왜 그러냐?"

"이 메시지가 맞다면요, 아마 할아버지 형님께서 자기는 괜찮으니 아무 걱정 말라고 할아버지한테 말해주는 걸 거예요. 만약 할아버지가 형님을 찾아가지 않아서 형님이 화가 나 있다면, 할아버지한테 이렇게 힘내라, 절대로 절망하지 마라, 이런 말 하지 않았을 것 같아요."

사일러스 할아버지는 잠시 아무 말이 없더니 불쑥 오두막 안으로 다시 모습을 감추었다. 하지만 이내 다시 더스티에게 돌아왔다.

"이걸 봐봐. 이걸 발견했다."

할아버지가 손을 뻗었다. 손에는 작고 하얀 물건이 쥐어져 있었다. 속이 텅 빈 약실藥室처럼 생긴 것 안에 구멍이 깊게 뚫려 있고, 표면에도 작은 구멍들이 송송 나 있는 매끄럽고 반짝이는 물건이었다. 약실처럼 생긴 것 가장자리에는 정교하게 조각이 새겨져 있어 마치 하얀색 나뭇잎 같다는 인상을 주었다. 하지만 이런 가녀린 이미지는 오래 계속되지 않았다. 이내 더 강한 이미지가 드러난 것이다.

"꼭 눈송이 같아요."

"뭐?"

"눈송이 같다고요. 보세요. 커다란 눈송이 같잖아요."

"눈송이 같은 소리 하고 있네."

사일러스 할아버지가 구시렁거렸다.

"이건 오카리나여."

더스티가 할아버지를 올려다보았다.

"오카리나요?"

"연주하는 악기 말이여. 거기 있는 그 구멍에 입을 대고 나머지 작은 구멍들에다가 손가락을 대고 불면 음이 나는 거여. 예전에 이걸 본 적이 있지. 종류가 얼마나 많은지 몰러. 모양이며 재질도 희한한 것들이 많지."

사일러스 할아버지가 더스티에게 오카리나를 내밀며 말했다.

"자, 가져가라. 난 이제 이런 거 필요하지 않으니까."

더스티가 할아버지에게 오카리나를 받아들었다. 금방이라도 부서질 것처럼 가벼웠다. 마치 눈송이처럼.

"이걸 어디에서 발견하셨어요?"

할아버지가 고갯짓으로 황무지를 가리켰다.

"저어기. 저쪽 눈 덮인 관목 옆에 있더라."

더스티는 그곳을 유심히 살펴본 다음 다시 할아버지를 보았다.

"소년이 달려가는 걸 보셨다는 곳이요?"

할아버지가 실눈을 뜨고 더스티를 보았다.

"난 아무것도 안 봤다니까. 알겠냐? 난 아무것도 안 봤다. 이제 그만 가봐라."

할아버지는 문을 당겨 닫아걸었고, 더스티는 이제 할아버지가 다시 밖으로 나오지 않으리라는 걸 알았다.

17

자기 방으로 돌아온 더스티는 오카리나를 자세히 살펴보았다. 이렇게 책상 램프 불빛으로 찬찬히 살펴보니 조각 하나하나가 얼마나 섬세하게 새겨졌는지, 악기 자체가 얼마나 정교하게 만들어졌는지 더욱 확실하게 알 수 있었다. 처음 사일러스 할아버지가 이것을 건네주었을 땐 동물의 뼈나 진흙으로 만들어졌을 거라고 생각했는데, 지금 보니 손으로 나무를 깎은 다음 하얗게 색을 입혔다는 걸 알 수 있었다. 악기에 새겨진 조각들과 마찬가지로 작은 구멍들 역시 완벽한 모양새를 이루어, 더스티가 승마길을 걸어오는 동안 강렬하게 받은 인상을 고스란히 전해주었다.

"너 정말 눈송이처럼 생겼구나."

더스티가 오카리나에게 말을 걸었다.

"연주하는 눈송이, 그러니까 말하자면…."

더스티가 잠시 생각한 다음 말을 이었다.

"눈송이 피리라고 하면 되겠어."

더스티는 이 이름이 마음에 들었다. 눈송이 피리.

"이제부터 너를 눈송이 피리라고 부를게. 다른 사람들은 그들이 원한다면 오카리나라고 부르게 해주지."

하지만 더스티는 다른 사람에게 보여줄 생각이 조금도 없었다. 이것은 소년에게서 온 것이다. 더스티는 그렇다고 확신했고, 사실상 소년이 만들었다고 믿는 것도 무리가 아니었다. 그러므로 소년하고만 공유할 물건이었다. 더스티와 소년 사이에 또 하나의 연결고리, 또 하나의 비밀이 생겼다. 더스티가 눈송이 피리를 들어 입술에 대고 음을 불려는 순간, 왜 그랬는지 모르겠지만 다시 책상 위에 올려놓고 말았다.

지금은 불지 않는 게 좋겠어.

더스티는 그것을 잠시 물끄러미 바라본 다음, 역시 도무지 알 수 없는 이유로 주머니에 손을 넣어 종이에 그린 얼굴 그림을 꺼내 들었다. 여전히 작고 동그랗게 구겨진 채였다. 더스티는 구겨진 자국을 폈다. 아직 얼굴 형태는 그대로였지만 약간 흐릿해졌고, 아까 눈송이가 떨어졌던 자리는 부분 부분 잉크가 지워져버렸다.

더스티는 경찰이 찍었다던 사진을 떠올렸다. 사진에서도 소년의 이미지가 점점 희미해지다가 끝내 완전히 사라져버렸다지. 이 그림 역시 점점 희미해지다가 아주 지워져버릴지 몰라. 더스티는 펜을 들어 얼굴 가장자리를 다시 그린 다음, 종이 위에 눈송이 피리를 올려놓았다.

묘하고 우스꽝스러운 조합이긴 하지만 이 조합이 상당히 마음에 들었다. 잠시 이대로 여기에 두어도 괜찮을 거라고, 더스티는 판단했다. 아빠가 불시에 방으로 들어올 경우를 대비해 책상 위를 원래대로 정리하는 것이 제일 좋겠지만, 이따가 제대로 잠자리에 들기 전에 그때 가서 감추기로 마음먹었다. 더스티는 책상 램프와 방의 불을 모두 끈 다음 침대에 누워 귀를 기울였다.

아빠와 헬렌 아줌마의 목소리가 들리지 않았다. 짐작컨대 두 사람은 저녁 내내 주방에서 나오지 않은 게 분명했다. 이 상태라면 살금살금 아래층으로 내려가는 건 식은 죽 먹기보다 더 쉬울 것이다. 하지만 바로 그때, 마치 이 생각에 반박이라도 하듯 아래층에서 발자국 소리와 목소리가 들려왔다. 곧이어 거실문 닫히는 소리가 들리더니 이내 음악 소리까지 울렸다.

더스티는 얼굴을 찡그렸다. 아빠가 더할 수 없이 우중충한 재즈 CD 하나를 틀었던 것이다. 더스티는 불안한 마음으로 귀를 기울였다. 좋은 인상을 심어주고 싶은 여자에게 틀어주기에는 정말이지 위험한 음악이었다. 설사 헬렌 아줌마가 지금은 예의상 꾹 참고 들어준다 하더라도 보나마나 내일이면 두 사람의 관계가 수포로 돌아갈 게 뻔했다. 만에 하나 헬렌 아줌마가 재즈 광팬이라면 문제는 완전히 달라지겠지만.

"제발 재즈 광팬이 되어주세요, 헬렌 아줌마."

더스티는 나지막이 중얼거렸다.

이제 슬슬 졸음이 몰려왔다. 책상 위에 놓아둔 것들을 치우고 이제 정말로 잠자리에 들어야겠다고 생각했다. 졸음이 걷잡을 수

251

없이 쏟아졌다. 아주 잠깐 선잠을 자는 동안, 불과 개의 송곳니 같은 날카로운 이미지들이 가슴을 찌를 듯 아프게 스쳐 지나갔다. 눈을 떴을 때 사방은 고요하고 캄캄했다. 더스티는 비틀거리며 침대에 걸터앉아 잠시 몽롱한 상태에서 왜 낮에 입던 옷을 아직까지 그대로 입고 있는지 어리둥절해했다. 곧이어 정신이 돌아와 시계를 흘끔 바라보았다.

새벽 1시 30분이었다. 아빠는 더스티에게 와보지 않은 게 분명했다. 아빠가 방에 왔다면, 더스티를 깨워 잠옷으로 갈아입히고 침대에 가서 누우라고 말했을 것이다. 책상 위에 놓인 물건에 대해서도 한마디 하고 지나갔을 게 분명하다. 그때 책상 위의 물건을 흘긋 바라보다가 그만 깜짝 놀라고 말았다.

책상 위에는 타는 듯 붉은빛이 섬뜩하게 번지고 있었다. 더스티는 그 자리에서 벌떡 일어섰다. 빛은 종이와 눈송이 피리에서 발하는 것 같았다. 천천히 책상 앞으로 다가갔다. 이제 좀 더 선명하게 볼 수 있었다. 타는 듯 붉은빛이 나는 것은 종이가 아니었다. 그것은 바로 얼굴 그림이었다. 눈송이 피리 역시 부드러우면서도 선명한 빛을 내뿜고 있었다. 더스티는 공기 중에 무언가가 흔들리고 있다는 걸, 깜깜한 한밤중에 무언가가 움직이고 있다는 걸 느꼈다.

더스티는 책상 앞에 앉았다.

눈송이 피리와 얼굴 그림은 여전히 빛나고 있었다. 잠시 망설이다가 머뭇머뭇 손을 뻗어 악기를 건드려보았다. 따뜻했다. 그 아래 놓인 종이 역시 따뜻했다. 한 손에 하나씩 두 가지를 모두 집어 들었더니, 온기와 빛이 두 팔 위로 전해졌다. 더스티는 두 물체를 다시 책상에 내려놓았다.

"이게 미쳤나."

더스티가 낮게 속삭였다. 아니면 내가 미친 건가. 더스티는 조쉬 오빠의 사진을 꺼냈다. 적어도 이건 이상한 짓을 하지 않았다. 촉감은 차가웠고 기묘한 빛도 내뿜지 않았다. 더스티는 주위를 자세히 살펴보았다. 책상의 붉은빛을 제외하면 눈에 보이는 것이라고는 온통 그림자뿐이었다. 대체로 익숙한 그림자들, 매일 밤 잠을 청하기 위해 마음을 가라앉히며 보곤 했던 방 안 가구의 그림자들이었다.

하지만 지금은 아무것도 믿을 수가 없었다.

"정말 이게 미쳤나."

더스티가 다시 중얼거렸다. 그리고는 곧이어 자리에서 벌떡 일어섰다. 아무래도 아빠에게 말해야 할 것 같았다. 이 일은 도저히 혼자서 감당하기 버거울 것 같았다. 서둘러 방을 나와 아빠 방으로 향했다. 방 안에서 낯익은 숨소리와 편안한 숨소리가 들리자 두 사람을 방해하게 될 것이 미안해졌다. 하지만 아빠를 깨우지 않을 수 없었다. 이렇게 걱정스러운 짐을 지금 당장 아빠와 함께 나누어야 할 것 같았다. 마침내 방문을 연 더스티는 순간 온몸이 딱딱하게 굳어버렸다.

두 사람이 나란히 침대에서 자고 있었다. 더스티는 그 자리에 서서 두 사람을 말똥말똥 내려다보았다. 생소한 감정의 기류들이 밀려왔다. 두 사람이 2층으로 올라왔을 때 더스티는 잠들어 있었던 게 분명했다. 아래층에서 재즈가 울리는 소리를 들은 기억은 나지만 음악소리가 그치는 걸 들은 기억은 없었다. 어쩐지 아빠가 자기 방에 와보지 않더라니.

더스티는 헬렌 아줌마를 자세히 들여다보면서, 이번에도 아줌마가 엄마와 무척 닮았다는 생각을 했다. 아빠의 어깨 위에 팔을 얹은 모습을 보니 아줌마는 영락없는 엄마였다. 두 사람은 더스티가 와 있는 줄 까맣게 모른 채 깊이 잠이 들었다. 더스티는 살그머니 자기 방으로 돌아와 문을 닫으며 방 안에 까만 어둠을 들여보냈다. 그러자 갑자기 덜컥 겁이 났고, 책상 위에 퍼진 붉은빛이 무서워졌다.

"아니야. 이런 걸로 무서워해서는 안 돼."

더스티가 중얼거렸다. 다시 책상 앞에 자리를 잡고 앉았다. 이제 빛은 두 개의 물체 주위에서 흔들흔들 춤을 추었고, 그러자 어둠조차 이 빛에 붉게 물든 것 같았다.

이건 빛 때문이야.

마음속에서 소년의 목소리가 울리는 것만 같았다.

그 순간 더스티는 자신이 아직도 조쉬 오빠의 사진을 꼭 쥐고 있다는 걸 깨닫고 깜짝 놀랐다. 눈송이 피리와 얼굴 그림 가까이에 오빠의 사진을 내려놓자 두 물체에서 발산하는 빛이 오빠의 얼굴 위로 조용히 번졌다. 마음속에서 또다시 음성이 들려왔다.

넌 네 가장 큰 수수께끼가 조쉬 오빠라고 생각하지. 하지만 그

렇지 않아. 가장 큰 수수께끼는 다른 거야.

"다른 거라니."

더스티가 빛을 응시하며 속삭였다. 책상 서랍을 열어 얼굴 그림과 눈송이 피리를 내려놓고 다시 서랍을 닫았다. 그러자 빛이 사라지고, 책상 위에는 사진 속에서 두 눈을 말똥말똥 뜨고 있는 조쉬 오빠의 거무스름한 얼굴 윤곽만 남았다. 밤의 침묵이 또다시 더스티를 엄습했다.

"조쉬 오빠."

더스티가 중얼거렸다. 그때 휴대전화에서 문자메시지 신호음이 울렸다. 책상 램프를 켜고 전화기를 확인했다.

'더스티 제발 괜찮은지 알려줘 안젤리카'

더스티는 얼굴을 찡그렸다. 안젤리카에 대해 까맣게 잊어버리고 있었다. 더스티는 안젤리카가 보낸 이전 메시지도 확인했다.

'빔이 네 전화번호 알려줬어 먼저 가버려서 미안 난 싸움이 무서워 너 괜찮니? 안젤리카'

더스티가 답 문자를 보냈다.

'난 괜찮아'

그러자 거의 동시에 답 문자가 날아왔다.

'얘기 좀 할 수 있어?'

더스티는 한숨을 내쉬었다. 깜깜한 새벽이었고, 실은 누구하고라도 이야기하고 싶은 마음이 간절했다. 상대가 거의 모르는 사람이라 할지라도. 더스티는 낮에 맥 아저씨의 커피하우스에서 만난 여자아이를 떠올렸다. 자기와는 별로 공통점이 없는 아이였지만, 잠 못 이루는 열다섯 살 두 소녀는 어쩌면 잠시 동안이나마 서로에게 도움이 되어줄 수 있을지 모른다. 더스티가 답 문자를 보냈다.

'네가 좋다면'

몇 초 만에 전화벨이 울렸다.

"여보세요?"

"더스티니? 더스티 맞아?"

"맞아."

"안녕."

"안녕."

잠시 침묵이 흘렀다.

"잠이 안 왔니?"

"응. 더스티, 저… 너 괜찮니?"

더스티는 선뜻 대답이 나오지 않았다. 하고 싶은 말도 너무 많았고, 하고 싶지 않은 말도 너무 많았다.

"무슨 말이야?"

마침내 더스티가 대답했다.

"아까 싸웠잖아."

"아, 그거. 응, 괜찮아."

"너 크게 다칠 수도 있었어."

"아니, 그랬을 리 없어. 언제나 조금 있으면 빔이 합류를 하니까. 그리고 감히 럭비 최강팀 프롭(prop, 럭비의 포워드 포지션 중 하나.

스크럼을 짤 때 기둥역할을 하기 때문에 작은 체격에 강한 체력을 갖추는 것이 필수다 – 옮긴이)을 함부로 건드릴 인간은 아무도 없을걸."

"하지만 빔이 가세하지 않았어도 넌 공격했을 거야. 네가 그랬을 거라는 거 난 알아. 네가 그런 아이라는 거, 난 안다고."

더스티는 아무 말도 하지 않았다.

"아니니?"

안젤리카가 재차 따져 물었다. 더스티는 대답하지 않았다. 조쉬 오빠의 사진만 빤히 내려다볼 뿐이었다. 사진 위로 눈물 한 방울이 툭 떨어지자 조쉬 오빠의 얼굴이 반짝거렸다. 더스티는 자신이 울고 있다는 사실도 미처 깨닫지 못한 채 눈물을 훔쳤다. 수화기 저편에서 긴장감이 느껴지는 것으로 보아 안젤리카가 아직도 대답을 기다리고 있는 것이 분명했다. 하지만 이번에도 안젤리카가 먼저 입을 열었다.

"나, 레이븐 산에 있던 남자아이에 대해 알고 있어."

더스티는 의자에서 벌떡 일어났다. 조쉬 오빠의 얼굴이 어둠 속에서 여전히 반짝거리고 있었다.

"맥 아저씨가 말한 그 남자아이 말이야."

안젤리카가 말했다.

"네 친구들 앞에서는 아무것도 말하고 싶지 않았어. 그 아이들을 그렇게 잘 아는 편이 아니라서."

"나도 뭐 그렇게 잘 안다고는 할 수 없잖아."

"어쩐지 넌 전부터 알던 아이 같아."

더스티는 아무 대꾸도 하지 않았다.

"카말리카와 빔은 좋은 아이들이야. 하지만…."

"애써 변명하려고 하지 않아도 돼."

"너한테는 변명할래."

"그게 무슨 말이야?"

"나도 잘 모르겠어. 그냥… 어쩐지 너한테는 아무것도 숨기고 싶지 않다는 생각이 들어서."

"왜?"

"나도 몰라. 네가 날 마음에 들어 하지 않을까 봐 약간 두려워하는 걸지도 몰라."

"바보같이."

"어쩌면 그렇다는 거야."

"난 너한테 숨기고 말 안 하는 거 엄청 많은데."

"예를 들면?"

"그걸 너한테 말하면 숨긴다고 할 수 있겠냐, 안 그래?"

"그렇구나."

안젤리카가 큭큭 소리 내어 웃었다. 그 소리는 고요한 한밤중에 신기하게도 마음을 편안하게 해주었다.

"그 남자아이에 대해 말해봐."

더스티가 말했다.

"벡데일에 도착한 다음 날 그 남자아이를 봤어. 엄마하고 난 킬버리 무어 황무지로 산책을 나갔거든. 그날은 눈이 내리기 전이라서 산책하는 데 아무런 지장이 없었어. 잠시 머크웰 호숫가를 돌고 싶어서 기다란 돌제에서부터 시작해 그 근처 길을 따라 걸었는데, 한 1.5킬로미터쯤 가다 보니 허름한 오두막이 나오는 거야. 머크웰 호수 뒤로 100미터쯤 떨어진 곳에 있는 오두막이었는데, 그 위로는 작은 호수가 하나 있고 레이븐 산 쪽으로는 길 하나가 쫙 뻗어 있더라."

"그 집 나도 알아."

조쉬 오빠의 사진은 이제 제법 말라갔다. 더스티는 손가락으로 사진을 어루만지며 사진 속 얼굴을 쓰다듬었다.

"더스티, 우리 내일 만나는 거 어때? 그 남자아이를 본 장소를 알려주고 그날 무슨 일이 있었는지 말해줄게. 전화로 설명하는 것보다 그 편이 쉬울 것 같아."

더스티는 오빠의 얼굴을 계속 쓰다듬고 있었다.

"내일은 월요일이잖아."

더스티가 낮은 목소리로 투덜대듯 말했다.

"내일 어떻게 만나냐? 개학인데 학교에 가야지. 학생이 학교에 갈 생각은 안 하고 말이야."

이번에도 안젤리카 쪽에서 큭큭 거리는 웃음소리가 들렸다.

"미안. 지금이 몇 신지 깜박했어. 내 말은 오늘을 말하는 거였어. 오늘 만나자. 그러면 내가 그 남자아이를 봤던 곳으로 데리고 갈게."

더스티는 사진을 집은 다음 책상 서랍을 열었다. 눈송이 피리와 얼굴 그림에서 번지는 어렴풋한 빛이 허공 위로 꿈틀 꿈틀 피어올랐다. 더스티는 그것들 옆에 오빠의 사진을 내려놓고 서랍을 닫았다. 다시 어둠이 찾아왔지만 조쉬 오빠의 얼굴은 여전히 더스티의 마음에 남아 있었다.

"좋아."

더스티가 말했다.

18

 머크웰 호수는 유령이라도 나올 것처럼 정적이 흘렀다. 어젯밤 내리던 눈은 이제 완전히 그쳤지만 마지막으로 사정없이 펑펑 쏟아진 탓에 황무지며 주변의 산 위에는 여전히 발이 푹푹 빠질 정도로 두텁게 눈이 쌓였다. 머크웰 호숫가 북쪽에 솟아오른 봉우리 가운데 가장 높고 가까운 레이븐 산이 흰 눈에 덮여 반짝거렸다.
 더스티는 손에 호호 입김을 불면서 주차장을 가로질러 갔다. 다시 이곳에 오려니 어쩐지 좀 꺼림칙했다. 윌크스 교장선생님의 경고를 무시하기가 쉽지 않았던 것이다. 오늘따라 황무지에도 산 위에도 개미 새끼 한 마리 눈에 띄지 않았다. 이 자체만으로도 평소와는 분위기가 많이 달랐다. 보통 일요일 아침이면 많은 사람들이 어슬렁어슬렁 주위를 산책하러 나왔던 것이다. 수상한 형체에 대한 소문이 마을 전체에 쫙 퍼지고 있는 게 틀림없었다.
 안젤리카는 벌써 나와 있었다. 돌제 끝에 서서 머크웰 호수 위를 내다보고 있었다. 더스티가 안젤리카를 향해 달려갔다. 안젤리카는 더스티를 돌아보지도 않고 맞은 편 방향만 줄곧 뚫어져라 바라보고 있었다. 호수를 배경으로 선 안젤리카의 모습이 이상하리만치 아득해 보였다.

돌제 역시 마찬가지였다. 이 돌제는 유난히 길어 사실상 작은 부두에 가까웠지만, 한여름에 보트를 타려는 관광객들을 상대로 하는 허름한 매표소 하나만 달랑 놓여 있을 뿐 다른 건물은 아무것도 없었다. 거의 1년 내내, 심지어 겨울에도 돌제 양 옆으로 대여섯 척의 작은 배들이 정박되어 있지만 오늘은 한 척도 볼 수 없었고, 돌제 위를 돌아다니는 사람 역시 한 명도 보이지 않았다. 황무지나 주변 산들과 마찬가지로 이 돌제도 사람이 다니지 않는 쓸쓸한 장소가 되고 만 것이다. 이 눈 덮인 세상에 더스티와 안젤리카 두 사람이 처음이거나 마지막 방문자가 될지도 모른다.

더스티는 돌제 위로 올라가 안젤리카를 향해 다가가기 시작했다. 마침내 안젤리카가 뒤를 돌아 더스티를 보았다. 안젤리카는 미소를 짓지도 않았고, 더스티를 아는 체하지도 않았다. 안젤리카의 얼굴은 뒤편 호수만큼이나 차가웠다. 표정으로 보아 입을 굳게 다물고 있는 것 같았다. 그래, 지금 우리는 얼음공주다 이거지? 더스티는 이렇게 생각하면서, 이곳에서 자신을 기다리는 사람이 안젤리카가 아닌 카말리카였다면 하고 자기도 모르게 바라고 있었다. 그때 갑자기 안젤리카가 미소를 지었다.

"안녕, 더스티!"

안젤리카의 목소리가 지나치게 호의적으로 들렸다. 더스티는 이 여자아이를 어떻게 생각해야 할지 확신이 서지 않은 채 돌제를 따라 내려갔다. 눈 덮인 널빤지와 널빤지 틈새로 호수의 물결이 일렁이는 게 보였다. 더스티는 안젤리카와 시선이 마주쳤다. 안젤리카는 여전히 미소를 짓고 있었다. 마지못해 짓는 어색한 미소였다. 더스티는 돌제 끄트머리에서 걸음을 멈추었다.

"이런 세상에. 눈가에 시꺼멓게 멍이 들어버렸네."

안젤리카가 말했다.

"넌 괜찮아?"

안젤리카가 눈을 동그랗게 떴다.

"무슨 말이야?"

"좀 거북해 보여서."

"아."

"목소리도 불편하게 들리고."

안젤리카가 얼굴을 붉히며 다시 호수를 향해 돌아섰다.

"널 불편하게 하려고 그런 건 아니었는데…."

"네가 날 불편하게 한다는 말이 아니었어. 난 그저 네가 괜찮은지 알고 싶었던 거야."

"응, 난 괜찮…."

안젤리카는 얼굴을 찡그리더니 고개를 저었다.

"아니야, 너한테는 숨기려 해봐야 소용없겠어. 넌 분명히 뭐든 다 알아챌 테니까."

"네가 괜찮지 않은 건 아무나 척 봐도 알겠다. 대체 무슨 일이야?"

"여기 나와 있는 사람이 나 혼자밖에 없어서 좀 불안했나봐. 난 사람이 꽤 많을 줄 알았거든. 이렇게 아무도 없을 줄 알았다면 시내에서 만나 이쪽으로 같이 걸어오자고 할 걸."

"그래도 이젠 내가 여기 있잖아."

"난 그것도 약간 미심쩍었어."

"무슨 말이야?"

"네가 올 거라고 생각하지 않았거든."

"왜?"

"몰라. 난 그냥⋯ 어쩌면 네가 오고 싶어 하지 않을지도 모른다고 생각했어."

"왜 그렇게 생각했어?"

"모르겠어. 아마 사람들이 말만 해놓고 지키지 않는 경우를 너무 많이 경험했나봐."

안젤리카는 여전히 호수의 수면을 가만히 응시하고 있었다. 더스티도 몸을 돌려 안젤리카처럼 호수 위를 바라보았다. 둘 다 한참 동안 말을 하지 않았다. 두 사람의 발밑에는 호수 한가운데에서부터 가장자리를 따라 잔물결이 일렁거렸다. 물결이 뭍에 부딪쳐 찰랑찰랑 소리를 내더니 이내 다시 사방이 고요해졌다. 황무지며 주위의 산들은 저마다의 하얀 갈기를 드러내며 어슴푸레 빛을 발하고 있었다.

"이 호수 정말 크구나."

결국 안젤리카가 먼저 입을 열었다.

"응. 너비가 6.5킬로미터쯤 돼."

"깊어?"

"아주. 우리 키도 넘을 정도야."

"정말?"

"아래를 봐."

안젤리카가 아래를 내려다보았다.

"바닥이 보여?"

더스티가 말했다.

"아니, 그런데 좀 탁하다."

"뒤로 약간 나와서 널빤지 사이로 내려다봐봐."

둘은 몇 발자국 뒤로 물러서서 널빤지 사이로 호수를 내려다보았다.

"이제 바닥이 보여?"

"응."

"가장자리는 경사가 아주 완만해. 그러다가 갑자기 엄청 깊어지지. 유람선이 이곳에 잠깐 들를 수 있도록 사람들이 여기에 돌제를 만들어놨어. 여름에는 호수 주변으로 여행 오는 사람들이 아주 많거든. 그럴 땐 정말 괴로워. 여행객들로 바글바글해서 정신이 하나도 없다니까. 우리 아빠는 아주 질색하지. 엄청난 낚시광이거든. 그건 그렇고…."

더스티가 안젤리카를 돌제 끝으로 데리고 갔다.

"여길 봐봐. 바로 여기에서 호수 바닥의 경사가 급격하게 완만

해져."

"호수가 언 적도 있어?"

"가끔은. 지금도 막 얼까말까 하고 있어."

둘은 한동안 아무 말 없이 호수를 바라보았다.

"으스스한 게 어째 귀신이 나올 것 같아."

안젤리카가 말했다. 더스티도 똑같은 기분이 들었지만 겉으로는 태연한 척 말했다.

"어째서?"

"주위에 아무도 없잖아. 여기에 우리 둘밖에 없어. 그러니까 내 말은, 아까 말했듯이… 주위에 다른 사람들도 있을 줄 알았어… 그럴 거라고 생각했어. 에고, 우리 엄마가 우리를 봤으면 엄청 화내겠다. 엄마는 내가 또 맥 아저씨의 커피하우스에 간 줄 알거든."

"나 만날 거라는 말 안 했어?"

"우리 엄마는 너에 대해 전혀 몰라. 벡데일 고등학교에서 새로 사귄 친구들 몇 명 만나고 오겠다고만 말했어."

"뭣 때문에 그렇게 숨기려 드는 거야?"

"우리 엄마는 집착이 엄청 심하거든. 아빠가 돌아가신 후로 엄마는 내가 밖에 나가는 걸 굉장히 못마땅하게 생각해. 나까지 잃어버릴까봐 무서운 거지."

"아빠가 어떻게 돌아가셨는데?"

더스티는 잠시 망설이다가 다시 말을 이었다.

"저, 말하기 싫으면 굳이 말 안 해도 괜찮아…."

"자동차 사고를 당했어. 상대방 차를 제대로 보지 못한 거지. 그러다 그만 쾅! 그렇게 된 거야. 조금 전까지만 해도 아빠가 있었는데, 어느 순간부터 더 이상 아빠를 보지 못하게 된다는 거…."

안젤리카가 얼굴을 찡그리며 말을 이었다.

"정말이지 말도 안 되는 일 같아, 안 그러니? 눈 깜짝할 사이에 아빠를 잃어버리고, 남은 평생 동안 아빠를 그리워하면서 슬퍼하며 지내야 하다니 말이야."

안젤리카가 깊은 한숨을 쉬었다.

"어쩐지 평생 그렇게 살 것만 같아. 어쩌면 조만간 괜찮아질지도 모르지만."

"상대방 운전사는 어떻게 됐어?"

"상처 하나 없이 그냥 가버렸어."

"그 사람 과실이잖아."

"엄마 말로는 그렇대. 엄마는 그 운전사가 차를 멈출 시간이 있었다고 믿거든."

"너도 사고 현장을 봤어?"

안젤리카는 고개를 저었다.

"난 뒷좌석에서 자고 있었어. 기억나는 거라고는 차가 심하게 흔들려서 놀라 깨어보니 엄마가 비명을 지르고 있었고, 곧이어 눈에 들어온 게…."

안젤리카는 갑자기 말을 잇지 못했다. 그녀의 시선은 여전히 호수 위를 응시하고 있었다.

"더 이상은 얘기하고 싶지 않다."

"미안해. 처음부터 묻지 않았어야 했는데."

"괜찮아. 아빠 얘기를 꺼낸 사람은 나였는걸 뭐."

안젤리카가 입술을 깨물었다.

"가끔은 아빠에 대해 이야기하고 싶을 때도 있긴 한데, 아빠가 어떻게 돌아가셨는지에 대해서는… 말하고 싶지 않더라."

안젤리카는 잠시 생각에 잠겼다가 다시 입을 열었다.

"사람들은 지금쯤이면 내가 그날 일을 조금 잊어버렸을 거라고 생각하는 것 같아. 하지만 난 아직 그러지 못했어. 아직도 어제 일 같기만 한 걸."

"언제 있었던 일인데?"

"8년 전. 어쨌든 신경 쓰지 마."

안젤리카가 주위를 둘러보며 말을 이었다.

"지난번 맥 아저씨네 커피하우스에서 너를 당황하게 한 거, 정말 미안해. 빔한테서 조쉬 오빠 얘기를 들었는데, 그 얘기를 꺼내지 말았어야 했어."

"걱정 마. 원래 빔이 입이 좀 가벼워."

"빔은 정말 괜찮은 아이긴 하지만 뭐랄까 좀… 너도 알겠지만…."

"요령이 없지."

"맞아."

둘은 처음으로 서로를 바라보며 미소를 지었다.

"더스티?"

"응?"

"조쉬 오빠에 대해 뭐 좀 물어봐도 돼?"

"얼마든지."

"조쉬 오빠가 집을 떠난 후로 소식 들은 적 있니?"

"아니."

"그럼 어쩌면 너희 오빠는…."

안젤리카가 아래를 내려다보았다. 더스티는 잠시 안젤리카를 가만히 바라보다가 대신해서 말을 마무리 지었다.

"어쩌면 살아 있을 수도 있고, 어쩌면 죽었을 수도 있어. 그걸 우리가 무슨 수로 알겠니."

"아무 메시지도 안 남겼어?"

"글로 써서 남긴 건 없어. 사실은, 처음엔 우리 모두 전혀 걱정하지 않았어. 조쉬 오빠는 워낙 한번 나가면 며칠씩 집을 비우는 일이 많았거든. 그냥 사라지는 거지. 설명이고 뭐고 없이. 원래 그랬어. 늘 혼자 있고 반항적이고 언제나 싸움에 말려들고."

"너처럼."

더스티는 안젤리카를 빤히 쳐다보았다. 맞는 말이긴 하지만 잘 알지도 못하는 사람한테 이런 말을 하다니, 이 여자아이가 이상하게 느껴졌다.

"맞아. 어쨌든 오빠 성격이 원래 그랬고 결국에는 늘 다시 나타났기 때문에 우리는 전혀 걱정하지 않았어. 오빠는 자기가 어디에 있었는지 누구랑 있었는지 도통 우리한테 말을 하지 않아서 엄마 아빠는 그것 때문에 여러 차례 오빠한테 호되게 야단도 쳤었지. 하지만 아무 소용없었어. 오빠는 누구 말도 듣지 않았고, 아무리 야단을 쳐도 그게 그거였으니까."

"어휴, 내가 그랬으면 우리 엄마는 날 절대로 가만 안 놔뒀을 거야."

"당연하지. 그런데 조쉬 오빠는 모두들 눈감아줬어. 심지어 같이 치고받고 싸우던 사람들까지도 말이야. 오빠한테는 도저히 오랫동안 화를 낼 수 없었지. 정말 매력이 넘쳤거든. 오빠 말이라면 다들 껌뻑 넘어갔을 정도야. 선생님들도 다른 학생들도 엄마 아빠도 말이야. 엄마는 특히 더했어."

"그리고 너도?"

"그럼, 나도 물론이지. 오빠 말 한 마디면, 난 레이븐 산꼭대기에서도 뛰어내렸을걸. 그건 지금도 마찬가지야."

"그럼 너희 오빠는 어떤 식으로 메시지를 남겼는데? 네가 아까 그랬잖아. 글로 남긴 메시지는 없다고."

"집을 나간 지 며칠 후에 오빠가 집으로 전화를 걸었어. 그때 집에는 나 혼자 있었어. 오빠는 집에 돌아오지 않을 거라고 했지. 아주 잘 지내니까 오빠 걱정은 하지 말고, 오빠를 찾으려고도 하지 말라더라. 그 말을 끝으로 오빠는 더 이상 우리를 보고 싶어 하지 않았고, 집에 돌아오지도 않았어."

"그걸로 더 이상 연락이 없었던 거야?"

"응."

그때, 언제나 늘 그래왔듯이 더스티의 마음속에 조쉬 오빠의 마지막 말이 나지막이 울렸다.
미안해, 꼬마 더스티. 잘 있어, 꼬마 더스티.
더스티는 오빠의 이 말을 안젤리카에게 하지 않을 생각이었다. 더스티는 마지막으로 자신에게 이 말을 들려준 사람을 떠올렸다.
"그나저나 너 그 남자아이에 대해 말해주겠다고 했잖아."
"맞아."
하지만 안젤리카는 그 이야기를 하고 싶어 하지 않는 눈치였다.
"그 남자아이를 봤다며."
"응."
안젤리카가 주변을 살피며 말했다.
"그 아이를 봤던 장소를 보여줄게. 그런데 어쩐지 지금은 그곳에 가고 싶지 않아. 네가 옆에 있는데도 자꾸만 여기에 나 혼자 고립되어 있는 느낌이야."
"거기 갈 필요 없어. 어차피 나도 그 장소를 아니까. 거기가 숯가마꾼이 사는 작은 집 옆이라면서."
"다 쓰러져가는 그 집 말하는 거니?"
"응. 머크웰 호수 옆에 있는 집. 그 위쪽으로 작은 호수가 하나 있고. 네가 전화로 그렇게 말했잖아."
"맞아."
"그 소년을 봤던 장소가 거기야?"
"아니, 거기가 아니야. 엄마하고 나는 작은 호수 가장자리에 있었고, 그 소년은 레이븐 산 한참 위에 있었어. 우리는 소년이 그곳에 서 있는 걸 볼 수 있었지. 더플코트를 입고 있었고, 똑똑히 보이지는 않았지만 전에도 몇 번 본 적이 있어서 그 아이라는 걸 단번에 알았어."

"전에도 그 소년을 본 적이 있다고?"

"여러 번."

"가까이에서?"

"응."

"어디에서?"

더스티는 몸을 앞으로 기울이며 말했다.

"어떻게 생겼어?"

"보고 있으면 굉장히 이상한 느낌이 들고, 뭐라고 말할 수 없이 불안해져. 난 그 아이를 보면 온몸이 얼어버릴 것처럼 겁이 나."

"왜?"

안젤리카는 대답을 망설였다.

"내 말이 아주 이상하게 들리겠지만, 아무래도 그 아이는 나를 따라 전국을 돌아다니는 것 같거든."

"너를 따라서?"

안젤리카가 고개를 끄덕였다.

"내가 괜히 불안해하는 거라고, 어쩌면 내가 없는 이야기를 지어내는 거라고 생각한다는 거 알아. 하지만 네가 어떻게 생각하든 난 그 남자아이를 떼어낼 수 없을 것 같아. 내가 어딜 가든 가는 곳마다 나타나니까."

"그 남자아이를 처음 본 게 언젠데?"

안젤리카는 별안간 눈길을 돌렸다. 더스티는 대답을 기다려야 할지 재촉해야 할지 확신이 서지 않아 안젤리카를 가만히 바라보고만 있었다. 어쩐지 이 여자아이에게 점점 경계심이 느껴졌다. 이 아이에게 뭔가 석연치 않은 느낌이 드는데다, 갑작스런 이 침묵도 어딘가 수상쩍었다. 차마 입 밖으로 꺼내는 것조차 겁이 날 만큼 소년에 대한 기억들이 그토록 고통스러운 걸까. 아니면 단순히 그럴듯하게 거짓말을 꾸며대고 있는 걸까. 그때 갑자기 안젤리카가 더스티를 바라보았다.

"밀헤이븐에서였어. 그 남자아이는 길모퉁이에서 몸을 웅크리고 있었어. 연주를 하면서 말이야. 우스꽝스럽게 생긴 악기를 갖고 있었어. 하얗고 아주 자그마한 것이었지. 누군가가 그걸 보고 오카리나라고 했던 것 같아. 그걸 불면 아주 아름다운 소리가 나. 그 아이는 악기를 정말 잘 불었는데 공연 준비는 아주 허술했어. 소년이 있던 자리는 돈을 모으기 적당한 장소가 아니었거든. 공연을 하려면 그보다 훨씬 좋은 장소들이 얼마든지 있었어. 게다가 그 아이는 모자를 꺼내놓는다든가 동전을 모을 아무런 준비도 하지 않았더라고. 아무튼 그곳에서 처음 그 소년을 봤어."

"그래서 무슨 일이 있었어?"

"처음에는 아무 일도 없었어. 그런데 그 아이가 다른 장소에도 나타나기 시작했어. 내가 다니는 거리마다, 심지어 학교 가는 길에도 나타나는 거야. 난 슬슬 오싹해지기 시작했지. 어디를 가든 가는 곳마다 그 아이와 마주치는 것 같았거든."

"그 아이가 너한테 말을 걸거나 무슨 짓을 했어?"

"처음에는 아니었어. 정작 내 마음을 불안하게 만든 건 그 아이가 날 바라보는 방식이었어. 나만 그런 느낌을 받은 게 아니었어. 내 친구들 대부분이 나랑 똑같은 느낌이었다고 한목소리로 말했거든. 여자아이들뿐 아니라 남자아이들도 그 소년을 보면 기분이 으스스하다고 했어."

"왜?"

"그냥 그 아이가 바라보는 방식이 그렇대. 외모도 으스스하고. 그렇게 생긴 아이는 생전 처음 봤으니까. 그 아이는 피부색이 유난히 새하얘. 내 생각에 더플코트로 그 하얀 피부를 가리려고 하는 게 아닐까 싶어. 그래서 종종 후드를 푹 뒤집어쓰는 걸지도 몰라. 아무리 그래도 그 아이의 눈동자나 그 아이의… 그 아이의 태도까지 감출 수는 없어. 그걸 어떻게 설명해야 할지 모르겠지만. 아무튼 잠시 후 내가 그 아이 곁을 지나가는데, 그 아이가 뭐라고 말을 하기 시작하는 거야."

"무슨 말?"

"으으, 지금 생각해도 섬뜩하고 무시무시해. 그 아이는 내가 지금 하고 있는 생각이라든지 이제 막 하려는 말을 내뱉곤 했어. 정말이지 그 아이가 나를 알 턱이 없는데도 마치 나에 대해 속속들이 알고 있는 것처럼 말하지 뭐야. 너무 놀라서 온몸에 소름이 돋을 지경이었다니까. 내 친구들도 마찬가지였어. 그러던 어느 날…."

안젤리카가 다시 입을 다물었다. 더스티는 안젤리카를 가만히 바라보았다. 안젤리카는 손톱을 물어뜯으며 가쁘게 숨을 몰아쉬고 있었다.

"안젤리카?"

안젤리카가 더스티를 보았다.

"무슨 일이 있었던 거야?"

"나하고 제일 친한 친구가 행방불명이 됐어."

안젤리카는 여전히 손톱을 물어뜯으며 말했다.

"그리고 그 남자아이도 갑자기 사라졌어."

말똥가리 한 마리가 호수 위를 날다가 남쪽 호숫가로 사라졌다. 더스티는 눈으로 말똥가리를 좇고 있었다.

"그게 무슨…."

"그 아이가 내 친구를 끌고 갔어. 그 아이가 억지로 내 친구를 데리고 갔다고. 그 소년이 내 친구를 공업단지 외곽에 감금시켜버렸어. 그러고는 내 친구를 꼼짝 못하게 묶고 입에 재갈을 물려놓고 사흘 동안 수차례 성폭행을 했어."

더스티는 등골이 오싹해지는 기분이었다.

"내 친구는 겨우겨우 도망을 쳤어. 도망쳐 나와 엉엉 울면서 길거리를 헤매는 걸 사람들이 발견했고, 그때부터 그 친구가 당한 일에 대해 철저하게 수사가 이루어졌어."

"그 소년은 어떻게 됐어?"

"어디론가 사라졌는데 곧 경찰에 잡혔지. 그런데 자신은 아무 짓도 하지 않았다며 딱 잡아떼는 거야. 마치 내 친구가 다 꾸며낸 이야기라는 듯이 말이야. 하지만 정말 끔찍한 일은 따로 있어."

안젤리카가 조금씩 가까이 다가왔다.

"정말 끔찍한 일은 그 소년이 도망을 쳤다는 거야. 그 아이가 어떻게 빠져나갔는지 아무도 몰라. 그 아이는 유치장에 수감되어 있었어. 완전히 감금되어 있었단 말이야. 사람들이 아주 잠깐 그 아이만 혼자 두고 자리를 비웠는데 돌아와서 보니 없어졌대. 문은 여전히 굳게 잠겨 있었는데 그 아이는 없더라는 거야. 우리 삼촌이 역에서 어떤 사람한테 들었다면서 말해줬어. 그러니까 그 소년은 그냥 사라진 거지. 그런데 곧이어 다른 얘기들도 속속 들리기 시작하는 거야."

"다른 얘기들이라니?"

"그 소년을 보았거나 소년 때문에 좋지 않은 일을 겪은 사람들의 얘기. 여자아이들만 당한 게 아니더라고. 아무래도 그 소년은 누구든 부딪치기만 하면 문제를 일으키는 것 같아. 소년에게 불만을 가진 사람들이 한둘이 아니거든. 그 소년은 위험인물이야, 더스티. 난 지금 네게 그 남자아이가 아주 위험한 인물이라는 걸 말하고 있는 거야. 난 지금도 그 아이가 나를 찾고 있을까 봐 무서워."

"너도 확실히 아는 게 아니잖아. 그 아이가 이곳에 나타난 건 우연일 수도 있고."

"이곳만이 아니야. 내가 가는 곳이면 어디든 나타난다니까. 엄마와 나는 삶을 새롭게 시작하고 싶어서 밀헤이븐을 떠났어. 밀헤이븐에는 나쁜 기억들이 너무 많았거든. 특히 그 남자아이에 대한 기억들은 도저히 떨칠 수가 없더라고. 그래서 이 지역으로 이사하기로 결심했던 거야. 아주 완벽한 계획이라고 생각했지. 아름다운 주변 경치, 호수, 산, 황무지. 하지만 처음부터 벡데일로 온 건 아니었어. 이곳에 오기 전에 바로우미어에 먼저 들렀거든."

"거기 아주 멋진 도시잖아."

"맞아. 우리도 그렇게 생각했어. 그런데 그곳에서 소문이 돌기 시작하는 거야. 그곳 사람들 모두가 도시 주변을 돌아다니는 이상한 소년 이야기를 하고 있지 뭐야. 들어보니 그 남자아이와 인상착의가 똑같더라고. 보나마나 그 소년이 틀림없었지. 엄마하고 내가 경찰에 사실을 알리자 경찰이 우리 집에 찾아오긴 했는데, 사실상 우리가 그곳에서 직접 소년을 본 건 아니었기 때문에 우리가 할 수 있는 일이라고는 기껏해야 마을 사람들에게 우리의 이야기를 전해달라고 말하는 게 고작이었어."

"다음엔 어떻게 했는데?"

"이사를 했어. 남쪽으로 더 내려간 위더벡이라는 곳으로. 소년이 그곳에는 절대로 나타나지 않을 줄 알았거든. 그런데 아니었어. 그곳에서도 이상한 인물이 마을 주변을 어슬렁거린다는 이야기가 돌기 시작하는 거야. 우리는 이번에도 경찰에 이야기를 하고 벡데일로 다시 이사했어. 그런데 지금 또 이런 일이 일어나고 있는 거야. 그 소년에게는 어딘가 보통 인간과는 다른 면이 있는 것 같아."

더스티는 아무 말 하지 않았다. 뭔가 생각하려 했고, 방금 들은 이야기를 이해하려 했으며, 이 이야기를 어디까지 믿어야 할지 결정하려 애쓰고 있었다.

"그 남자아이, 이름이 뭐래?"

"그 아이가 자기 이름을 말했다는 얘기는 한 번도 들은 적이 없어. 경찰이 아이 이름을 입 밖으로 말한 적도 없는 것 같아. 그런데 사람들마다 그 아이를 부르는 이름이 천차만별인 거 있지."

더스티는 소년과 처음 전화통화를 했을 때 소년이 했던 말을 떠올렸다.

난 아주 많은 이름이 있어.

더스티는 그 이름들이 어떤 식으로 만들어졌을지 짐작이 갔다. 그리고 자신의 책상 서랍 속에 얌전히 놓여 있는 스케치 한 장을 떠올렸다.

"그래, 우리가 알고 있는 건 기껏해야 얼굴뿐이지."

더스티가 중얼거리며 말했다. 더스티는 안젤리카가 자신을 가만히 바라보고 있다는 걸 알아챘다.

"내 말이 믿기지 않는구나. 그래, 알겠어. 넌 내가 한 말을 한 마디도 믿지 않는구나."

더스티는 펜을 꺼낸 다음 손바닥을 내밀었다.

"얼굴을 그려봐. 내 손바닥에 그 소년의 얼굴을 그려보라고."

안젤리카는 내민 손바닥을 내려다볼 뿐 펜을 받아들지는 않았다. 대신 몸을 돌려 레이븐 산을 향해 시선을 던졌다. 빛이 드리워지기라도 한 듯 저 멀리 레이븐 산이 어슴푸레 반짝거렸다.
"굳이 소년의 얼굴을 그려볼 필요도 없어."
안젤리카가 말했다. 안젤리카는 눈 덮인 산봉우리를 고갯짓으로 가리켰다.
"저것하고 똑같이 생겼으니까. 아주 새하얗게 말이야."

― 2권에서 계속 이어집니다

눈과 불의 소년
프로즌 파이어 ❶

초판 1쇄 발행 2010년 1월 15일
초판 14쇄 발행 2023년 2월 1일

지은이 팀 보울러
옮긴이 서민아
펴낸이 김선식

경영총괄 김은영
콘텐츠사업본부장 임보윤
콘텐츠사업3팀장 이승환   **콘텐츠사업3팀** 김한솔, 김정택, 권예진, 이한나
편집관리팀 조세현, 백설희   **저작권팀** 한승빈, 김재원, 이슬
마케팅본부장 권장규   **마케팅2팀** 이고은, 김지우
미디어홍보본부장 정명찬   **디자인파트** 김은지, 이소영
브랜드관리팀 안지혜, 오수미, 송현석   **크리에이티브팀** 임유나, 박지수, 김화정   **뉴미디어팀** 김민정, 홍수경, 서가음
재무관리팀 하미선, 윤이경, 김재경, 안혜선, 이보람
인사총무팀 강미숙, 김혜진, 지석배
제작관리팀 박상민, 최완규, 이지우, 김소영, 김진경, 양지환
물류관리팀 김형기, 김선진, 한유현, 전태환, 전태연, 양문현, 최창우
외부스태프 일러스트 클로이

펴낸곳 다산북스   **출판등록** 2005년 12월 23일 제313-2005-00277호
주소 경기도 파주시 회동길 490
전화 02-704-1724   **팩스** 02-703-2219   **이메일** dasanbooks@dasanbooks.com
홈페이지 www.dasan.group   **블로그** blog.naver.com/dasan_books
종이 한솔피엔에스   **인쇄·제본** 갑우문화사

ISBN 978-89-6370-109-3 (04840)
       978-89-6370-108-0 (세트)

• 책값은 표지 뒤쪽에 있습니다.
• 파본은 본사와 구입하신 서점에서 교환해드립니다.
• 이 책은 저작권법에 의하여 보호를 받는 저작물이므로 무단 전재와 복제를 금합니다.

```
다산북스(DASANBOOKS)는 독자 여러분의 책에 관한 아이디어와 원고 투고를 기쁜 마음으로 기다리고 있습니다.
책 출간을 원하는 아이디어가 있으신 분은 이메일 dasanbo dasanbooks.com 또는 다산북스 홈페이지
'투고 원고'란으로 간단한 개요와 취지, 연락처 등을 보내 주세요. 머뭇거리지 말고 문을 두드리세요.
```